MIRA®

Der Preis dieses Bandes versteht sich einschließlich
der gesetzlichen Mehrwertsteuer.

Umwelthinweis:
Dieses Buch wurde auf chlor- und säurefreiem Papier gedruckt.

Die Stanislaskis 4: Heißkalte Sehnsucht

Bei ihren Recherchen im Prostituiertenmilieu begibt sich die junge Autorin Bess McNee in größte Gefahr. Denn ein bestialischer Mörder sorgt auf dem Straßenstrich von New York für Angst und Schrecken. Doch Bess ist trotz aller Warnungen fest entschlossen, sich nicht einschüchtern zu lassen und ermittelt auf eigene Faust. Erst als sie den attraktiven Detective Alexej Stanislaski kennen lernt, merkt sie, dass sie ihr Leben riskiert.

Nora Roberts

Die Stanislaskis 4
Heißkalte Sehnsucht

Roman

Aus dem Amerikanischen von
Susann Willmore

MIRA®

MIRA® TASCHENBUCH
Band 25144
1. Auflage: Juli 2005

MIRA® TASCHENBÜCHER
erscheinen in der Cora Verlag GmbH & Co. KG,
Axel-Springer-Platz 1, 20350 Hamburg
Deutsche Taschenbucherstausgabe

Titel der nordamerikanischen Originalausgabe:
Convincing Alex

erschienen bei: Silhouette Books, Toronto
Published by arrangement with
Harlequin Enterprises II B.V., Amsterdam

Konzeption/Reihengestaltung: fredeboldpartner.network, Köln
Umschlaggestaltung: pecher und soiron, Köln
Titelabbildung: by zefa visual media GmbH, Hamburg
Autorenfoto: © by Harlequin Enterprise S.A., Schweiz
Satz: D.I.E. Grafikpartner, Köln
Druck und Bindearbeiten: Ebner & Spiegel, Ulm
Printed in Germany
ISBN 3-89941-183-8

www.mira-taschenbuch.de

1. KAPITEL

Die kurvige Blondine im pinkfarbenen Minirock stöckelte auf hohen Schuhen den Straßenstrich hinunter. Ihr Lidstrich schimmerte in allen Farben des Regenbogens, und sie musterte mit scharfem Blick ihre Kolleginnen, diese schillernden Schatten der Nacht. Die Luft hallte wider vom Lachen der Mädchen, denn schließlich war es jetzt Frühling in New York. Aber neben dem Lachen war auch ein Gefühl großer Langeweile zu spüren, die weder der Glitter noch der Sex überdecken konnten.

Für diese Damen war Geschäft vor allem Geschäft.

Nachdem sie sich einen weiteren Kaugummi in den Mund gesteckt hatte, rückte die blonde junge Frau ihre große Leinentasche zurecht, die sie über der Schulter trug. Wie gut, dass es einigermaßen warm ist, dachte sie. Es wäre schrecklich gewesen, bei Regen in diesem halb bekleideten Zustand die Straße hinunterflanieren zu müssen.

Eine umwerfend gut aussehende schwarze Frau in einem roten Lederoutfit, das ihren knackigen Körper nur notdürftig bedeckte, zündete sich eine Zigarette an und warf sich herausfordernd in Pose. „Komm schon, Baby“, sagte sie wie zu sich selbst. Ihre Stimme war tief und sexy, sie klang nach dem Rauch, den sie ausatmete. „Wie wär’s mit ein bisschen Spaß?“

Einige Männer scheinen nicht abgeneigt zu sein, dachte Bess, die den Strich begutachtete. Insgesamt lief das Geschäft nicht schlecht an diesem lauen Frühlingsabend. Sie hatte verschiedene Verhandlungsgespräche zwischen den Prostituierten und ihren Freiern beobachtet. Nur schade, dass die Langeweile sich auch durch keine aufgesetzte Munterkeit zu vertreiben lassen schien. Die Langeweile und dann auch so etwas wie ein Gefühl großer allgemeiner Hoffnungslosigkeit.

„Führst du Selbstgespräche, Schätzchen?"

„Äh?" Bess zuckte zusammen und sah sich plötzlich der schwarzen Göttin im roten Leder gegenüber, die zu ihr herübergeschlendert war. „Wie bitte?"

„Bist du neu hier?" Während sie rauchte, unterwarf sie Bess einer genauen Prüfung. „Wer ist dein Lude?"

„Mein ... ich habe keinen."

„Du hast keinen?" Die Prostituierte zog die Brauen hoch und lächelte spöttisch. „Kleine, ohne einen Mann bist du auf diesem Strich nichts wert."

„Das glaube ich schon." Da sie keine Zigarette hatte, blies Bess ihren Kaugummi auf und ließ ihn mit lautem Knall zerplatzen.

„Wenn Bobby oder Big Ed das rauskriegen, bekommst du eine Menge Ärger." Dann zuckte die Schwarze mit den Schultern. Schließlich war das ja nicht ihr Problem.

„Wir leben in einem freien Land."

„Schätzchen, frei ist hier nur der Tod.“ Mit einem rauen Lachen fuhr sich die andere über ihre lederbekleidete Hüfte. „Sonst gar nichts.“ Sie warf die Zigarette in den Rinnstein, wo sie vom Hinterrad eines Autos zerdrückt wurde.

Viele hundert Fragen gingen Bess durch den Kopf. Es lag in ihrer Natur, sie auch zu stellen, aber sie erinnerte sich gerade noch daran, dass sie nichts überstürzen durfte. „Gut, also wer ist dein Zuhälter?“

„Bobby.“ Mit skeptischem Blick besah sich die Frau Bess von oben bis unten. „Kann schon sein, dass er dich aufnehmen würde. Du bist zwar unten rum ein bisschen mager, aber das macht nichts. Auf jeden Fall brauchst du jemanden, der dich beschützt, wenn du hier arbeiten willst.“ Sie wusste, dass sie von Bobby einen hübschen Batzen Geld erwarten durfte, wenn sie ihm eine Neue brachte.

„Niemand hat die beiden Mädchen beschützt, die hier letzten Monat ermordet wurden.“

Die Schwarze zuckte zusammen. Bess wusste, dass sie gut in Gesichtern lesen konnte, und sie sah Trauer, Bedauern und Schmerz in den Augen der anderen, bevor der Blick sich wieder verhärtete. „Bist du etwa von den Bullen?“

Bess starrte sie mit offenem Mund an, bevor sie laut auflachte. Das ist wirklich ein Witz, dachte sie. Irgendwie aber auch schmeichelhaft.

„Nein, ich bin nicht von den Bullen. Ich versuche nur, mir meinen Lebensunterhalt zu verdienen. Kanntest du eine von den beiden, die getötet wurden?“

„Wir mögen es hier nicht so gern, wenn man zu viele Fragen stellt.“ Die Frau warf den Kopf zurück. „Wenn du dir wirklich deinen Lebensunterhalt verdienen willst, kriegst du gleich Gelegenheit dazu.“

Bess wurde plötzlich nervös. Ihr fiel auf, dass die Frau nicht nur gut aussah, sie war auch ausgesprochen massiv. Und sie war misstrauisch. Beides würde es schwierig machen, das zu tun, weshalb sie hergekommen war – sich im Hintergrund zu halten und die Szene zu beobachten. Aber schließlich war sie gewitzt und zudem noch eine gute Menschenkennerin. Und außerdem hatte auch sie hier etwas zu erledigen.

„Na klar!“ Sie drehte sich um und schlenderte die Straße entlang. Ihre Hüften – und sie hatte nicht eine Minute lang daran geglaubt, dass ihr Po zu mager wäre – bewegten sich dabei verführerisch.

Vielleicht war ihre Kehle plötzlich ein wenig trocken. Vielleicht schlug ihr Herz mit einem Mal auch ein bisschen schneller als gewöhnlich. Aber Bess McNee ließ sich durch nichts so schnell umwerfen.

Plötzlich sah sie zwei Männer, die noch etwa einen halben Block entfernt waren. Der eine von ihnen, der Schwarzhaarige, machte einen sehr vielversprechenden Eindruck.

„Hör zu, du Frischling, wir nehmen uns jetzt eine heraus, vielleicht auch zwei.“ Alex besah sich den Strich mit prüfendem Blick. Nutten, Fixer und die bedauernswerten Menschen, die durch dieses armselige Viertel nach Hause mussten, bevölkerten die Straße. „Meine Nase sagt mir, dass die große Schwarze dort – sie heißt Rosalie – beide Opfer kannte.“

„Und warum schnappen wir sie uns dann nicht einfach und nehmen sie mit zum Verhör?“ Judd Malloy zuckte es in allen Fingern, etwas zu unternehmen. Seine Polizeimarke war erst achtundvierzig Stunden alt. Und er arbeitete mit Alex Stanislaski, einem Profi, der den Ruf hatte, schnell zu handeln und exzellente Arbeit zu leisten. „Oder noch besser, warum greifen wir uns nicht ihren Zuhälter?“

Ach, diese Neulinge, dachte Alex bei sich. Warum gaben sie ihm immer diese Anfänger, die er dann einarbeiten durfte? „Weil wir wollen, dass sie mit uns zusammenarbeitet. Wir werden sie uns schnappen unter dem Vorwand, dass sie illegal anschafft. Und dann unterhalten wir uns mit ihr, wie echte Gentlemen, bevor ihr Bobby auftauchen kann und ihr sagt, dass sie die Klappe halten soll.“

„Wenn meine Frau rausbekommt, dass ich die halbe Nacht damit verbracht habe, Nutten anzuquatschen ...“

„Ein guter Polizist erzählt seiner Familie nie mehr

als das, was sie unbedingt wissen muss. Und das ist nie sehr viel.“ Alex sah seinen neuen Partner unbewegt an. „Das ist die Stanislaski-Regel Nummer eins.“

Plötzlich sah er die Blondine. Sie starrte ihn an. Alex starrte zurück. Ein merkwürdiges Gesicht, dachte er. Scharf geschnitten und sehr sexy, trotz der Tonnen von Make-up, die sie aufgetragen hatte. Unter der dicken Lidschattenschicht konnte er ihre Augen ausmachen, sie waren hellgrün. Ihre Nase hatte eine leichte Krümmung, als wäre sie einmal gebrochen gewesen. Wahrscheinlich das Werk irgendeines Kunden oder Zuhälters, dachte Alex, während sein Blick auf ihren Mund fiel.

Volle, sehr sinnliche Lippen, die in einem leuchtenden Rot geschminkt waren. Es gefiel ihm überhaupt nicht, dass etwas in ihm darauf reagierte. So als wäre es völlig egal, wer sie war und was sie tat. Ihr Kinn war eher spitz als rund, und zusammen mit den hohen Wangenknochen gab es dem Ganzen eine dreieckige Form, die Alex entfernt an den Kopf eines Fuchses erinnerte.

Das hautenge, schulterfreie Top und der Stretchmini ließen jede Kurve ihres durchtrainierten Körpers erkennen. Er hatte schon immer den athletischen Typ bevorzugt – doch gerade noch rechtzeitig fiel Alex ein, durch welche Form von körperlichem Training sie wohl eine so gute Figur bekommen hatte.

Wie dem auch sei, sie war nicht die Prostituierte, um die es ihm hier ging.

Jetzt oder nie, dachte Bess bei sich. Allzu genau spürte sie den prüfenden Blick, den ihre neue Kollegin ihr zuwarf.

„He, Baby ...“ Obwohl sie nicht mehr geraucht hatte, seit sie fünfzehn war, war ihre Stimme stets ein wenig heiser. Während sie innerlich ein leises Stoßgebet zum Himmel schickte, machte sie sich an Alex heran. „Willst du dich amüsieren?“

„Kann schon sein.“ Er zog sie am Ausschnitt ihres Tops zu sich heran und bemerkte verblüfft, dass sie zusammenzuckte. „Aber irgendwie wollte ich was anderes als dich, Schätzchen.“

„Oh!“ Und nun? Wie ging es wohl weiter? Bess beschloss, sich ganz auf ihre Intuition zu verlassen. Sie warf den Kopf zurück und schmiegte sich an ihn. Sofort hatte sie das Gefühl, als stieße sie auf Stahl – hart, unnachgiebig und sehr kalt. „Und an was hattest du da gedacht?“

Für den Bruchteil einer Sekunde war ihr, als setze ihr Verstand aus. Der Blick, mit dem er sie ansah, ja durchbohrte, ging ihr bis ins Mark. Die dunklen Augen hielten sie gefangen. Seine Knöchel pressten gegen ihre Haut, genau da, wo ihr Ausschnitt begann. Sie spürte die Hitze, die in diesem Griff lag, spürte seine Hitze. Während sie ihm weiter wie gebannt in die Augen sah, überkam sie plötzlich ein Bild. Sie sah, wie er und sie sich auf einem großen Bett in einem verdunkelten Zimmer wälzten, wie ihre Körper miteinander rangen.

Und das hatte überhaupt nichts mehr mit Arbeit zu tun.

Es war das erste Mal, dass Alex eine Nutte erröten sah. Es warf ihn um, und er hatte plötzlich den absurden Wunsch, sich zu entschuldigen – sich zu entschuldigen für die Vorstellung, die ihm vor ein paar Sekunden durch den Kopf gegangen war. Aber dann erinnerte er sich wieder an die Umstände.

„Ich stehe einfach auf einen anderen Typ, Baby."

Mit ihren hohen Stöckelschuhen war sie beinahe so groß wie er. Alex hätte am liebsten all das Make-up und den Puder von ihrem Gesicht abgewischt, um zu entdecken, wer sich darunter verbarg.

„Ich bin ein anderer Typ", entgegnete Bess. Sie war sehr froh über diese schlagfertige Antwort.

„He, Schwester!" Plötzlich war Rosalie da. Vertraulich legte sie Bess den Arm um die Schulter. „Du willst doch wohl nicht beide allein für dich haben, oder?"

„Ich ..."

Hau ab, dachte Alex bei sich und wandte sich widerstrebend Rosalie zu. „Seid ihr beide ein Team?"

„Heute Abend schon." Sie sah erst Alex an, dann Judd. „Na, wie wär's mit uns beiden, Jungs?"

Judd hatte plötzlich das Gefühl, als hätte ihn seine Stimme im Stich gelassen. Er hätte sich lieber einem Dutzend bewaffneter Männer in einer dunklen Gasse gegenübergesehen. Es war ihm völlig unmöglich, auf die große schwarze Frau zuzugehen, ohne dass die ganze Zeit ein Bild seiner eigenen Frau, die ihm völlig vertraute, wie ein Warnsignal in seinem Kopf aufgeleuchtete.

„Na gut, warum nicht." Schließlich konnte er doch sprechen, und es gelang ihm sogar, fast so überzeugend wie Alex zu klingen.

Rosalie warf den Kopf zurück und lachte laut, dann machte sie einen Schritt auf Judd zu und hakte sich bei ihm unter. Instinktiv trat er zurück, und eine verräterische Röte überzog seinen Hals.

„Ich habe den Eindruck, du machst so etwas zum ersten Mal, Kleiner. Warum überlässt du Rosalie nicht alles?"

Weil sein Partner plötzlich stumm zu sein schien, übernahm Alex wieder das Kommando.

„Wie viel?"

„Na ja ..." Rosalie wartete gar nicht erst auf Bess, die totenbleich geworden war. „Heute Abend machen wir euch einen Sonderpreis. Ihr kriegt uns beide für einen Hunderter. Das gilt aber nur für die erste Stunde." Sie lehnte sich vor und flüsterte Judd etwas ins Ohr. Die Röte auf seinem Hals vertiefte sich noch.

„Danach“, fuhr Rosalie fort, „ist es Verhandlungssache.“

„Aber ich kann ni...“ Bess fing an zu stottern und hielt dann mitten im Satz inne, als sie Rosalies Finger spürte, die sich wie scharfe Klauen in ihre bloßen Schultern gebohrt hatten.

„Ich glaube, das reicht“, sagte Alex und zog seine Dienstmarke hervor. „Meine Damen, Sie sind vorläufig festgenommen.“

Polizisten! Ein großes Gefühl der Erleichterung durchfuhr Bess.

Während Rosalie einen saftigen Fluch ausstieß, musste sie sich die größte Mühe geben, um nicht laut herauszulachen.

Absolut perfekt, dachte Bess, als man sie auf die Wache brachte. Sie war wegen illegaler Prostitution festgenommen worden, und das Leben hätte nicht schöner sein können.

Begierig sah sie sich in dem Zimmer um, damit ihr auch nicht die geringste Kleinigkeit entging. Dabei war es nicht das erste Mal, dass sie sich in einer solchen Umgebung befand. Wie sie immer zu sagen pflegte, nahm Bess ihre Arbeit sehr ernst. Neu war für sie allein die Gegend. Sie kam nicht sehr oft in die ärmeren Viertel der Stadt.

Der Raum war ausgesprochen schäbig – heruntergekommen. In Gedanken machte sie sich Notizen. Über allem lag eine dicke, malerische Staubschicht.

Und der Geruch war auch nicht schlecht. Sie sog ihn tief ein und versuchte sich die faszinierende Mischung aus Schweiß, bitterem schwarzen Kaffee und beißendem Putzmittel gut einzuprägen.

Außerdem war es sehr laut. Mit ihren hellwachen Sinnen unterschied Bess nach und nach den Lärm von ständig klingelnden Telefonen, ärgerlichen Flüchen, Weinen und dem Hämmern der Schreibmaschinen.

Oh Mann, dachte sie insgeheim begeistert. Heute schien wirklich ihr Glückstag zu sein!

„Du bist hier nicht auf Urlaub, Schätzchen", wurde sie plötzlich von Alex erinnert. Er stieß ihr leicht in die Rippen.

„Oh, Verzeihung."

Der schimmernde Glanz in ihren Augen, der von Aufgeregtheit zeugte, schien ihm so fehl am Platz zu sein, dass er sie wieder nur anstarren konnte. Dann holte er kopfschüttelnd einen Stuhl für sie heran. Rosalie hatte er Judd überlassen. Der Neuling mochte ruhig sein Glück versuchen, etwas Wichtiges aus ihr herauszuholen. Danach würde er dann den Fall übernehmen. Alex standen verschiedene Methoden zur Verfügung, um Leute zum Reden zu bringen.

Ob er ihr nun schmeicheln oder drohen musste, er

würde es schon schaffen, ihr alles zu entlocken, was sie über ihre beiden ermordeten Kolleginnen wusste.

„Also gut." Er nahm hinter dem schäbigen, überfüllten Schreibtisch Platz. „Du weißt ja, wie das hier läuft."

Bess hatte die ganze Zeit zu einem jungen Mann in einer zerrissenen Jeansjacke hinübergesehen, dessen Gesicht voller Blutergüsse war. „Wie bitte?"

Alex seufzte nur tief, während er einen Bogen in seine Schreibmaschine spannte. „Der Name?"

„Oh, ich bin Bess." Sie streckte ihm ihre Hand entgegen, und die Geste kam so natürlich, dass er sie fast ergriffen hätte.

Stattdessen stieß er einen leisen Fluch aus. „Bess, und weiter?"

„McNee. Und Sie?"

„Ich bin im Dienst. Geburtsdatum?"

„Warum?"

Er sah auf, ihre Augen trafen sich. „Warum was?"

„Warum wollen Sie das wissen?"

Geduld war noch nie Alex' starke Seite gewesen, und mit einem Mal gingen ihm die Nerven durch. Drohend wies er auf den Bogen Papier. „Weil ich nun einmal dieses verdammte Formular ausfüllen muss!"

„Okay, ich bin achtundzwanzig. Zwilling. Ich bin am ersten Juni geboren."

Alex rechnete kurz nach und tippte dann die Daten. „Wohnsitz?"

Neugierig wie sie war, hatte Bess sich an den Papieren auf seinem Schreibtisch zu schaffen gemacht, bis er ihr auf die Finger klopfte.

„Warum sind Sie eigentlich so nervös?" fragte sie ihn. „Macht es Ihnen etwas aus, als Spitzel zu arbeiten?"

Dieses unverschämte Lächeln, dachte er erbittert. Es war herausfordernd, sexy und alles andere als dumm. Zusammen mit ihren intelligenten grünen Augen hätte man fast denken können, dass sie etwas anderes wäre als eine Prostituierte. Aber sie sah wie eine Nutte aus, und sie roch auch wie eine Nutte. Deshalb …

„Hör zu, Schätzchen, die Sache funktioniert so. Ich stelle hier die Fragen, und du antwortest. Ist das klar?"

„Knallhart, zynisch und abgebrüht."

Er zog die Brauen hoch. „Wie bitte?"

„So schätze ich Sie ein. Sie wollen also meine Adresse, ja?" Bess nannte ihm ein Viertel und eine Straße.

Alex sah sie ungläubig an. „Willst du mich auf den Arm nehmen?"

„Nein, keineswegs." Brav legte Bess die Hände in den Schoß.

„Deine Adresse“, wiederholte er.

„Ich habe sie Ihnen gerade gegeben.“

„Ich weiß ganz genau, wie im Moment die Mietpreise liegen. Kann schon sein, dass du Klasse hast.“ Er warf ihr noch einmal einen prüfenden Blick zu. „Vielleicht hast du sogar mehr Klasse, als man dir zutrauen würde. Aber eins steht fest – mit dem, was du tust, kannst du dir auf gar keinen Fall eine solche Miete leisten.“

Das saß, und es tat weh. Bess fühlte sich vor allem getroffen, weil sie über eine Stunde damit verbracht hatte, sich aufs Sorgfältigste zu schminken. Und sie wusste, dass sie eine fabelhafte Figur hatte. Schließlich ging sie dreimal in der Woche ins Fitness-Studio, um in Form zu bleiben. „Aber das ist nun mal meine Adresse, Bulle!“ Wütend leerte Bess den Inhalt ihrer großen Leinentasche auf seinem Schreibtisch aus. Sie würde sich von ihm keine Beleidigung gefallen lassen!

Alex beobachtete sie fasziniert, während sie den Inhalt durchwühlte. Allein mit den Kosmetika hätte man eine mittelgroße Parfümerie füllen können. Und es waren nicht gerade Billigprodukte. Sechs Lippenstifte, zwei Kompaktpuderdosen, verschiedene Mascarabürsten und mehrere Döschen mit Lidschatten. Dazu noch Eyelinerstifte in allen Farben des Regenbogens. Zwischen all dem befanden sich zwei Schlüsselbunde, Rechnungen über Kreditkartenbeträge, bunte Gummibänder, Büroklammern, zwölf – Alex hatte sie genau gezählt –, Kugelschreiber, einige zerbrochene Bleistifte, ein Schreibblock, zwei Taschenbücher, Streichhölzer, ein ledernes Notizbuch mit den Initialen ELM, ein Tacker – er fragte sich nicht einmal mehr, warum Bess so etwas mit sich herumschleppte –, Taschentücher sowie einige zerknüllte Blätter, ein Aufnahmegerät mit Mikrokassetten. Und eine Pistole.

Alex griff sich die Waffe aus dem Stapel heraus und sah sie sich genauer an. Es war eine Wasserpistole!

„Passen Sie damit auf", warnte sie ihn, als sie endlich ihre Brieftasche fand. „Die ist voller Ammoniak."

„Ammoniak?"

„Ja, früher habe ich Gas benutzt, aber das hier tut's genauso gut. So, sehen Sie sich das an!" Triumphierend hielt sie ihm die Brieftasche unter die Nase.

Dem Foto nach zu urteilen schien es sich um dieselbe Person zu handeln. Das Haar war kurz und lockig, es sah nach einem teuren Schnitt aus. Aber die Farbe stimmte nicht – ein dunkles Kastanienrot anstatt blond. Unverwechselbar hingegen die Nase, das Kinn. Und vor allem die Augen! Alex runzelte die Stirn, als er sich den Führerschein besah. Tatsächlich, die Adresse stimmte!

„Sie haben ein Auto?"

Bess zuckte die Achseln und begann die Sachen wieder in ihre Tasche zu stopfen. „Na und?"

„Bei Frauen aus Ihrem Gewerbe ist das nicht sehr häufig der Fall.“

Da hatte er Recht. Bess zögerte einen Moment. „Ich habe einen Führerschein. Das muss aber nicht unbedingt heißen, dass ich auch ein Auto habe, oder?“

„Nein.“ Er sicherte sich die Brieftasche. „Und jetzt nehmen Sie die Perücke ab.“

Ironisch blickte Bess ihn an. „Und warum?“

Ohne zu zögern beugte sich Alex über den Schreibtisch und riss sie ihr eigenhändig vom Kopf. Bess funkelte ihn wütend an, während sie sich mit dem Finger durch die kurzen rotbraunen Locken fuhr. „Die brauche ich aber zurück. Sie ist nur geborgt.“

„Na klar!“ Er warf die Perücke auf den Schreibtisch und lehnte sich in seinem knarrenden Stuhl zurück, um Bess noch einmal einer eingehenden Prüfung zu unterziehen. Wenn diese Lady eine Nutte war, war er Superman! „Was, zum Teufel, sind Sie eigentlich?“

Dies war der Zeitpunkt, um reinen Tisch zu machen. So viel war Bess klar. Aber irgendetwas an ihm reizte sie, das Spiel mit ihm weiterzuspielen. „Ich bin nur eine Frau, die sich ihren Lebensunterhalt verdienen muss, Officer.“ Genauso würde auch Jade sich verhalten, da war Bess ganz sicher. Und da sie Jade schließlich erfunden hatte, durfte sie sie jetzt auch nicht blamieren.

Alex öffnete die Brieftasche und zählte die Scheine, die sich darin befanden. Die Summe betrug mehr, als er in zwei Wochen verdiente. „Ich verstehe."

„Dürfen Sie das eigentlich überhaupt?" fragte sie ihn mehr neugierig als verärgert. „Dürfen Sie so ohne weiteres meine persönlichen Unterlagen durchwühlen?"

„Ich werde Sie schon noch früh genug über meine Kompetenzen aufklären, keine Angst." Alex stieß in der Brieftasche auch auf ein paar Fotos. Es waren Schnappschüsse von Leuten. Auf manchen war auch Bess zu sehen, auf anderen nicht. Die Dame schien zudem einer Menge Klubs und Vereine anzugehören. Er fand Mitgliedskarten von Greenpeace, der World Wildlife Federation, Amnesty International und dem Schriftstellerverband. Bei der letzten Karte fiel ihm wieder der Kassettenrekorder ein. Als er sich das Ding genauer ansah, stellte er fest, dass er angestellt war.

„So, ich will jetzt endlich wissen, woran ich bin, Lady."

Du meine Güte, war er nicht süß? Bess musste unwillkürlich lächeln, als sie ihn ansah. „Wie meinen Sie das?"

„Ich will wissen, was Sie auf dem Straßenstrich zu

suchen hatten, zwischen Rosalie und all den anderen Mädchen."

„Das ist mein Job." Seine Augen funkelten drohend. Bess musste sich eingestehen, dass sie ihn unwiderstehlich fand. Er war ungeduldig, vielleicht auch ein wenig gemein, und hielt sein Temperament nur schwer unter Kontrolle.

War er nicht fantastisch?

„Doch, bitte glauben Sie mir." Bess lehnte sich eindringlich nach vorn. „Sehen Sie, all dies hängt zusammen mit Jade. Jade besitzt eine schizophrene Persönlichkeit. Am Tag ist sie eine sehr erfolgreiche Anwältin – Sie wissen schon, die ganz knallharte Sorte –, doch bei Nacht geht sie auf den Strich. Sie versucht dabei das zu verdrängen, was zwischen ihr und Brock passiert ist. Doch da sich gleichzeitig auch noch ein Kindheitstrauma bei ihr bemerkbar macht, droht sie an der Belastung zu zerbrechen. Auf jeden Fall ist sie sehr selbstzerstörerisch."

Seine Augen hatten sich verdunkelt, sie wirkten jetzt fast schwarz. „Und wer, zum Teufel, ist Jade?"

„Jade Sullivan Carstairs. Sehen Sie nachmittags denn nie Fernsehen?"

Alex drehte sich der Kopf. „Nein."

„Dann verpassen Sie wirklich etwas. Ich könnte mir vorstellen, dass Sie die Dreiecksgeschichte zwischen Jade, Storm und Brock wirklich interessieren würde. Storm ist Polizist, wissen Sie, und er hat sich in Jade verliebt. Aber ihre psychischen Probleme und die Macht, die Brock noch immer über sie hat, komplizieren die Sache. Dazu kommt noch, dass Jade eine Fehlgeburt hatte und gekidnappt wurde. Aber Storm hat natürlich auch genügend eigene Probleme."

„Natürlich. Und was haben Sie mit der ganzen Sache zu tun?"

„Oh, Entschuldigung, das habe ich ja ganz vergessen. Ich schreibe für ‚Heimliche Sünden'. Die bekannte Fernsehserie."

„Sie schreiben Seifenopern fürs Fernsehen?"

„Allerdings." Im Gegensatz zu vielen ihrer Kollegen hatte Bess überhaupt nichts dagegen, wenn man die Serie so bezeichnete. „Und ich versuche natürlich, alles so lebensecht wie möglich zu beschreiben. Das heißt, ich versuche mich bis ins kleinste Detail in meine Figuren hineinzuversetzen. Und da mir Jade ganz besonders am Herzen liegt, wollte ich ..."

„Sind Sie eigentlich noch ganz bei Trost?" Alex beugte sich nach vorn und starrte ihr ins Gesicht. „Wissen Sie überhaupt, worauf Sie sich da eingelassen haben?"

Bess sah ihn amüsiert an, sie war sich keiner Schuld bewusst. „Ich würde das einfach Recherche nennen."

Alex stieß einen saftigen Fluch aus. Fasziniert sah Bess ihm dabei zu, wie er mit den Fingern durch das dichte schwarze Haar fuhr. „Und wie weit hatten Sie vor, Ihre so genannte Recherche zu betreiben, Lady?"

„Wie ich ...? Oh!" Unwillkürlich musste sie lachen. „Nun, jedenfalls nicht so weit, wie Sie denken, Officer."

„Und was hätten Sie wohl getan, wenn ich kein Polizist gewesen wäre?"

„Ach, dann wäre mir schon etwas eingefallen." Das Lächeln hielt sich noch eine Weile auf ihrem Gesicht. Er sah wirklich umwerfend aus – gebräunte Haut mit einem leichten Goldschimmer, dunkle Augen und eine sehr markante Knochenstruktur. Am anziehendsten jedoch war der Mund mit vollen, sinnlichen Lippen. Auch wenn er so finster blickte wie jetzt, war er immer noch hinreißend.

„Mir fällt eigentlich immer etwas ein. Und als ich Sie sah, wusste ich gleich, dass mir nichts passieren würde. Damit will ich sagen, Sie schienen mir einfach nicht die Sorte Mann zu sein, die ...", wie kann man so etwas nur gut ausdrücken? fragte sich Bess, „... die es nötig hat, für ihr Vergnügen zu bezahlen."

Alex war so wütend, dass er sie am liebsten übers Knie gelegt hätte. Die Vorstellung, ihrem süßen kleinen Hinterteil einige nette Klapse verabreichen zu können, erschien ihm äußerst aufregend. „Und was wäre passiert, wenn Sie sich geirrt hätten?"

„Aber ich habe mich nicht geirrt", entgegnete Bess.

„Einen Moment lang war ich etwas beunruhigt, aber dann hat sich ja glücklicherweise alles aufgeklärt. Und es wurde sogar noch aufregender, als ich mir vorgestellt hatte, denn ich durfte zum ersten Mal in meinem Leben in einer – nennen Sie sie eigentlich immer noch grüne Minnas? – in einer grünen Minna fahren!“

Alex war sich so sicher gewesen, dass er bereits alles Mögliche gesehen und gehört hatte. Nur mit äußerster Willenskraft sprach er mit zusammengebissenen Zähnen: „Zwei Prostituierte wurden ermordet. Und zwar ganz in der Nähe des Strichs.“

„Ja, das ist mir klar.“ Bess’ Antwort kam sehr schnell, so, als würde sie damit alles erklären. „Das war ja auch einer der Gründe, warum ich mir diese Gegend ausgesucht hatte. Und zwar stelle ich mir vor, dass Jade ...“

„Ich spreche gerade von Ihnen!“ Seine Stimme war schneidend kalt. „Irgendeine gottverdammte Journalistin, die glaubt, dass es nur einen Minirock und drei Pfund Make-up braucht, um eine fremde Welt verstehen zu können. Bildeten Sie sich allen Ernstes ein, dass Sie danach einfach in Ihre hübsche vornehme Gegend zurückfahren könnten, die Schminke abwaschen und der Fall damit geregelt gewesen wäre?“

„Journalistin?“ Das war das einzige Wort, das Bess wirklich gegen den Strich ging. „Hören Sie zu, Mann ...“

„Nein, Sie hören mir zu! Bleiben Sie dort, wo Sie hergekommen sind, und ziehen Sie endlich diese verdammte Nuttenkleidung aus! Und in Zukunft recherchieren Sie um Gottes willen aus Büchern!“

Bess sah ihn mit funkelnden Augen an. „Ich kann überallhin gehen, und ich kann auch tragen, was ich will!“

„Ach ja, sind Sie sicher?“ Es gab nur einen Weg, um ihr eine Lektion zu erteilen. Ein äußerst bewährter Weg. „Na gut!“ Er erhob sich, nahm ihr die Tasche aus der Hand und ergriff dann fest ihren Arm. „Also los!“

„Was soll das?“

„Ich bringe Sie jetzt in Untersuchungshaft, Lady. Sie sind schließlich festgenommen, oder haben Sie das schon wieder vergessen?“

Bess wäre in den hohen Schuhen fast gestolpert. Laut protestierte sie: „Aber ich habe Ihnen doch gerade erklärt, dass ich ...“

„Ich höre jeden Tag mindestens zehn Lügengeschichten, die besser klingen.“

„Sie werden mich nicht in eine Zelle einsperren!“ Bess war sich ihrer Sache ganz sicher.

Bis zu dem Moment, als die Zellentür hinter ihr mit lautem Knall ins Schloss fiel.

Es dauerte etwa zehn Minuten, bis der Schock sich wieder gelegt hatte. Als dies dann geschah, entschied

Bess sich, die Sache nicht allzu schwer zu nehmen. Natürlich war sie weiterhin wütend auf den Polizisten – wer auch immer er war –, aber andererseits hatte er ihr zu einer Gelegenheit verholfen, die sicher nicht so schnell wiederkehren würde. Sie befand sich in einer Untersuchungszelle zusammen mit einigen anderen Frauen. Bess beschloss, die Atmosphäre genau zu studieren. Außerdem wollte sie sich mit den Frauen unterhalten.

Als eine ihrer Zellengenossinnen ihr mitteilte, dass sie einen Anruf machen dürfe, meldete sie dies sofort an. Erfreut über den Fortschritt, den sie langsam machte, lehnte Bess sich dann zurück, um mehr von ihren Leidensgenossinnen zu erfahren.

Dreißig hochinteressante Minuten später sah sie auf und erblickte ihre Freundin und Co-Autorin Lori Banes, die neben einem uniformierten Polizisten stand.

„Bess, du scheinst dich ja hier wie zu Hause zu fühlen!"

Grinsend stand Bess auf, während der Wachmann die Zelle aufschloss.

„Es war wirklich toll hier!"

„He", rief eine der Zellengenossinnen ihr nach, „ich sage Ihnen, diese Vicky ist eine Hexe. Jeffrey sollte sie besser loswerden. Amelia ist genau die richtige Frau für ihn!"

Bess winkte ihr noch einmal zu. „Ich werde sehen, was sich machen lässt. Adieu, Mädels!“

Lori hatte sich eigentlich immer für tolerant gehalten. Sie war auch bestimmt nicht besonders prüde oder voreingenommen. Und genau das sagte sie Bess, während die beiden die langen Gänge hinunter, die Treppen hinauf und schließlich wieder in den Empfangsraum der Polizeiwache gingen.

„Aber“, fügte sie hinzu und rieb sich die schmerzenden Augen, „irgendwie finde ich es nicht besonders witzig, um zwei Uhr nachts aus dem Bett geworfen zu werden, um dich aus dem Gefängnis auszulösen.“

„Tut mir wirklich sehr Leid, doch es war ganz fantastisch! Warte nur ab, bis ich dir alles erzähle.“

„Weißt du eigentlich auch, wie du aussiehst, meine Liebe?“

„Natürlich.“ Neugierig spähte Bess nach Alex aus, aber der Stuhl hinter seinem Schreibtisch war nicht besetzt. „Ich wusste ja gar nicht, dass sich die Mädchen, die anschaffen, unsere Sendung anschauen. Andererseits ist das klar, sie arbeiten ja meist nachts. Entschuldige einen Moment, Lori ...“ Bess wandte sich an einen der Polizisten, der gerade an ihnen vorbeiging. „Wo ist Ihr Kollege, der an diesem Schreibtisch sitzt?“

Der Beamte verschluckte sich fast an dem Salami-

Sandwich, in das er gerade hatte beißen wollen. „Stanislaski?"

„Wow! Was für ein Name! Ist er irgendwo in der Nähe?"

„Er verhört gerade jemanden."

„Oh. Vielen Dank."

„Komm schon, Bess, wir müssen jetzt deine Sachen holen."

Bess unterzeichnete ein Formular, und man händigte ihr wieder ihre Börse mitsamt Inhalt aus. Dabei sah sie sich die ganze Zeit nach Alex um, konnte ihn jedoch nirgends entdecken. „Stanislaski", sagte sie mehr zu sich selbst. „Das ist doch ein polnischer Name, glaubst du nicht?"

„Woher soll ich das wissen?" Lori begann langsam die Geduld zu verlieren. Energisch bugsierte sie Bess zum Ausgang. „Also los, lass uns von hier verschwinden. Es wimmelt hier ja nur so von Kriminellen."

„Ja, ich weiß. Ist das nicht fantastisch?" Lachend hakte Bess sich bei Lori unter. „Ich glaube, ich habe heute Nacht genug Einfälle für die nächsten drei Jahre gesammelt. Wenn wir uns entschließen, Elana verhaften zu lassen, weil sie Reed umgebracht hat ..."

„Aber wir wissen doch noch gar nicht, ob sie ihn umgebracht hat."

Seufzend sah Bess sich nach einem Taxi um. „Lori, wir wissen doch beide, dass Jim seinen Vertrag nicht verlängern lassen will. Er will nur noch als Filmschauspieler arbeiten. Wenn wir seine Rolle eliminieren, gewinnt dafür Elanas Geschichte viel mehr Spannung. Und das wäre sicher gut für die Story."

„Kann schon sein."

Bess spielte ihre letzte Karte aus. „‚Unser Leben, unsere Lieben' ist letzte Woche in der Quotenrechnung um zwei Punkte höher gestiegen."

Lori blieb ihr darauf die Antwort schuldig.

„Außerdem habe ich gehört, dass Dr. Amanda Jamison Zwillinge bekommen soll."

„Zwillinge?" Gequält schloss Lori die Augen. Der weibliche Star der Konkurrenzserie, die Schauspielerin Ariel Kirkwood, die eine neurotische Psychiaterin spielte, lag ganz vorn in der Gunst der Zuschauer. „Warum müssen es denn ausgerechnet Zwillinge sein?" seufzte Lori. „Also gut. Reed wird sterben."

Bess lächelte kurz im Bewusstsein ihres Sieges, dann verließen sie schnell die Wache.

„Wie dem auch sei, als ich in der Zelle saß, stellte ich mir die elegante, durch nichts aus der Ruhe zu bringende Dr. Elana Warfield Stafford Carstairs im Gefängnis vor. Fabelhaft, Lori, einfach fabelhaft! Nur schade, dass du den Polizisten nicht gesehen hast."

Sie waren bis zur Ecke gegangen, doch weit und breit ließ sich kein Taxi blicken. „Welcher Polizist?"

„Der mich verhaftet hat. Er war unglaublich sexy."

Lori besaß nur noch die Energie, um tief zu seufzen. „Das ist wieder einmal typisch für dich. Wenn dich schon mal ein Polizist verhaftet, ist er auch noch gleich sexy."

„Nein, wirklich! Er hatte wunderschönes, dichtes schwarzes Haar. Und seine Augen waren auch fast schwarz. Jedenfalls sehr intensiv. Mit den hohen Backenknochen sah sein Gesicht irgendwie slawisch aus, und dann dieser traumhafte Mund. Außerdem hatte er eine tolle Figur. Ganz schön durchtrainiert, so etwa wie ein Boxer."

„Tu mir den Gefallen und hör jetzt auf, Bess."

„Nein, wieso denn? Ich kann doch einen Mann attraktiv finden, ohne dass ich mich gleich in ihn verlieben muss."

Lori sah sie nur an. „Bist du sicher?"

„Oh ja, seit dem letzten Mal bin ich mir ganz sicher." Plötzlich erblickte Bess ein Taxi. „Ich interessiere mich nur aus beruflichen Gründen für diesen jungen Mann."

„Natürlich." Achselzuckend stieg Lori in den Wagen ein.

„Ich schwöre es." Bess erhob die Hand zum Schwur. „Außerdem kann er uns dabei behilflich sein, Storms Geschichte mit Hintergrund zu füllen." Sie gab dem Fahrer die beiden Adressen an. „Nachdem Jade von dem Millbrook Maniac angefallen wird, erkennt Storm endlich, wie seine Gefühle für sie aussehen. Aber wir müssen unbedingt mehr über ihn wissen. Zum Beispiel den Zwiespalt, in den er gerät, wenn er zwischen seiner professionellen Ethik und der Loyalität seiner Familie gegenüber abwägen muss. Und wenn er dann auf Brock stößt ...“

„He!“ An einer roten Ampel wandte sich der Taxifahrer zu ihnen um. „Geht’s da etwa um ‚Heimliche Sünden‘?“

„Allerdings.“ Bess sah ihn neugierig an. „Kennen Sie die Serie?“

„Meine Frau sieht sie jeden Tag. Aber Ihre Gesichter kenne ich nicht.“

„Nein, wir spielen auch nicht mit“, erklärte Bess schmunzelnd. „Wir sind die Autorinnen.“

„Ah, verstehe.“ Zufrieden gab er Gas, als die Ampel wieder auf Grün schaltete. „Ich würde Ihnen gern sagen, was ich von dieser falschen Schlange Vicky halte.“

Nachdem er seine Meinung kundgetan hatte, begann Bess eine hitzige Debatte mit ihm. Lori lehnte sich derweil ermüdet zurück und versuchte noch ein wenig von dem verlorenen Schlaf nachzuholen.

2. KAPITEL

„Meine Frau konnte es nicht fassen!“ Judd Malloy biss in ein Kirschtörtchen, während Alex durch den dichten Verkehr steuerte. „Sie liebt diese Serie, ist vollkommen verrückt danach. Sie verpasst keine Folge.“

„Interessant.“ Alex versuchte sich auf die Straße zu konzentrieren.

„Diese Frau ist wirklich so etwas wie ein Star. Und so etwas sitzt bei uns auf der Wache.“

„Stars haben es aber nicht nötig, faule Tricks anzuwenden.“

„Ach, kommen Sie schon, Alex!“ Judd trank noch einen Schluck Kaffee mit viel Zucker. „Sie hat schließlich nichts verbrochen. Sonst wäre sie ja auch nicht freigelassen worden.“

„Nichts verbrochen? Nein, aber sie war verdammt leichtsinnig. Eine Wasserpistole mit sich herumzutragen! Als ob das irgendjemanden davon abhalten würde, ihr etwas anzutun. Und außerdem haben wir schließlich Besseres zu tun, als uns um verkleidete Autorinnen zu kümmern.“ Verärgert schüttelte Alex den Kopf. Er hatte das Zusammentreffen mit Bess in keiner guten Erinnerung.

„Jedenfalls haben wir einiges aus Rosalie herausholen können“, beharrte sein Partner. „Es war also keine verlorene Zeit.“

„Es gibt überhaupt keine verlorene Zeit, Malloy“, erwiderte Alex grimmig. „Das ist die Stanislaski-Regel Nummer vier.“ Alex hatte sein Ziel erreicht und parkte den Wagen vor einem hohen Gebäude.

„Wir wollen einmal sehen, ob Rosalie versucht hat, uns auf den Arm zu nehmen, oder ob sie es ernst gemeint hat. Jedenfalls bin ich gespannt auf diesen Domingo.“

Für ein Haus in dieser Gegend war es in relativ gutem Zustand. Keine Graffiti, keine zerbrochenen Scheiben. Hier wohnte die untere Mittelklasse. Alex trat durch die Eingangstür und studierte die Reihe der Briefkästen.

„J. Domingo, 212.“ Die beiden Polizisten stiegen in den Fahrstuhl und fuhren in den zweiten Stock. Judd war ein wenig bleich, Alex hingegen sehr gefasst. Er betrat als Erster den Gang und klopfte an die Tür von 212. Ein lauter Fluch war die Antwort.

Nachdem Alex noch ein zweites Mal energisch geklopft hatte, wurde geöffnet.

„Was zum Teufel wollen Sie von mir?“

Er passt recht gut auf Rosalies Beschreibung, dachte Alex. Bis hin zu dem Clark-Gable-Schnurrbart und der dicken Goldkette. „Wir wollen uns mit Ihnen unterhalten, Domingo.“

„Ich unterhalte mich mit niemandem um diese Zeit!“

Als er die Tür zuschlagen wollte, schob Alex schnell den Fuß dazwischen, dann zeigte er ihm seine Polizeimarke. „Aber, aber, wer wird denn so unhöflich sein? Wollen Sie uns nicht hereinbitten?“

Saftige spanische Flüche prasselten auf die beiden herab. „Haben Sie einen Durchsuchungsbefehl?“

„Den kann ich besorgen. Aber vielleicht reden Sie doch lieber erst mit uns beiden, bevor ich Ihnen meine anderen Kollegen auf den Hals hetze.“

Widerstrebend gab Jesus Domingo die Tür frei. Er war ein kleiner untersetzter Mann, der nur zerknitterte Boxershorts trug. „Ich habe nichts verbrochen, das schwöre ich.“

„Hat ja auch keiner behauptet, oder, Judd?“

„Richtig, Alex.“ Als Judd den Raum betrat, machte er große Augen. Im Gegensatz zu dem eher bescheidenen Gebäude war Domingos Apartment ein kleiner Hightech-Palast. Er hatte eine erstklassige Stereoanlage, einen teuren Fernseher und einen Videorekorder von allerbester Qualität im Zimmer stehen.

„Nicht schlecht“, meinte Alex. „Es erstaunt mich immer wieder, wie gut manche Leute von Arbeitslosenunterstützung leben können.“

„Oh, ich konnte schon immer gut sparen.“ Domingo grinste und zündete sich eine Zigarette an. „Und was wollen Sie von mir?“

„Ich will mit Ihnen über Angie Horowitz reden.“

Domingo blies einen Rauchkringel in die Luft. „Nie gehört.“

„Ach, nein? Ich weiß aber zufällig, dass Sie zu ihren regelmäßigen Freiern gehört haben.“

„Da muss Ihnen aber jemand was Falsches erzählt haben.“

„Moment mal, ich habe hier etwas für Sie.“ Aus der Tasche seiner Lederjacke zog Alex einen Umschlag hervor, dem er ein Foto entnahm. „Wollen Sie sich das hier nicht mal ansehen?“

Der Mann verfärbte sich bei dem Anblick der grausam zugerichteten Leiche. Die Hand, mit der er die Zigarette hielt, zitterte. „Oh Mann, das ist ja furchtbar!“

„Ja, das sieht nicht besonders hübsch aus, was?“ entgegnete Alex grimmig. „Aber so ist das nun einmal, wenn jemand vierzigmal auf eine Frau schießt. Die arme Angie hat leider ...“

Alex brach mitten im Satz ab. Domingo stürzte ins Badezimmer, die Hand vor dem Mund.

„Sie sind wirklich kaltblütig, Stanislaski“, sagte Judd bewundernd.

„Ja, ich weiß schon, wie man sie kriegt.“ Aus dem Badezimmer waren starke Würge- und Brechgeräusche zu hören. Alex klopfte an die Tür. Ein ersticktes Stöhnen war die Antwort.

„Tut mir wirklich Leid, Domingo. Lassen Sie sich ruhig Zeit, Mann."

Auf leisen Sohlen ging Alex in die Küche und öffnete den Kühlschrank. Die zwei Kilo Kokain befanden sich genau an dem Platz, den Rosalie ihnen bezeichnet hatte. Alex nahm eines von den beiden Paketen heraus. Hinter ihm stürzte Domingo ins Zimmer.

„Dazu haben Sie kein Recht! Sie haben nicht einmal einen Durchsuchungsbefehl!"

„Ich wollte Ihnen nur etwas Eis gegen Ihre Kopfschmerzen besorgen", erwiderte Alex harmlos. „Aber nun sehen Sie einmal, was ich hier gefunden habe."

„Sie gottverdammter Hurensohn!" schrie Domingo. Der Schweiß lief ihm in dicken Perlen übers Gesicht. „Sie verstoßen gegen das Gesetz! Gnade Ihnen Gott, wenn ich wieder auf freiem Fuß bin!"

„Na klar." Ungerührt packte Alex die beiden Pakete in eine Plastiktüte. „Malloy, bitte lesen Sie unserem Freund hier seine Rechte vor. Und dann ziehen Sie sich endlich etwas Anständiges an, Domingo."

„Stanislaski!" Der Dienst habende Beamte sprach Alex an, der gerade Domingo in die Zelle verfrachtet hatte. „Sie haben Besuch."

Alex blickte erstaunt in Richtung seines Schreibtisches. Um den Tisch waren mehrere seiner Kollegen versammelt, die sich anscheinend köstlich zu amüsieren schienen. Lachen und Scherzworte flogen durch die Luft, sie schwebten wie Fremdkörper über der sonst eher muffigen Büroatmosphäre. Als Alex genauer hinsah, bemerkte er die Beine. Beine, an die er sich nur allzu gut erinnern konnte. Im Gegensatz zum letzten Mal schauten sie heute unter einem züchtigen gelben Kostümrock hervor.

Heute war Bess in einen Blazer und eine Bluse mit rundem Ausschnitt gekleidet, die Bluse hatte dieselbe Farbe wie der Rock. Während sie lachte, klimperten ihre goldenen Ohrringe. Sie sieht viel besser aus als bei unserer letzten Begegnung, musste Alex widerstrebend zugeben. Ohne den rot geschminkten Mund fand er sie viel sexier. So kamen ihre vollen Lippen noch besser zur Geltung. Zum ersten Mal bemerkte er auch die vielen Sommersprossen und ihre großen grünen Augen. Bess' Haar war von einem tiefen Mahagonirot, das Alex an eine Skulptur erinnerte, die sein Bruder vor vielen Jahren einmal für ihn geschnitzt hatte.

„Und dann habe ich dem Bürgermeister vorgeschlagen, in einer unserer Serien eine kleine Gastrolle zu spielen. Was soll ich Ihnen sagen, es wurde ein durchschlagender Erfolg!“ Mit einem Mal erblickte Bess Alex. Er hatte die Hände in den Taschen seiner

Lederjacke vergraben und sah sie stirnrunzelnd an. „Oh, Officer Stanislaski!“

„Miss McNee.“ Alex nickte kurz. „Darf ich fragen, was Sie an meinem Schreibtisch zu suchen haben?“

„Ich habe mir nur erlaubt, Ihre Kollegen ein wenig zu unterhalten. Ich hoffe, Sie haben nichts dagegen.“

„Also, was kann ich für Sie tun?“

Bess erhob sich langsam. Ohne die hochhackigen Schuhe war sie fast einen Kopf kleiner als Alex. Er musste insgeheim zugeben, dass es ihm so wesentlich lieber war. „Ich wollte mich eigentlich nur bei Ihnen bedanken. Sie haben schließlich dafür gesorgt, dass ich nicht allzu lange in Polizeigewahrsam verbringen musste.“

„Keine Ursache. Dafür werde ich ja auch bezahlt.“ Alex’ Ton war kurz und knapp. Dennoch schenkte Bess ihm ein strahlendes Lächeln.

„Nein, wirklich, ich bin Ihnen sehr dankbar. Die Sache hätte sehr unangenehm für mich werden können. Um ein Haar hätte mir meine Produzentin wegen der Sache nämlich großen Ärger gemacht.“

„Das kann ich mir vorstellen.“ Alex zog die Lederjacke aus und hängte sie über seinen Stuhl. „Sie ist es bestimmt nicht gewöhnt, dass ihre Autorinnen nebenberuflich auf der dreiundzwanzigsten Straße und Eleventh Avenue anschaffen gehen.“

„Recherchieren gehen“, korrigierte Bess ungerührt. „Ach, übrigens ... haben Sie auch einen Vornamen, oder werden Sie immer mit Officer angesprochen?“

„Detective ist die genaue Bezeichnung für meinen Berufsstand.“

„Und Ihr Vorname?“

Es war offensichtlich, dass Bess nicht locker lassen würde. Seufzend gab er nach. „Alex.“

„Ihr Name gefällt mir.“ Sie sah ihn herausfordernd an. „Verstehen Sie mich jetzt bitte nicht falsch, Alex, aber ich habe mir überlegt, ob ich Sie vielleicht ab und zu benutzen dürfte.“

„Benutzen dürfte?“

„Na ja, was mich betrifft, so sind Sie einfach perfekt.“ Sie sah ihn von oben bis unten an, etwa so wie eine Frau, die ein Kleid in einem Schaufenster entdeckt, das ihr ganz besonders gut gefällt.

Alex hatte schon viel erlebt, aber das hier ging einfach über seinen Verstand. „Ich würde wirklich gern wissen, was Sie damit sagen wollen, Miss McNee.“

Ihre Augen waren von einem satten Grün. Kein Schimmer von Grau oder Blau, keinerlei Goldflecken. Neben ihrem Mund befand sich ein kleines Grübchen. Nur eines – nichts an diesem Gesicht war symmetrisch, aber gerade dies verlieh ihm etwas Einmaliges. Gegen seinen Willen musste Alex sich eingestehen, dass er Bess unwiderstehlich sexy fand.

„Ich würde gern ein wenig Ihrer Zeit beanspruchen. Nicht sehr viel, versteht sich, etwa eine Stunde am Tag, schätze ich."

„Eine Stunde? Hören Sie, ich ..."

„Sie sind doch nicht verheiratet, oder?"

„Verheiratet? Nein, aber ..."

„Sehr gut, das vereinfacht die Sache. Natürlich werde ich Sie für Ihre Zeit und all Ihre Ausgaben entschädigen."

Großer Gott, die Frau machte ihn eindeutig nervös! „Ich will jetzt endlich wissen, wovon Sie sprechen, McNee!"

Bess sah ihn mit großen, unschuldigen Augen an. „Also, es geht um Folgendes: Ich habe nämlich dieses Problem mit Matthew."

„Matthew? Wer zum Teufel ist Matthew?"

„Sein richtiger Name ist Storm, um genau zu sein. Lieutenant Storm Warfield, er kommt aus Millbrook, P. D."

Alex fühlte, wie er langsam Kopfschmerzen bekam. „Millbrook?"

„Ja, Millbrook ist natürlich nur eine fiktive Stadt, irgendwo im Mittelwesten. Dort spielt unsere Serie, und Storm ist Polizist. Sein Privatleben ist leider ein einziges Chaos, aber beruflich gehört er zur ersten Garde. In dieser neuen Folge, an der ich gerade arbeite, geht es vor allem um das professionelle Milieu –

das Leben eines Polizisten, die Routine, der tägliche Ärger, aber auch die Highlights."

Langsam kam Licht in das Dunkel. „Und Sie wollen, dass ich Ihnen diese Details liefere?"

„Ja, genau. Ich versuche immer so lebensecht wie möglich zu recherchieren. Das gibt den Figuren dann mehr Farbe."

Alex stieß einen unterdrückten Fluch aus. „Sie sind wirklich ein Kaliber, McNee!"

„Sie müssen sich ja nicht sofort entscheiden", gab Bess ungerührt zurück. „Nehmen Sie sich Zeit, überlegen Sie es sich genau. Ach, übrigens, ich gebe heute Abend eine kleine Party. Vielleicht haben Sie ja Lust zu kommen. Sie und Ihr Partner, wenn Sie wollen. Er scheint sehr nett zu sein."

„Reizend", erwiderte Alex grimmig.

„Alexej!"

Bess wandte überrascht den Kopf. Alexej. Ja, das klang sehr gut, sehr exotisch, nicht so förmlich wie Alex.

Eine Frau kam auf sie zu, deren Anblick man nicht so schnell vergessen würde. Sie war äußerst attraktiv, sehr selbstsicher und vor allem hochschwanger. Alex erhob sich seufzend.

„Hallo, Rachel."

„Ich hätte Sie gern eine Sekunde gesprochen, Detective." Ihre Stimme klang ausgesprochen autoritär.

„Ist das etwa Ihre Schwester?“

Alex sah Bess überrascht an. „Woher wissen Sie das?“

„Na, das sieht man doch. Sie haben denselben Mund, die gleichen hohen Wangenknochen, dieselbe Haarfarbe.“

„Stimmt.“ Obwohl Rachel sehr gern gewusst hätte, was dieser Rotschopf mit ihrem Bruder zu tun hatte, ging ihr doch ihr Anliegen vor. Schließlich war sie eine sehr gute Verteidigerin. „Ich will mit dir über Jesus Domingo sprechen, Alexej. Du hattest kein Recht, ohne einen Durchsuchungsbefehl in seiner Wohnung herumzustöbern.“

„Nein, das war auch nicht nötig“, gab Alex ungerührt zurück. „Er hat uns ganz zivilisiert hereingebeten, und als ich ihm dann die Fotos von dem Mordopfer zeigte, wurde ihm plötzlich schlecht. Ich habe mich erboten, ihm etwas Eis zu holen, und fand dann das Kokain im Kühlschrank – zwei Kilo, säuberlich verpackt. Aber das kannst du alles in meinem Bericht nachlesen.“

„Ach komm, Alex, das glaubt dir doch kein Mensch!“

„Wir werden sehen.“

„Also, ich finde ...“ Rachel hielt mitten im Satz inne, weil ihr übel geworden war. Das Baby wurde zwar erst in zwei Monaten erwartet, aber solche Anfälle waren in letzter Zeit öfters vorgekommen. Alex sah sie besorgt an.

„Willst du dich nicht setzen?"

„Nein, mir geht's gut." Rachel wandte sich Bess zu und hielt ihr die Hand hin. „Da mein Bruder anscheinend nicht vorhat, uns einander vorzustellen, möchte ich das hiermit tun. Ich bin Rachel Muldoon."

„Bess McNee. Sind Sie Anwältin?"

„Ja, allerdings. Ich arbeite als Pflichtverteidigerin."

„Oh, das ist ja sehr interessant. Vielleicht können Sie mir sagen, wie ..."

Alex hob gebieterisch die Hand. „Nein, nicht jetzt, Miss McNee. Du musst dich vor ihr vorsehen, Rachel. Bevor du weißt, wie dir geschieht, hat sie dir schon ein Loch in den Bauch gefragt. Sie werden uns jetzt sicher entschuldigen, Miss McNee. Wie Sie sehen, haben wir zu arbeiten."

„Oh ja, natürlich, ich verstehe." Bess griff nach ihrer Tasche. „Wir sehen uns dann ja hoffentlich heute Abend noch. Es hat mich sehr gefreut, Sie kennen zu lernen, Mrs. Muldoon."

„Ja, ganz meinerseits." Rachel und Alex sahen Bess hinterher, die zielsicher dem Ausgang zustrebte. „Mann, du warst ganz schön grob zu ihr."

„So muss man sie behandeln, sonst kommt man bei ihr nicht durch, glaub mir."

„Irgendwie interessant, das Mädchen. Woher kennst du sie eigentlich?"

„Frag mich lieber nicht!" Alex ließ sich hinter seinem Schreibtisch nieder. Plötzlich fiel ihm ein neuartiger Geruch auf – Sex und Sonnenschein lagen mit einem Mal in der Luft. Das war der Duft, den Bess hinterlassen hatte, und er gefiel ihm ganz und gar nicht.

„Ich kann nicht glauben, dass wir wirklich dorthin gehen!" Holly, Judds hübsche junge Frau, war völlig aus dem Häuschen vor Aufregung. „Was meinst du, wie mich morgen das ganze Lehrerkollegium beneiden wird, wenn ich ihnen davon erzähle!"

„Ach komm, nimm das Ganze doch nicht so ernst." Unbehaglich zupfte Judd an seiner Krawatte. Normalerweise trug er keine, aber Holly hatte darauf bestanden. „Es ist doch nur eine Party."

„Nur eine Party?" Nervös strich Holly sich das dunkelbraune Haar zurecht. „Ich weiß ja nicht, wie es euch beiden geht, aber ich werde nun einmal nicht jeden Tag bei prominenten Leuten zum Essen eingeladen."

Alex entgegnete darauf nichts. Er sah verschlossen aus. Im Stillen fragte er sich, was ihn wohl dazu bewogen haben mochte, Bess' Einladung anzunehmen. Es war bestimmt auch ein Fehler gewesen, Judd davon zu erzählen. Judd hatte nämlich nichts Besseres zu tun gehabt, als sofort seine Frau anzurufen, und Holly war natürlich Feuer und Flamme gewesen.

Alex hatte keine andere Wahl gehabt, als sich den beiden anzuschließen.

Aber er würde nicht lange bleiben, so viel stand fest. Er würde ein Bier trinken, vielleicht ein paar Cracker essen und dann verschwinden. Prominente waren noch nie sein Fall gewesen.

„Oh wow!“ Als sich die Türen des Fahrstuhls öffneten, stieß Holly einen kleinen bewundernden Schrei aus.

Die Wände des Foyers des großräumigen Apartments, das sie betraten, waren mit einem abstrakten Plan der großen Straßen und Plätze New Yorks bemalt. Times Square, Rockefeller Center, Harlem, Little Italy, die Bronx und der Broadway breiteten sich vor den Besuchern aus. Die Menschen schwärmten durch die Räume, und es schien, als würde das Leben in der Stadt hier noch einmal nachgespielt, auf einer privateren, intensiveren Ebene.

Die große Flügeltür in den Hauptraum stand weit offen. Musik und Lachen erfüllte die Luft, zusammen mit dem köstlichen Geruch heißen Essens und dem Wachs der vielen Kerzen in den Kerzenständern.

„Oh Mann!“ Genauso hatte Holly es sich vorgestellt. Ungeduldig zog sie ihren Mann hinter sich her.

Danach betrat Alex das Foyer. Der Raum war voller Menschen. Sie trugen Designer-Klamotten oder teure Maßanzüge, manche waren sogar in Abendkleidung gekommen. Dicht gedrängt standen sie auf dem blank gebohnerten Parkett und unterhielten sich angeregt. Andere hatten es sich zwischen den seidenen Sitzkissen auf der großen Couch gemütlich gemacht, die sich in Hufeisenform an der Empore entlangzog. Von dort aus führte eine kleine Wendeltreppe in den Studiobereich.

Der große Mittelraum wurde von zwei Panoramafenstern flankiert, die einen atemberaubenden Blick auf die Stadt boten. Mit ihren Tellern und Gläsern hatten sich einige der Gäste dorthin zurückgezogen. Auch hier luden kleine Sofas zum Sitzen ein.

Besonders auffällig waren die Bilder. Bess hatte offensichtlich einen sehr modernen Geschmack. Abstrakte, vor allem surrealistische Kunst gab es hier zu sehen, und die lebhaften, fast grellen Farben fielen sofort auf.

Inmitten all dieser Farben und der vielen Leute sah Alex plötzlich Bess. Sie tanzte und schmiegte sich eng an einen vornehm aussehenden älteren Herrn im grauen Nadelstreifenanzug.

Ihr Kleid war ein atemberaubender Traum in Dunkelblau, der Farbe von dunklen Trauben. Es ließ den Rücken frei, war in der Taille schmal geschnitten und hatte einen schwingenden Rock. Zwei dünne Spaghettiträger hielten die Kreation. Dazu trug Bess lange bernsteinfarbene Ohrringe und goldene Sandaletten.

Noch nie, so musste Alex widerstrebend zugeben, hatte sie so gut ausgesehen. Am liebsten hätte er sie sofort aus den Armen des älteren Mannes entführt, dorthin, wo er mit ihr allein sein konnte.

„Oh, sieh mal, dort ist Jade! Und Storm und Vicky! Oh, und auch Dr. Carstairs!“ Holly war außer sich vor Begeisterung. Endlich sah sie ihre Helden aus dem Fernsehen in Lebensgröße vor sich.

„Ja, und weißt du, wen ich sehe?“ Auch Judd musste sich eingestehen, dass er beeindruckt war. „Dort drüben steht L.D. Strater, der Topmanager von General Motors. Und hinten in der Ecke unterhält sich unser Bürgermeister gerade mit Hannah Loy, der großen alten Dame vom Broadway. Mann, ich habe wirklich den Eindruck, die ganze New Yorker Prominenz hat sich hier versammelt.“

Alex hörte den beiden zwar zu, aber in Gedanken war er nur bei Bess. Als hätte sie dies gespürt, drehte sie sich plötzlich um und erblickte die Neuankömmlinge. Sie hörte auf zu tanzen, verabschiedete sich von ihrem Partner mit einem Wangenkuss und ging dann auf sie zu.

„Wie schön, dass Sie kommen konnten“, sagte sie

warm und hielt Holly die Hand hin. „Es freut mich sehr, Sie kennen zu lernen."

„Oh, die Freude ist ganz auf meiner Seite!" Vor lauter Aufregung errötete Holly leicht.

„Wie wär's mit einer Erfrischung?" Einladend wies Bess auf das große Buffet. Zu Alex' Überraschung gab es keine Lachs- und Kaviarhäppchen, wie er im Stillen befürchtet hatte, sondern äußerst anständig aussehende Spaghetti mit verschiedenen Soßen, dazu Knoblauchbrot, Rotwein und alle möglichen interessanten Vorspeisen.

„Wir feiern heute auf Italienisch", erklärte Bess fröhlich. „Wie wär's, Holly, hätten Sie Lust, einige unserer Stars kennen zu lernen?"

Holly nickte stumm. Bess sagte den beiden Männern noch, sie sollten sich ganz wie zu Hause fühlen, dann entschwand sie mit Judds Frau in der Menge.

Alex hatte noch immer nicht vor, lange zu bleiben. Aber er sah auch nicht ein, dass er sich nicht amüsieren sollte, wenn er schon einmal da war. Außerdem war das Essen wirklich ausgezeichnet. Und mit Sicherheit bot diese Party eine Abwechslung nach all dem Ärger und den unerfreulichen Umständen, mit denen er sich normalerweise in seinem Berufsalltag auseinander setzen musste.

Schließlich ließ er sich zufrieden mit einem Glas Wein auf einem der Fenstersitze nieder. Es dauerte nicht lange, und Bess erschien. Sie setzte sich neben ihn und stieß mit ihm an.

„Sie haben ja hier einen richtigen Logenplatz."

„Ja, vielen Dank nochmal für die Einladung."

„Ich hoffe, dass es Ihnen gefallen wird." Bess lächelte ihn an. „Ich weiß schon, Sie zerbrechen sich wahrscheinlich gerade den Kopf darüber, was alle diese Menschen hierher treibt, nicht wahr?"

„Ich zerbreche mir vor allem darüber den Kopf, was mich hierher treibt! Ach, übrigens ..." Er wischte einen kleinen Sahneklecks von ihrem Mund. „Sie erlauben doch?"

Für eine Sekunde erschien es Bess, als setze ihr Herzschlag aus. Auch ihr Mund fühlte sich plötzlich sonderbar trocken an. „Äh, ja, natürlich ... danke. Nun, ich nehme an, Sie waren einfach neugierig, wie es auf solchen Veranstaltungen zugeht. Wie ist es, soll ich Ihnen etwas über die Gäste erzählen?"

„Wenn Sie wollen." Alex genoss Bess' Gesellschaft mehr, als ihm lieb war.

„Sehen Sie diesen attraktiven Mann dort hinten, den mit der großen Blondine neben sich?"

Alex verrenkte sich den Hals. „Ja, ich finde ihn allerdings nicht besonders attraktiv."

Bess lachte. „Sie sind ja auch keine Frau! Das ist mein Detektiv, Storm Warfield, das schwarze Schaf des Warfield-Clans. Sie sollen mein Vorbild für ihn sein."

Alex schüttelte missbilligend den Kopf. „Ich finde aber nicht, dass wir uns ähnlich sehen."

Bess lachte. „Darum geht es auch nicht. Ich brauche Ihre Erfahrung, um die Figur lebensnah beschreiben zu können. Selbstverständlich ist meine Produzentin bereit, Sie für alle entstehenden Unkosten zu entschädigen. Aber für uns ist diese Sache ungeheuer wichtig. Wir sind seit neun Monaten an erster Stelle in der Gunst der Zuschauer, und diesen Platz wollen wir unbedingt behalten." Plötzlich rief jemand Bess' Namen, und sie winkte dem Gast zu. „Hören Sie, Alex ... ich glaube nicht, dass die Party heute sehr lange dauern wird. Wenn Sie Lust hätten, noch ein wenig zu bleiben, würde ich mich freuen. Danach könnten wir uns dann ein wenig unterhalten."

Alex nickte, und Bess erhob sich, um sich um die anderen Gäste zu kümmern.

Während der nächsten Stunde ließ sie ihn nie ganz aus den Augen. Dabei entging ihr seine Wirkung auf die anwesenden Frauen keineswegs. Es überraschte sie auch nicht, dass er sich ausgezeichnet aufs Flirten verstand. Selbst Lori, ihre Kollegin, blieb von seinem Charme nicht unberührt.

„Das ist also der Mann, der dich verhaftet hat?" fragte sie Bess neugierig.

„Ja, das ist er. Was hältst du von ihm?"

An Stelle einer Antwort schnalzte Lori genießerisch mit der Zunge, was wohl so viel wie „erste Sahne“ bedeuten sollte. Und das wollte viel heißen, denn schließlich war auch Steven Marshall alias Brock Carstairs im Raum, der Mann, mit dem Lori gerade durch eine äußerst schmerzhafte Trennung ging.

„Ja, ich kann verstehen, dass er dir gefällt“, meinte sie beifällig zu Bess. „Aber ich möchte dich auch daran erinnern, dass zwei deiner ehemaligen Verlobten anwesend sind.“

„Ach komm, hier sind doch auch noch ganz andere Leute. Außerdem muss ich dir widersprechen. Ich war mit Lawrence nicht verlobt.“

„Nein, er hat dir nur einen Ring geschenkt, der ungefähr zwanzigtausend Dollar wert gewesen sein muss.“

„Er schätzt mich eben sehr“, erwiderte Bess achselzuckend. „Aber ich habe nie versprochen, ihn zu heiraten. Und Charlie und ich ...“ Sie winkte Charles Stutman, dem bekannten Dramaturgen, zu. „Wir waren nur für ein paar Monate verlobt. Danach fanden wir beide, dass Gabrielle viel besser zu ihm passt, und lösten die Verlobung in gegenseitigem Einverständnis.“

„Ja, das ist das erste Mal, dass eine ehemalige Verlobte bei der Hochzeit ihres Exverlobten Trauzeugin war“, meinte Lori. „Ich weiß wirklich nicht, wie du das machst, Bess. Du scheinst dich nie sonderlich zu grämen, wenn deine Verbindungen in die Brüche gehen, und meist endet ihr auch noch als die allerbesten Freunde.“

„Ja, das ist eine Kunst, die nicht jeder beherrscht“, lachte Bess.

„Ich frage mich, wie es dir wohl mit diesem Polizisten gehen würde. Irgendwie habe ich nicht den Eindruck, als wäre er so leicht abzuschütteln, wenn er erst einmal Feuer gefangen hat.“

„Darüber nachzudenken ist ja wohl noch ein wenig zu früh“, erwiderte Bess abweisend.

„Na, mal sehen. Ich weiß doch, wie sehr du die Herausforderung liebst. Wie dem auch sei, ich muss jetzt gehen. Wir sehen uns dann am Montag.“

„Ja, gut. Bis Montag also!“ Zufällig erhaschte Bess noch den Blick, den Steven Marshall Lori hinterherwarf, als sie den Raum verließ. Es war ein Blick voller Trauer und Bedauern.

Die meisten Leute leiden wirklich schrecklich unter der Liebe, dachte Bess seufzend. Dieses Schicksal schien ihr bisher erspart geblieben zu sein. Die meisten ihrer Verbindungen waren tatsächlich in freundschaftlichem Einverständnis aufgelöst worden. Sie hoffte, dass dies auch in Zukunft so bleiben würde.

Mit einem Mal bemerkte Bess, dass Alex sie ansah. In seinem Blick lag etwas, das ihr durch und durch ging. Doch bevor sie noch allzu lange darüber nachdenken konnte, wurde sie schon von einem Mann zum Tanzen aufgefordert und schwebte mit ihm davon.

3. KAPITEL

„Und wie oft geben Sie solche Partys?“ fragte Alex, der Bess’ Angebot auf einen letzten Cappuccino angenommen hatte und nun mit ihr in dem zwar leeren, aber scheinbar völlig verwüsteten Apartment saß.

„Immer dann, wenn mir danach ist.“ Das furchtbare Chaos störte Bess nicht besonders. Sie hatte eine Reinigungstruppe bestellt und wusste, dass sie gemeinsam mit der Unordnung schon fertig werden würden.

Außerdem genoss sie dieses herrliche Durcheinander sehr, sogar den Rauch und die zerbrochenen Gläser. Für sie bedeutete es einfach, dass ihre Gäste sich gut amüsiert hatten.

„Wie wär’s mit ein paar kalten Spaghetti?“ fragte sie Alex munter.

„Nein, danke.“

„Ich schon, ich habe einen Riesenhunger!“ Sie ging hinüber zum Buffet und füllte sich einen Teller. „Als Gastgeberin kommt man irgendwie nie richtig zum Essen.“ Mit einem behaglichen Seufzer streckte sie sich anschließend neben Alex auf dem Sofa aus. „Und wie hat Ihnen Bonnie gefallen?“

Alex sah sie verständnislos an. „Wer?“

„Bonnie! Die attraktive junge Frau, mit der Sie die

ganze Zeit getanzt haben. Die Ihnen dann ihre Telefonnummer zugesteckt hat."

„Ach ja, Bonnie." Alex nickte und griff in seine Tasche. „Jetzt erinnere ich mich. Wirklich ein nettes Mädchen."

„Das finde ich auch." Genüsslich machte Bess sich über die Pasta her und legte die Füße auf den Kaffeetisch. Im Hintergrund erklang leise Musik aus der Stereoanlage. „Reizend von Ihnen, dass Sie noch geblieben sind, Alex."

„Kein Problem. Ich hatte sowieso nichts anderes vor."

„Gut! Ich wollte Ihnen nämlich ein wenig über unsere Serie erzählen, damit Sie auch wissen, was ich von Ihnen will."

Alex sah sie aufmerksam an. „Schießen Sie los."

„Also, Jade, die Frau, in die unser Detektiv verliebt ist, hat eine schizophrene Persönlichkeitsstruktur. Das hängt mit einem Kindheitstrauma zusammen, auf das ich im Moment aber nicht eingehen möchte."

„Gott sei Dank!"

Bess lachte. „Jades Alter Ego, Josie, ist eine Nutte. Mit diesem Doppelleben hat Storm natürlich enorme Schwierigkeiten. Er ist vollkommen verrückt nach Jade, muss seine Leidenschaft für sie aber im Moment ein wenig zügeln, weil sie durch eine schwierige Phase geht."

„Und zwar wegen Brock."

Bess sah ihn begeistert an. „Ja, genau! Sie kapieren schnell. Wie dem auch sei, Storm ist also einerseits rasend verliebt und andererseits vollkommen frustriert. Und als wäre das noch nicht genug, muss er auch noch einen Fall lösen. Den Fall des Irren von Millbrook."

„Des Irren von ..." Alex schüttelte den Kopf. „Oh Mann!"

„Entschuldigen Sie, das ist nicht auf meinem Mist gewachsen. Die Presse gibt Kriminellen nun einmal all diese Namen, sie meinen, das fördere die Auflage. Dieser Irre amüsiert sich jedenfalls damit, Frauen reihenweise mit einem pinkfarbenen Schal zu erdrosseln. Auch das ist ein Symbol, aber das sparen wir uns für später auf."

„Dafür bin ich Ihnen wirklich sehr dankbar."

An Stelle einer Antwort reichte Bess ihm eine Gabel mit Nudeln. Alex zögerte einen Moment, dann lehnte er sich hinüber zu ihr und nahm an.

„Genau wie im richtigen Leben beginnen die Zeitungsleute bald, auf Storm herumzuhacken", fuhr Bess fort. „Sie können sich vorstellen, wie es in ihm aussieht. Die Presse ist ihm auf den Fersen, von seinen Vorgesetzten bekommt er Druck, und sein Privatleben ist ein einziges Chaos. Aber vor allem quält ihn immer wieder die Frage nach den Opfern. Wie kann er dem Mörder auf die Spur kommen? Welche Verbindung besteht zwischen den drei Todesfällen? Dazu kommt noch, dass ihm plötzlich klar wird, dass auch Jade in Gefahr ist. Und das heißt für ihn, er muss es irgendwie schaffen, seine persönlichen Gefühle von seinem beruflichen Auftrag zu trennen."

„Aha, und von mir wollen Sie also wissen, wie so etwas in der Realität läuft."

„So ist es."

„Gut, hören Sie zu." Alex legte die Füße neben Bess' auf den kleinen Tisch. „Also, zunächst trennt man diese Dinge nicht, so wie Sie eben gesagt haben. Das heißt im Klartext, in dem Moment, wo Sie beruflich unterwegs sind, zählt nichts anderes mehr. Ab da gibt es kein Privatleben. Das heißt, bis zu dem Moment, wo Sie wieder außer Dienst sind."

„Sekunde mal." Bess stellte den Teller beiseite und stand auf. Aus ihrem Schreibtisch holte sie einen Notizblock und Kugelschreiber, dann machte sie es sich wieder neben Alex gemütlich. „Noch einmal", sagte sie und begann zu schreiben. „Sie sagen mir also, ab dem Augenblick, wo Sie im Dienst sind, ist für alles andere kein Platz mehr?"

„Ja, und dafür gibt es auch einen guten Grund."

„Und der wäre?"

„Ganz einfach – diese Grundregel zu beherrschen ist wichtig fürs Überleben. Außerdem möchte ich Ihnen gleich einige von Ihren Illusionen nehmen: Im Gegensatz zu dem, was man immer im Fernsehen sieht, besteht die meiste Arbeit eines Polizisten einfach aus Routine. Das Problem ist nur, man muss diese Routine unbedingt ernst nehmen, obwohl es natürlich oft sehr langweilig ist. Aber jeder Fehler, den man macht, kann einem schnell das Genick brechen."

„Und wie sieht es dann aus, wenn Sie auf Patrouille gehen?"

„Eigentlich genauso. Auch dies ist ein Teil der täglichen Routine, aber dafür gilt genau das, was ich eben gesagt habe. Sie müssen diesen Job bitterernst nehmen, und zwar ohne Unterbrechung. Sie können es sich einfach nicht leisten, über Ihre letzte Mieterhöhung oder den Streit mit Ihrer Frau nachzudenken, denn wenn Sie nur für einige Minuten abgelenkt sind, kann Sie das gegebenenfalls schon das Leben kosten."

Bess sah ihn erstaunt an. Die Worte klangen fast melodramatisch, aber sie erkannte, dass dies für Alex nur Alltagsrealität war – ein Umstand, mit dem er Tag für Tag umgehen musste. „Haben Sie denn gar keine Angst?"

Alex lachte. „Dafür bleibt oft einfach keine Zeit. Alles kommt auf Ihre schnellen Reaktionen an."

„Aber was ist mit der Angst, die Sie um andere haben könnten, zum Beispiel Menschen, die Sie lieben?"

„Es mag Sie zwar schockieren, doch ich kann mich

nur wiederholen. In unserem Beruf gibt es keinen Platz für private Rücksichtnahmen. Wenn Sie zu sehr in Ihren privaten Sorgen verstrickt sind, könnten Sie auch für Ihren Partner eine Gefährdung darstellen."

„Ich kann mir das nur schwer vorstellen", entgegnete Bess stirnrunzelnd. „Meiner Meinung nach muss es für jeden Menschen, ob Polizist oder nicht, eine Möglichkeit geben, Dampf abzulassen. Und auch bei Ihnen wird das nicht anders sein, denn sonst würden Sie mit dieser enormen Spannung ja gar nicht fertig werden können. Was tun Sie, um Dampf abzulassen, Alex?"

Er brauchte einen Moment, bevor er antworten konnte. Er hatte Bess fasziniert beobachtet, die Art, wie sie gestikulierte, wie sie auf ihrem Stuhl hin und her rutschte, wenn sie etwas Wichtiges zu sagen hatte. Diese Frau konnte einfach nicht still sitzen! „Äh, wie? Ich habe die Frage nicht ganz verstanden."

Geduldig wiederholte Bess ihre Frage.

„Oh, ich trete jeden Morgen ein paar kleine Hunde, die mir über den Weg laufen."

Bess verstand sofort, was er ihr damit sagen wollte.

„Die Frage war Ihnen wohl zu persönlich, stimmt's? Na gut, wir werden später darauf zurückkommen."

Alex schüttelte den Kopf. „Nein, das meine ich nicht. Ich habe nichts dagegen, Ihre Frage zu beantworten. Und natürlich haben Sie Recht, jeder braucht ein Ventil. Für mich ist es mein Fitness-Studio. Ich gehe dort mehrmals die Woche hin und reagiere mich an einem Punchingball ab. Oder ich mache Gewichtheben. Oder ich schwitze den Frust einfach nur aus."

„Aha, verstehe." Lächelnd streckte Bess die Hand aus und befühlte seinen Bizeps. „Nicht schlecht", meinte sie anerkennend. Dann bog sie selbst den Arm und lud ihn ein, ihre Muskeln zu testen.

„Ich trainiere auch mehrmals wöchentlich", gestand sie. „Um ehrlich zu sein, ich bin geradezu süchtig danach. Aber irgendwie schaffe ich es nicht, meinen Trizeps aufzubauen."

Alex überzeugte sich selbst davon. Es war das erste Mal, dass er sie berührte. „Ich finde, Ihr Trizeps ist schon sehr ausgeprägt."

„Vielen Dank für das Kompliment." Bess konnte nicht verhindern, dass sie errötete. Am liebsten hätte sie ihren Arm wieder zurückgezogen, aber Alex wollte sie nicht loslassen. „Was soll das werden, Detective – ein kleiner Ringkampf?"

Ihre Haut ist so zart wie Blütenblätter, dachte Alex bei sich. Langsam fuhr er ihr über den Ellenbogen und dann den Unterarm entlang bis zum Handgelenk. Bess lächelte noch immer, aber er spürte, wie ihr Puls raste. In diesem Moment erkannte er, dass er im Begriff war, sich auf gefährliches Gebiet zu wagen. Um der Versuchung zu widerstehen, erhob er sich. Die unkomplizierte Bonnie war nun wirklich eher sein Fall als diese wissbegierige junge Dame.

„Tut mir Leid, ich muss jetzt gehen."

Der Bann war gebrochen. Bess wusste nicht, ob sie deswegen traurig oder erleichtert sein sollte. Während sie Alex zur Tür brachte, fragte sie möglichst beifällig: „Stanislaski – ist das nun polnisch oder russisch?"

„Wir kommen aus der Ukraine."

„Ach, wirklich? In der Ukraine liegen doch auch die Karpaten, nicht wahr?"

„Ja, das stimmt." Durch dieses Gebirge war seine Familie geflohen. Alex war damals erst ein Baby, und dennoch konnte er die Verbindung zu seiner fernen Heimat deutlich spüren. „Waren Sie etwa dort?"

„Nein, leider noch nicht. Aber ich habe viel darüber gelesen. Geografie war mein Lieblingsfach in der Schule." Bess reichte ihm seine Lederjacke. Sie standen nahe beieinander, und als sie erneut in seine dunklen Augen blickte, zog sich ihr Herz zusammen. „Werden Sie sich denn noch einmal Zeit für mich nehmen?"

Es verlangte Alex sehr danach, sie noch einmal zu berühren, aber er riss sich zusammen. „Sie wissen, wie Sie mich erreichen können", erwiderte er. „Sobald es mir möglich ist, können wir uns wieder unterhalten."

„Wunderbar, vielen Dank!" Bess stellte sich auf die

Zehenspitzen und küsste ihn auf die Wange. Es war ein formeller Kuss, so wie er auch zwischen Fremden ausgetauscht wurde. Aber das stand in keinem Verhältnis zu dem, was Alex dabei empfand.

Auch Bess war von dieser Geste mehr berührt, als sie erwartet hatte. Alex roch sehr männlich – nach Leder, Wein und einem undefinierbaren Gewürz, das sie sehr exotisch fand.

„Gute Nacht, Alexej."

Er nickte. Die Kehle war ihm plötzlich wie zugeschnürt, deshalb verzichtete er darauf, etwas zu entgegnen. Als er vor dem Fahrstuhl angekommen war, blickte er sich noch einmal um. Bess stand in der Tür, sie winkte ihm ein letztes Mal zu, dann wollte sie die Tür schließen.

Zu ihrer beider Überraschung überlegte es sich Alex mit einem Mal anders. Er ging schnell zurück und stellte einen Fuß in die Tür. Es kam so plötzlich, dass Bess automatisch einen Schritt zurücktrat. Was sie in seinen Augen sah, ließ sie frösteln, aber nach außen hin blieb sie gefasst.

„Haben Sie etwas vergessen, Detective?"

„Ja, allerdings." Langsam und gleichzeitig sehr entschieden legte er den Arm um ihre Hüfte und zog sie zu sich heran. „Ich bin es gewöhnt, meine eigenen Entscheidungen zu treffen."

Bess hatte keine Zeit, über seine Worte nachzudenken. Die plötzliche Nähe zu ihm und das Gefühl von Hitze, das sie überkam, raubten ihr den Atem. Alex zog sie immer näher zu sich, bis seine Lippen nur noch wenige Zentimeter von ihrem Mund entfernt waren.

Bess' Augen weiteten sich, sie hielt den Atem an. Immer näher kamen seine Lippen, dann berührten sie die ihren in einem langen, tiefen Kuss, der sie alles um sich herum vergessen ließ.

Sie hörte nur noch das Blut in den Adern rauschen und ihren eigenen wilden Herzschlag. Dann stieß sie unwillkürlich einen kleinen Seufzer aus. Alex' Zungenspitze bewegte sich aufreizend zwischen ihren Lippen, als wolle er sie verführen.

Das Ganze geschah wie in Zeitlupe, aber das machte es nur umso erregender, und sie spürte ihre Knie weich werden. Eng an Alex gepresst, fühlte sie, wie die Flamme der Leidenschaft durch ihre Körper schoss.

Dabei kam ihr nicht eine Sekunde lang der Gedanke, sich zu wehren. Die Art, wie Alex sie küsste, langsam, genüsslich, als ließe er eine Maraschino-Kirsche auf den Lippen zergehen, hypnotisierte sie bis zur Willenlosigkeit.

Insgeheim war Alex über sich selbst erstaunt. Er hatte dies nicht geplant, obwohl er seit Stunden an nichts anderes hatte denken können. Aber trotz des

Vergnügens, das er empfand, als er Bess jetzt in seinen Armen hielt, trotz der enormen erotischen Spannung, die er zwischen ihnen spürte, wusste er, dass er einen großen Fehler gemacht hatte.

Bess war überhaupt nicht sein Typ, das stand fest. Wenn er jetzt nicht aufpasste, würde es kein Zurück mehr geben.

Es kostete ihn alle ihm zur Verfügung stehende Willenskraft, um sich von Bess zu lösen. Er hielt sie noch einen kleinen Moment lang in den Armen, unwillig und fast auch unfähig, den Kontakt abzubrechen, dann machte er sich langsam von ihr los.

Bess hatte die Augen geschlossen gehabt. Jetzt öffnete sie sie langsam, wie aus einem Traum erwachend.

„Sie, äh ...“ Wo war auf einmal ihre Schlagfertigkeit? Nach diesem Angriff auf all ihre Sinne war Bess mit einem Mal völlig sprachlos.

Alex verzichtete auf eine Antwort, er lächelte nur und ging dann schnell auf den Fahrstuhl zu. Obwohl er nach außen hin durchaus entspannt wirkte, betete er doch, dass der Fahrstuhl schnell kommen möge, bevor er es sich anders überlegen und noch einmal zurückkehren musste.

Bess stand noch immer in der Tür, sie hatte sich nicht bewegt.

„Also, bis dann, Miss McNee“, winkte Alex ihr zu, dann war er aus ihrem Blickfeld verschwunden.

„Ja, bis dann.“ Bis ins Mark erschüttert, starrte sie den Gang hinunter. „Bis zum nächsten Mal, Detective Stanislaski.“

„Holly kann über nichts anderes mehr als über die Party reden“, sagte Judd zu Alex. Die beiden machten gerade ihre Routinefahrt über den belebten Broadway. „Mit einem Mal ist sie dadurch zur beliebtesten Lehrerin im Kollegium geworden.“

„Ja, das kann ich mir vorstellen.“ Alex’ Ton lud nicht gerade zum Plaudern ein. Er hatte keine Lust, über Bess’ Party nachzudenken, und schon gar nicht über das, was danach geschehen war. Die Arbeit war das Einzige, was ihn wirklich interessieren sollte. Und Arbeit bedeutete im Moment, dass er und Judd versuchten, den spärlichen Hinweisen nachzugehen, die sie aus Domingo hatten herauslocken können.

„Laut Domingos Aussage hatte Angie Horowitz ihm etwas von einem neuen Freier erzählt, den sie getroffen hatte. Er hatte sie an zwei aufeinander folgenden Mittwochen gebucht, sah anscheinend fabelhaft aus und gab außerdem noch ein hohes Trinkgeld.“

Judd nickte. „Ja, und an einem Mittwoch ist sie auch ermordet worden. Genau wie Rita Shaw. Aber das will ja noch nicht sehr viel heißen.“

„Wer weiß.“ Alex hatte allerdings leider auch nicht das Gefühl, viel weiterzukommen. Gemeinsam mit seinem Kollegen hatten sie eine Menge Zeit damit verschwendet, die Portiers der jeweiligen Stundenhotels in der Gegend zu befragen. Aber keiner hatte etwas Ungewöhnliches gesehen oder gehört. Das Gleiche galt auch für die Prostituierten, die sie interviewt hatten. Eine Hure spuckte nun einmal einem Polizisten gegenüber nichts aus, das gehörte zur Berufsehre.

„Morgen ist übrigens Mittwoch", bemerkte Judd hoffnungsvoll.

„Ja, ich weiß, dass morgen Mittwoch ist. Haben Sie denn nie ..." Alex brach mitten im Satz ab und stieß einen saftigen Fluch aus. Sie waren an einem Restaurant vorbeigekommen, und ein Gesicht hatte ihn gefangen genommen. Er kannte nur eine Person, die diese Haarfarbe besaß. Wie unter einem inneren Zwang stehend, hielt er nach einem Parkplatz Ausschau.

„Arbeiten Sie wirklich fürs Fernsehen?" fragte Rosalie gespannt.

Bess rührte gerade den dritten Löffel Zucker in ihren Kaffee. „Ja, das habe ich Ihnen doch schon gesagt."

„Ich hätte nie gedacht, dass sich jemand wie Sie für unseren Beruf interessieren würde." Genüsslich blies Rosalie Rauchkringel in die Luft. Sie dachte an die fünfzig Dollar, die Bess ihr gezahlt hatte, um sie für ihre Zeit zu entschädigen. Das hier war wirklich einmal etwas anderes, als Männern zu Willen zu sein, so viel stand fest. „Sie wollen also wissen, wie es ist, eine Hure zu sein."

„Ich will nur das wissen, was Sie mir auch erzählen wollen", entgegnete Bess stirnrunzelnd. Sie schob die Kaffeetasse von sich, ohne probiert zu haben. „Eines möchte ich hier klarstellen, Rosalie. Ich will Sie weder verurteilen noch zum Beichten zwingen. Was mich interessiert, ist Ihre Geschichte, Ihre ganz persönliche Geschichte. Und wenn Ihnen das zu intim sein sollte, reicht es auch, wenn Sie mir etwas über die Szene erzählen."

„Ja, kein Problem. Mich hat nur gewundert, wie Sie an die Sache rangehen. Oder glauben Sie wirklich, es würde genügen, eine Perücke aufzusetzen und hohe Stöckel zu tragen, um zu wissen, was es heißt, anschaffen zu gehen?"

„Oh, über diesen Weg habe ich aber eine Menge herausgefunden", erwiderte Bess lächelnd. „Ich weiß jetzt, dass es verdammt harte Arbeit ist, auf diesen hohen Schuhen stundenlang auf der Straße herumzustehen. Dazu kommt, dass man sich als Frau selbst verleugnen muss, wenn man in diesem Geschäft erfolgreich sein will. Außerdem ist mir aufgefallen, dass sich Ihre Kolleginnen nie die Gesichter der Freier ansehen. Darum geht es auch nicht. Nicht der Mensch zählt, sondern allein das Geld. Das Allerwichtigste allerdings scheint mir zu sein, dass es überhaupt nicht um Intimität geht, nicht einmal um Sex – sondern einzig und allein um Kontrolle." Jetzt trank sie doch einen Schluck Kaffee. „Habe ich Recht?"

Einen Moment lang blieb Rosalie stumm. „Sie sind wirklich nicht so blöd, wie Sie aussehen", sagte sie dann.

„Vielen Dank für das Kompliment. Ja, das höre ich immer wieder – ganz besonders von Männern!"

„Verstehe." Zum ersten Mal seit Beginn des Gesprächs lächelte Rosalie. Unter der dicken Schminke und trotz der Falten, die das Leben bereits in ihr Gesicht gegraben hatte, war sie doch eine sehr attraktive Frau von noch nicht einmal dreißig Jahren. „Eins will ich dir sagen, Schwester, die Freier, die kommen und mich kaufen wollen, sehen nur einen Körper. Etwas anderes interessiert sie nicht. Aber ich habe auch einen schlauen Kopf, und ich habe einen Plan. Ich mache diesen Job jetzt bereits seit fünf Jahren. Ich mache das nicht nochmal fünf Jahre."

„Und was haben Sie sich vorgenommen? Was wollen Sie tun, wenn Sie nicht mehr anschaffen gehen?"

„Sobald ich genug gespart habe, gehe ich Richtung Süden. Ich werde mir einen dieser kleinen Caravans in Florida kaufen und mir dann einen ordentlichen Job besorgen. Vielleicht in irgendeiner Boutique. Sie glauben es vielleicht nicht, aber ich sehe in teuren Klamotten wirklich gut aus.“ Sie machte ihre Zigarette aus und zündete sich dann gleich eine neue an. „Viele der Mädchen haben solche Pläne, allerdings nur die wenigsten schaffen es auch. Ich werde es schaffen. Ich bin nämlich sauber.“ Rosalie hob die Arme hoch und zeigte sie Bess. Es dauerte einen Moment, bis Bess begriff, was sie ihr damit sagen wollte. Rosalie war nicht drogenabhängig.

„Noch ein Jahr, und dann bin ich weg. Vielleicht geht's auch schneller, wenn ich einen reichen Freier erwische. Einer, der es regelmäßig haben will, verstehen Sie? Angie hatte Glück. Sie hat so einen Typen getroffen.“

„Angie?“ Der Name kam Bess sehr vertraut vor. „Angie Horowitz? Ist das nicht die Frau, die ermordet wurde?“

„Ja, stimmt.“ Rosalie befeuchtete ihre Lippen, bevor sie den Rauch ausstieß. „Sie war nicht vorsichtig genug. Ich bin immer auf der Hut.“

„Und wie stellen Sie das an?“

„Man muss vor allem immer nüchtern bleiben“, erklärte Rosalie Bess. „Angie nahm zum Beispiel gerne einen zur Brust. Sie brachte die Typen dazu, ihr Drinks zu kaufen. Aber das ist nicht besonders schlau. Dieser Freier von ihr, der Mann mit der vielen Knete, er ...“

„Was zum Teufel plapperst du hier herum?“

Rosalie und Bess sahen auf. Neben ihrem Tisch stand ein hoch gewachsener Mann mit schmalen Schultern. Er hatte eine Zigarre zwischen die Zähne geklemmt und trug am kleinen Finger einen Diamantring. Sein Gesicht war sehr bleich, die kalten blauen Augen funkelten vor Zorn. Sein Haar war bereits grau und hinten zu einem kleinen Pferdeschwanz gebunden.

„Ich trinke nur einen Kaffee mit einer Freundin, Bobby“, erwiderte Rosalie. Nach außen hin wirkte sie gefasst, aber Bess spürte genau, dass sie Angst hatte.

„Du scherst dich jetzt wieder zurück auf die Straße, wo du hingehörst!“

„Entschuldigen Sie bitte.“ Bess sprach ihn höflich an. „Bobby, heißen Sie so?“

Er blitzte sie an. „Willst du vielleicht auch für mich arbeiten, Süße? Dann will ich dir gleich mal was sagen – ich mag keine Mädels, die nur rumhängen und nichts tun.“

„Vielen Dank für das Angebot, aber ich brauche keinen Job. Rosalie war nur so nett, mir bei einem kleinen Problem zu helfen.“

„Damit das klar ist, Schwester – wenn überhaupt, löst sie nur meine Probleme.“ Er sah Rosalie an und bewegte den Kopf in Richtung Straße. „Also los, schieb ab!“

Bess hatte den Eindruck, als müsse sie andere Seiten aufziehen. „Hören Sie mal, es ist doch wohl nicht verboten, sich zu unterhalten, oder?"

Bobby ignorierte sie völlig. „Ich sage dir, mit wem du dich zu unterhalten hast, Baby, kapiert?" Er stieß Rosalie vor sich her und schob sie unsanft in Richtung Tür.

Bess überlegte nicht lange, sie reagierte einfach. Wenn es etwas gab, das sie verabscheute, dann war es Brutalität.

„He, Sekunde!" Sie lief hinter den beiden her und packte den Mann am Arm. Er schüttelte sie ab, doch als sie nicht loslassen wollte, erhob er die Hand zum Schlag. Die anderen Gäste machten sich bereits aus dem Staub, als Alex in den Raum gestürmt kam.

„Pass auf, Bobby", sagte er kalt. „Eine falsche Bewegung, und du bist ein toter Mann!"

Bobby ließ den Arm sinken und zuckte mit den Schultern. „Ich wollte eigentlich nur 'nen Kaffee trinken. Stimmt doch, Rosalie, oder?"

„Ja, stimmt." Schnell versteckte Rosalie die Karte, die Bess ihr gegeben hatte. „Wir wollten hier nur Kaffee trinken, das ist alles."

Alex konnte die Augen nicht von Bess abwenden. Sie schien in keiner Weise eingeschüchtert zu sein. Ihre Augen blitzten, und ihre Wangen waren vor Zorn gerötet. „Möchten Sie vielleicht Anzeige erstatten?"

Bess schüttelte den Kopf. Unwillkürlich hatte sie die Hände zu Fäusten geballt, jetzt ließ sie sie langsam sinken.

„Nein, das ist nicht nötig. Wir haben uns nur nett unterhalten. Vielen Dank noch einmal, Rosalie."

„Keine Ursache." Rosalie stöckelte hinaus und warf Alex dabei einen verächtlichen Blick zu. Wie ihre übrigen Kolleginnen hatte sie eine Abneigung gegen Polizisten.

Auch Bobby machte sich zum Gehen bereit. „Der Kaffee ist hier sowieso miserabel", meinte er geringschätzig. „Also dann vielleicht bis zum nächsten Mal, Süße." Grinsend ging er hinter Rosalie her und verließ den Raum.

Kaum hatte sich die Tür hinter ihnen geschlossen, trat Alex auf Bess zu und packte sie ohne ein weiteres Wort beim Arm. Bess sah ihn erstaunt an.

„Hören Sie, es war sehr nett von Ihnen, einzugreifen, aber es war auch überflüssig. Ich kann mir selbst helfen, das können Sie mir glauben."

„Sie wissen ja überhaupt nicht, in welche Gefahr Sie sich begeben!" Alex war wirklich aufgebracht.

„Aber ich ..."

Ungeachtet ihres Widerstands zog Alex Bess hinter sich her und brachte sie zum Wagen.

„Was soll das, Alex? Ich kann mir ein Taxi nehmen! Oh, hallo, Judd."

Mit einem kräftigen Fluch nahm Alex hinter dem Steuer Platz. Bess blieb gar nichts anderes übrig, als einzusteigen.

„Wie geht es Holly?"

„Sehr gut, danke." Selbst Judd entging die Spannung nicht, die auf einmal in der Luft stand. Und Alex' finstere Miene ließ nichts Gutes ahnen. „Sie hat sich bei Ihnen auf der Party wirklich sehr gut amüsiert."

„Das freut mich. Sie müssen unbedingt wiederkommen." Mit atemberaubender Geschwindigkeit bog Alex um die Ecke, sodass die Reifen quietschten. Bess schlug die Beine übereinander. „Darf ich fragen, wohin wir fahren, oder bin ich schon wieder verhaftet?"

„Ich sollte Sie wirklich auf die Wache bringen, nur um Ihnen eine Lektion zu erteilen", entgegnete Alex grimmig. „Aber ich fahre Sie jetzt nach Hause."

„Vielen Dank, zu liebenswürdig!"

Alex warf ihr einen Blick im Spiegel zu. Sie wirkte noch immer aufgebracht, aber er konnte keine Spur von Schuldbewusstsein bei ihr entdecken. Diese Frau war wirklich unglaublich!

„Ich hätte nicht gedacht, dass Sie dumm sind, Miss McNee. Und wie die meisten dummen Leute macht Sie das leider auch sehr gefährlich."

„Ach, ja?" Bess lehnte sich nach vorn, zwischen

die beiden Männer. „Und was bitte soll das heißen, Sie Besserwisser?“

„Das kann ich Ihnen sagen! Nicht genug damit, dass Sie sich einmal von mir in dieser Gegend wegen Prostitution verhaften lassen. Nein, es hat Ihnen dort anscheinend so gut gefallen, dass Sie unbedingt eines der Mädchen ansprechen und sich danach noch einen kleinen Streit mit ihrem Zuhälter leisten mussten. Ein Zuhälter, der es gewöhnt ist, seine Nutten zu schlagen.“

„Sie haben die Situation völlig falsch verstanden“, entgegnete Bess stirnrunzelnd. „Ich habe mich mit dem Mädchen unterhalten, ja, aber das ist doch wohl noch nicht strafbar, oder? Es rechtfertigt jedenfalls nicht Ihr Verhalten, einfach ins Restaurant zu stürmen und mir eine Szene zu machen. Wie ich schon gesagt habe, ich kann auf mich selbst aufpassen!“

„Wenn ich nicht gekommen wäre, lägen Sie jetzt vielleicht mit gebrochener Nase im Krankenhaus, ist Ihnen das klar?“

„He, Alex!“

„Was ist denn, Judd?“

„Ich will euch zwar nicht unterbrechen, aber sie haben gerade etwas durchgegeben. Ein Raubüberfall auf einen Getränkehandel.“

Alex ließ sich von der Zentrale die genaue Adresse geben, dann schalteten sie die Sirene an und fuhren mit heulendem Blaulicht in die entgegengesetzte Richtung. Bess saß auf dem Rücksitz des Wagens und beobachtete alles mit leuchtenden Augen.

Als sie am Ziel ankamen, wandte Alex sich drohend zu ihr um. „Sie bleiben im Wagen, verstanden? Wenn nicht, drehe ich Ihnen den Hals um!"

„Keine Angst, ich bleibe hier." Jetzt war es Bess doch etwas mulmig zu Mute. Sie hatte beobachtet, wie die beiden Männer ihre Waffen in Bereitschaft genommen hatten. Mit einem Mal schien es doch noch ernst zu werden.

Fasziniert beobachtete sie die Wandlung, die in Alex' Gesicht vor sich ging. Ab dem Moment, als er von dem Raubüberfall gehört hatte, war sie für ihn nicht mehr existent gewesen. Er hatte seine Polizistenmiene aufgesetzt und war wieder in seine berufliche Identität geschlüpft. Jetzt gab es nichts anderes mehr für ihn als den Job, der vor ihm lag – ein möglicherweise sehr gefährlicher Job.

Und noch etwas anderes hatte Bess beobachten können. Es war ein Ausdruck in seinen Augen gewesen, den sie noch nie zuvor wahrgenommen hatte. Leben und Tod waren darin und ein Potenzial für Gewalt, das sie erschauern ließ. Bess schickte ein Stoßgebet zum Himmel. Hoffentlich ging alles glatt!

In einem Punkt hatte Bess sich geirrt – Alex hatte sie nicht vergessen. Es ärgerte ihn zwar, denn er war stolz auf seine Fähigkeit, völlig abschalten zu können, wenn die Arbeit es verlangte. Aber mit Bess schien ihm das irgendwie nicht zu gelingen. Doch je näher er kam, desto mehr wurde er von der Szene vor ihm gefangen genommen.

Angst – das war das Erste, was er roch. Unschuldige Menschen waren in diesem Laden, ein Mann und eine Frau, und sie hatten Angst.

Alex bedeutete Judd, dass sie jeder einen der Eingänge übernehmen sollten. Er hoffte nur, dass sein Partner sich nicht von der eigenen Furcht übermannen lassen würde. Dies war Judds erster Einsatz bei einem Raubüberfall, und man konnte nie vorher wissen, wie ein Mann reagieren würde.

Die 9-mm-Waffe fühlte sich sicher und Schutz gebend in seiner Hand an. Er hatte die beiden Kriminellen bereits von außen erspäht. Der eine trug ein Gewehr mit abgesägtem Lauf, der andere eine 45er Pistole. Jetzt vernahm Alex auch die Stimme der Frau. Sie flehte die beiden Männer an, sie nicht zu verletzen. Alex versuchte sich davon nicht beeinflussen zu lassen. Wenn es nötig wäre, würden sie auch auf Verstärkung warten.

Nun waren die beiden Polizisten an den Laden herangekommen. Sie konnten genau sehen, was sich im Innern abspielte. Eine Frau von etwa sechzig Jahren stand weinend und händeringend neben der Kasse.

Ein etwa gleichaltriger Mann leerte mit zitternden Händen den Inhalt. Einer der beiden Täter nahm sich eine Flasche Whiskey vom Regal und öffnete sie. Dann nahm er einen tiefen Schluck, zerbrach den Hals der Flasche und hielt sie dem alten Mann drohend vors Gesicht.

Alex kannte diese Sorte. Es würde ihm nicht genügen, einfach nur Geld zu erbeuten. Typen wie dieser weideten sich an der Angst ihrer Mitmenschen. Dies verlieh ihnen ein Machtgefühl. Es blieb also nicht mehr viel Zeit.

„Wir gehen rein", bedeutete Alex seinem Partner. „Sie nehmen sich den Rechten vor, ich den Typen an der Kasse."

Judd war bleich bis an die Haarspitzen, aber er nickte. „Gut, sagen Sie nur, wann's losgeht."

„Mach ich, und noch eins: Schießen Sie nicht, wenn es sich vermeiden lässt. Auf geht's!"

Alex hielt die Luft an und stürmte in den Laden.

„Polizei!"

Sofort wirbelte einer der beiden Männer herum und legte sein Gewehr an.

„Lassen Sie die Waffe fallen!" rief Alex, obwohl er wusste, dass es zwecklos sein würde.

Unter den entsetzten Schreien der Frau eröffneten die Ganoven das Feuer. Alex erwischte einen von ihnen, der Mann taumelte unter scheppterndem Getöse zurück ins Regal. Im gleichen Moment zischte eine Kugel aus der 45er dicht über Alex' Kopf hinweg, um ein Haar hätte sie ihn getroffen. Alkohol und Glas spritzten in die Luft, dann gab es noch einen Schuss, dann war Stille. Judd hatte seinen ersten Einsatz und damit seine Einstiegsprüfung bestanden.

Langsam erhob sich Alex aus der Hocke, in die er gegangen war, um der Kugel zu entgehen. Er sah sich besorgt seinen Partner an. Judd war nicht mehr bleich, sein Gesicht hatte eine grau-grüne Farbe angenommen.

„Alles in Ordnung?"

Der jüngere Mann nickte benommen, dann steckte er seine Waffe ein. Langsam löste sich der Klumpen in seinem Magen auf. „Es war das erste Mal für mich."

„Ja, ist mir klar. Gehen Sie nach draußen und schnappen Sie frische Luft."

„Nein, danke, es geht schon wieder."

Alex schlug ihm auf die Schulter. „Gehen Sie trotzdem nach draußen. Und sobald die Verstärkung kommt, sagen Sie ihnen Bescheid. Wir brauchen eine Ambulanz." Dann setzte er noch hinzu: „Gut gemacht, Judd."

Bess wartete neben dem Wagen auf ihn, als Alex etwa zwanzig Minuten später wiederkam. Er sieht eigentlich genauso aus wie vorher, dachte sie. Aber dann hob er den Kopf und sah sie an, und sie wusste, dass sie sich geirrt hatte.

Bevor er in den Laden gestürmt war, hatten seine Augen nicht diesen schrecklich müden Ausdruck gehabt. Dies war erst in den letzten zwanzig Minuten passiert.

„Ich habe Ihnen doch gesagt, Sie sollen im Auto bleiben."

„Ja, das habe ich doch auch gemacht."

„Dann setzen Sie sich auch gefälligst wieder rein!"

Bess lächelte ihn freundlich an und legte die Hand auf seinen Arm. „Alex, ich habe Sie schon verstanden. Sie brauchen sich jetzt nicht weiter um mich zu kümmern. Ich werde mir ein Taxi nach Hause nehmen. Sie haben schließlich genug hier zu tun."

„Was ich zu tun hatte, ist erledigt." Ohne ein weiteres Wort nahm er hinterm Steuer Platz. Seine Stimme klang fest, sie duldete keinen Widerspruch. „Und jetzt steigen Sie bitte ein."

Achselzuckend fügte sich Bess. „Und was ist mit Judd?"

„Er fährt auf die Wache, um Bericht zu erstatten."

„Oh."

Danach war es erst einmal still im Wagen. Alex hatte schon viele Überfälle erlebt, und immer wieder war es das Gleiche. Auch noch lange danach wollte das flaue Gefühl im Magen einfach nicht verschwinden. Und von einem körperlichen Gefühl verwandelte es sich schließlich in Ärger, Ekel und Frustration. Aber davon hatte er seinem jungen Kollegen natürlich nichts erzählt.

„Na, und wo bleiben Ihre Fragen?“ wandte er sich schließlich an Bess. „Es kann doch nicht sein, dass Sie nichts von mir wissen wollen. Wie es sich angefühlt hat. Was ich dabei gedacht habe. Und so weiter und so weiter.“

„Nein.“ Bess schüttelte den Kopf. „Ich muss Sie nichts fragen, Alex. Ich habe Augen im Kopf. Und die sagen mir alles, was ich wissen will.“

Das passte Alex überhaupt nicht. Es gefiel ihm nicht, dass Bess die Verständnisvolle spielte und ihn mitleidsvoll ansah. Irgendwie machte das das Ganze nur noch schlimmer. „He, nun tun Sie doch nicht so sensibel.“

Er versucht mir wehzutun, dachte Bess, aber es störte sie komischerweise nicht weiter. Das kannte sie von sich selbst – um mit dem eigenen Schmerz fertig zu werden, musste man andere verletzen.

„Ich bin sicher, dass ich von den heutigen Geschehnissen etwas verwenden kann“, erwiderte sie diplomatisch.

Alex’ Hände umklammerten das Steuer fester. „Und eines wollte ich Ihnen noch sagen, Miss McNee – das nächste Mal, wenn ich Sie in dieser Gegend antreffe, werde ich Sie höchstpersönlich hinter Schloss und Riegel bringen, haben Sie mich verstanden?“

„Nun hören Sie schon auf, Detective!“ Auch Bess klang jetzt ärgerlich. „Sie hatten einen harten Tag, daher möchte ich mich jetzt nicht mit Ihnen anlegen. Aber ich mag es nicht, wenn man mir droht, kapiert? Am allerliebsten wäre es mir, wenn wir unsere Unterhaltung beenden würden.“

Alex erwiderte darauf nichts, doch sie konnte sehen, wie sehr ihn ihre Worte getroffen hatten. Als er schließlich vor Bess' Haus hielt, war die Luft im Wagen zum Schneiden dick. Ihr war das in diesem Moment egal. Sie würde niemandem erlauben, in diesem Ton mit ihr zu reden, auch Alex nicht. Sie stieg entschlossen aus dem Auto aus und knallte die Tür hinter sich zu.

Sie stand bereits am Eingang, da war er schon aus dem Wagen gesprungen und stand plötzlich vor ihr.

„Komm her!“ sagte er mit rauer Stimme und zog sie an sich. In seinem Kuss lag alles, was an diesem Abend passiert war – die ganze Gewalt, sein ganzer Frust. Selbst wenn Bess es gewollt hätte, sie hätte sich nicht gegen seine Leidenschaft, gegen dieses alles verzehrende Feuer wehren können. Wie ein Feuerbrand schlug seine Lust über ihnen zusammen.

Aber so abrupt wie er gekommen war, ließ er auch wieder von ihr ab. Gott, er brauchte diese Frau, brauchte sie so sehr, wie er noch nie einen Menschen gebraucht hatte! Diese Erkenntnis ernüchterte Alex mit einem Schlag, und er trat einen Schritt zurück.

„Kommen Sie mir nicht mehr in die Quere, McNee!“ sagte er, dann stieg er wieder ins Auto.

4. KAPITEL

„Was seinen Tod angeht“, sinnierte Bess, „so bin ich persönlich für ein schönes, schnell wirkendes Gift. Am liebsten irgendetwas Exotisches.“

Lori schüttelte den Kopf. „Nein, ich finde, er sollte erschossen werden. Das macht sich auf dem Bildschirm immer besser.“

Bess überlegte weiter. „Denk einmal über die Szenerie nach, Lori. Er gibt also wieder einmal eine seiner berühmten Cocktailpartys. Alles, was Rang und Namen hat, all die Leute, die er über die Jahre ausgetrickst hat, sind an diesem Abend in seinem Haus versammelt.“

Lori nickte begeistert. Bei dieser Aussicht bekam sie ganz glänzende Augen.

„Zum Beispiel Jade, die Reed nie verziehen hat, was er ihrer Schwester angetan hat. Und Elana, die die ganze Zeit über nichts anderes nachdenkt, als dass Reed gedroht hat, die Informationen, die er über Max hat, der Öffentlichkeit zugänglich zu machen.“

Lori spann diesen Faden weiter. „Und natürlich Brock, der genau weiß, dass Reed mit nur einem Anruf all seine Bemühungen, den Tyson-Deal zu bekommen und so ein Vermögen zu verdienen, zunichte machen kann. Oh, und dann dürfen wir auch Miriam nicht vergessen!"

„Stimmt, sie ist in letzter Zeit ein wenig zu kurz gekommen. Dabei ist sie schließlich Reeds Exfrau, ein schwieriger psychologischer Fall. Wenn es nach ihr ginge, wäre Reed sowieso schuld an all ihren Problemen."

„Na, irgendwie stimmt das ja auch", lachte Lori.

„Außerdem haben wir dann noch Vicky, deren Liebe er zurückgewiesen hat, und Jeffrey, ihren gehörnten Ehemann. Es dürfte also nicht schwer sein, einen Verdächtigen zu finden."

„Gut, was ist dann mit dem Gift?"

„Ich finde, wir sollten uns diesmal etwas Besonderes ausdenken", schlug Bess vor. „Wie ich schon sagte, vielleicht etwas Orientalisches." Sie machte sich eine Notiz, diesen Punkt zu recherchieren. „Jedenfalls haben sie alle ein Motiv, um ihn umzubringen. Selbst seine Haushälterin, denn schließlich hat Reed damals ihre junge, unschuldige Tochter verführt und sie dann wie eine Marionette fallen lassen, als er sie nicht mehr brauchte. Das heißt ... wir sind mitten in der Party. Die Kamera fährt auf ein Glas Champagner zu. Der Raum liegt im Halbdunkel. Wir sehen eine Hand, die ein paar Tropfen in das Glas fallen lässt. Wir wissen nicht, was es ist, aber wir ahnen etwas."

„Sehen wir denn, ob es sich um eine männliche oder weibliche Hand handelt?“

„Der Mörder trägt Handschuhe“, sagte Bess, doch dann fiel ihr auf, wie lächerlich es wäre, auf einer Cocktailparty Handschuhe anzuziehen. „Na gut, dann sehen wir die Szene nicht während der Party, sondern schon vorher. Da gibt es doch diese Schachtel, weißt du? Diese sehr schön geschnitzte hölzerne Schachtel.“

„Und die Hand mit dem Handschuh öffnet sie und nimmt eine kleine gläserne Phiole heraus.“

„Du hast es erfasst! Diese Einstellung zeigen wir ein paar Mal, und die Zuschauer werden wissen, dass sich etwas zusammenbraut.“

„Ja, und in der Zwischenzeit setzt Reed seine Machenschaften fort. Er spielt mit allen, als wären sie willenlose Marionetten, und um ihn herum werden der Ärger und der Druck immer stärker. Es wird dann niemanden mehr überraschen, dass es auf der Party zur Katastrophe kommt.“

„Ich kann mir das Ganze schon vorstellen!“ Genießerisch schloss Lori die Augen. „Reed genießt seine Macht, er ahnt nichts. Aber nach und nach machen sich die Symptome des Gifts bemerkbar, er wird müde, schwindlig, dann wird ihm schlecht und er übergibt sich. Ich bin eigentlich für ein schnelles Ende.“

„Ja, in Ordnung." Bess stimmte ihr zu.

„Wenn die Polizei eintrifft, gibt es keinerlei Spuren. Es wird wie das perfekte Verbrechen aussehen."

„Das perfekte Verbrechen gibt es aber nicht."

Überrascht schauten Lori und Bess zur Tür. Dort stand Alex, die Hände in den Hosentaschen. Amüsiert hatte er zugehört, wie die beiden ihre Geschichte ausspannen.

„Außerdem gehe ich einmal davon aus, dass Ihr Detective die Sache aufklären wird, oder etwa nicht? Sonst wären die Zuschauer bestimmt enttäuscht von ihm."

„Ja, er wird das Ding schon schaukeln", erwiderte Bess langsam. Sie musste sich erst daran gewöhnen, dass Alex plötzlich in ihrem Arbeitsraum stand.

Diskret erhob Lori sich, um sich zu verabschieden. „Ich will mir noch die Aufnahmen von letzter Woche ansehen", sagte sie zu Bess gewandt. „Einen schönen Tag, Detective."

„Danke." Alex machte ihr Platz, dann sah er sich neugierig im Zimmer um. „Ist ja wirklich nett hier", bemerkte er lakonisch.

Bess lächelte ein wenig. Das Zimmer hatte tatsächlich in etwa die Größe einer Streichholzschachtel. Der Tisch, an dem sie und Lori arbeiteten, war übersät mit Büchern, Papieren und Aktenordnern. Zwei Fernsehgeräte mit Videorekordern standen immer in Bereitschaft. Die Couch und der große Ledersessel, auf dem ebenfalls Sachen lagen, vervollständigten die Einrichtung. Es war nicht gerade sehr gemütlich.

„Für uns ist es so etwas wie eine zweite Heimat", sagte sie auf seine unausgesprochene Kritik hin. „Was bringt Sie also in dieses Verlies, Alex?"

Das Wort war gar nicht so fehl am Platze. Sie befanden sich in den Kellerräumen des großen Gebäudes, in dem die Studios sowie die Produktionsbüros für „Heimliche Sünden" untergebracht waren.

Er beantwortete ihre Frage mit einer Gegenfrage. „Wie lange müssen Sie noch arbeiten?"

„Wieso? Und was ist mit Ihnen? Haben Sie etwa schon frei?"

„Ich habe mir einfach ein paar Stunden freigenommen."

Erst jetzt fiel Bess auf, wie verlegen er war. Sie genoss diesen Anblick nach ihrer letzten Begegnung. „Soll das heißen, Sie erweisen mir die Ehre eines persönlichen Besuchs, Detective?"

Er nickte und machte einen Schritt nach vorn, was er sofort bereute. Es war einfach viel zu eng hier! „Ich ... ich wollte mich bei Ihnen entschuldigen."

„Entschuldigen? Generell oder für letztes Mal?"

„Für letztes Mal." Alex schüttelte den Kopf, als sie ihm ein paar gebrannte Mandeln anbot. „Nach dem Raubüberfall, als ich Sie nach Hause brachte.

Ich ... ich habe die zulässigen Grenzen überschritten."

„Sie sprechen von der letzten halben Stunde jenes Abends?"

Er nickte. „Ja, nur davon. Alles, was ich davor zu Ihnen gesagt habe, gilt weiterhin. Sie hatten in dieser Gegend einfach nichts zu suchen!"

„Lassen Sie uns doch lieber über die letzte halbe Stunde reden, das wäre mir lieber", erwiderte Bess zuckersüß.

„Wie schon gesagt, es tut mir Leid, wenn ich Ihnen zu nahe getreten bin." Vorsichtig ließ sich Alex auf der Tischkante nieder. „Andererseits war auch Ihre Reaktion auf das Ganze nicht so, wie ich erwartet hatte."

„Was meinen Sie damit?"

„Nun, Sie erleben ja wohl nicht jeden Tag einen bewaffneten Raubüberfall aus nächster Nähe. Ich hätte gedacht, dass Sie schockiert sein würden, vielleicht auch Angst hätten."

Bess lachte. „Sie wissen doch, ich bin von Natur aus sensationslüstern." Dann wurde sie wieder ernst und streckte ihm die Hand hin. „Also gut, ich verzeihe Ihnen. Es war eine extreme Situation. Wir wollen es dabei belassen, okay?"

Alex rührte sich nicht.

„Ich habe oft an Sie denken müssen", sagte er unerwartet.

„Ach ja? Und? Bereuen Sie es?"

Seine Lippen zuckten, er unterdrückte nur mit Mühe ein Lächeln. „Eigentlich wollte ich Sie fragen, ob Sie mit mir ausgehen würden. Das wäre doch ein netter Start, finden Sie nicht?"

„Ein Start wofür?"

„Um mit Ihnen ins Bett zu gehen. Denn darauf wird es doch hinauslaufen, glauben Sie nicht?"

„Oh." Bess wusste darauf erst mal nichts zu sagen. Aber sie bemerkte, dass sie errötet war, während er nach außen hin ganz ruhig blieb. „Sie gehen ja ganz schön ran, Detective."

„Das ist mein Beruf. Ich habe einfach nur das Gefühl, Miss McNee, als könnte ich mir bei Ihnen das ganze romantische Brimborium sparen. Oder wäre es Ihnen lieber gewesen, wenn ich mit Blumen ankommen und den Vollmond abwarten würde?"

Bess ging das alles ein wenig zu schnell. „Ich weiß nicht", entgegnete sie leichthin. „So eine Vollmondnacht hat schon etwas für sich."

Alex grinste sie an. „Also gut, lassen wir uns Zeit. Das ist mir genauso recht. Werden Sie mit mir ausgehen?"

Dagegen war ja wohl nichts zu sagen. Bess fragte sich nur, warum ihr Herz plötzlich so heftig schlug. „Und wann?"

„Morgen. Morgen Abend habe ich frei."

„Ja, das passt mir gut."

Alex sah sie stirnrunzelnd an. „Irgendwie habe ich das Gefühl, als würde ich Sie nervös machen."

Bess lachte schallend. „Aber warum denn? Nein, wie kommen Sie denn darauf?"

„Schon gut. Jetzt will ich Sie auch nicht länger von der Arbeit abhalten. Wie wäre es, wenn ich Sie um halb acht abhole? Mein Schwager hat ein sehr hübsches Restaurant, wo man vorzüglich essen kann. Es wird Ihnen dort bestimmt gefallen."

„Schön, ich freue mich."

Alex betrachtete sie versonnen. „Sie haben wirklich ein sehr ungewöhnliches Gesicht. Nicht gerade das, was man als klassische Schönheit bezeichnen könnte."

Bess lachte wieder, sie nahm ihm seine Bemerkung nicht übel. „Nein, stimmt. Früher hat mir das sehr viel ausgemacht. Ich habe auch alle Bilder von mir verbrannt, die mich als Teenager zeigen." Sie sah ihn prüfend an. „Sie hingegen waren wahrscheinlich immer ein richtiger Supermann, dem die Frauen in Scharen nachgelaufen sind, stimmt's?"

Alex grinste. „Ich würde nicht sagen, in Scharen – zu Hunderten, ja, das käme schon eher hin."

„Das ist wieder mal typisch männlicher Chauvi..."

Alex ließ Bess gar nicht erst ausreden. Er zog sie zu sich heran und küsste sie. Es gefiel ihm, wie sie sich gleich für diese Berührung öffnete. Da gab es kein Zieren, kein Spielen. Das Küssen war für Bess so wichtig wie das Atmen.

Auch Alex genoss die Berührung ihrer Lippen, und er zögerte den Moment ein wenig länger heraus, als er eigentlich geplant hatte. Noch immer hatte er sich unter Kontrolle. Trotzdem konnte er sich für den Bruchteil einer Sekunde der Vorstellung nicht erwehren, wie es wohl sein mochte, wenn er jetzt einfach die Tür abschließen und sie hier inmitten der Arbeitspapiere nehmen würde.

Widerstrebend löste er sich von ihr. „Gefährlich", flüsterte er ihr auf Ukrainisch ins Ohr. „Sie sind eine sehr gefährliche Frau."

„Was?" fragte Bess, sie war wie benommen. „Was heißt das auf Englisch?"

„Das heißt, ich muss jetzt gehen. Also dann bis morgen Abend, Miss McNee."

„Ja, bis morgen Abend." Bevor sich die Tür hinter ihm schloss, rief sie ihm noch nach: „Und passen Sie auf sich auf!" Dann ließ sie sich langsam auf ihrem Stuhl nieder und sah ihm unverwandt nach.

In dieser Position fand sie auch Lori, als sie fünf Minuten später aus dem Schneideraum zurückkam. Sie blieb überrascht stehen.

„Oh, oh, oh", meinte sie bedauernd. Ein Blick auf Bess hatte genügt, um ihr zu zeigen, woran sie war.

Voller Mitgefühl reichte sie ihrer Kollegin ein Glas eisgekühlte Cola. „Ich habe es gewusst. Ich wusste, dass das kommen würde, und zwar in dem Moment, als ich dieses Prachtbild von einem Mann auf deiner Party sah."

„Wovon redest du überhaupt?" erwiderte Bess abweisend. Sie nahm einen tiefen Schluck. Komisch, sie hatte gar nicht bemerkt, wie trocken ihre Kehle geworden war. „Es ist doch noch gar nichts passiert."

„Nein, aber es wird passieren. Genauso wie jetzt hast du ausgesehen, als du dich damals in Charlie verliebt hast. Und in Sean, und in Miguel, und in ..."

„Das reicht!" Bess hob die Hand. „Außerdem irrst du dich. Ich bin nicht in Alex verliebt. Ich gehe nur morgen Abend mit ihm zum Essen aus."

Triumphierend sah Lori sie an. „Habe ich es nicht gesagt? So hat es doch immer angefangen. Erinnerst du dich denn nicht?"

„Ich erinnere mich auch daran, dass ich bisher alle Affären ziemlich unbeschadet überlebt habe", entgegnete Bess trotzig.

„Es gibt immer ein erstes Mal", meinte Lori weise. „Und dieser Mann ist ein ganz schönes Kaliber. Ich will ja nur nicht, dass dich jemand verletzt, Bess."

„Keine Angst, ich kann auf mich aufpassen." Aber selbst in Bess' Stimme schwang leiser Zweifel mit.

Lori war einfühlsam genug, es für den Moment dabei zu belassen.

Alex war sehr angetan von Bess' Äußerem. Nicht jede Frau hätte diese gewagte Farbkombination aus einer jadegrünen Bluse mit hellblauen engen Hosen tragen können. Aber bei Bess sah es umwerfend aus, sie verbreitete überall um sich herum eine Aura ungeheurer Lebendigkeit. Alex dachte bei sich, dass es dies war, was ihn dazu bewogen hatte, sie aufzusuchen, um sich zu entschuldigen. Und das Ganze hatte damit geendet, dass er sie zum Essen einlud!

Seitdem dies klar war, hatte er an nichts anderes mehr denken können als an sie und die Möglichkeit, wie es wohl sein mochte, mit ihr ins Bett zu gehen.

Bess ihrerseits brauchte nur einen einzigen Blick in das geräumige Interieur von Zackary Muldoons Bar „Lower the Boom" zu werfen, um zu wissen, dass ihr ein sehr vergnüglicher Abend bevorstand. Aus der Musikbox erklang gedämpfte Musik, der Raum war erfüllt vom fröhlichen Lachen der Gäste. Vor allem aber roch es gut – herrliche Düfte erfüllten das Restaurant und verlockten zum Speisen.

„Fantastisch!" meinte Bess begeistert zu Alex. „Ich gehe einmal davon aus, dass es so gut schmeckt wie es riecht."

„Oh nein, es schmeckt noch viel besser." Alex

winkte kurz zur Bar hinüber, bevor er ihnen einen Tisch suchte.

Wie immer war die Bar bis auf den letzten Platz belegt. Seit seine Schwester Zack geheiratet hatte, hatte Alex es sich zur Gewohnheit gemacht, mehrmals in der Woche hereinzuschauen. Daher kannte er auch die meisten Gäste und das Personal beim Namen.

„He, Lola", sagte er lächelnd, als die Kellnerin erschien, um sich nach ihren Wünschen zu erkundigen, „wie geht's?"

„Danke, mir geht's gut." Prüfend besah Lola sich Alex' Begleiterin. Es kam nicht sehr oft vor, dass Alex eine seiner Freundinnen mit in das Restaurant brachte. „Was kann ich Ihnen bringen?"

„Ich hätte gern einen Tequila", erklärte Bess fröhlich.

„Und ich ein Bier, Lola. Ist Rachel zufällig da?"

„Ja, sie ist oben, sie ruht sich ein wenig aus. Aber du kennst sie ja, später kommt sie bestimmt herunter."

Alex nickte. „Was hat uns Rio heute Abend anzubieten?"

„Paella. Ich kann sie nur empfehlen."

„Hätten Sie Lust darauf?" fragte Alex Bess.

„Aber sicher. Ich liebe Paella!" Nachdem Lola die Bestellung notiert hatte und gegangen war, stützte Bess die Ellenbogen auf und sah Alex fragend an. „Na los, erzählen Sie mir mehr. Wer managt dieses Restaurant?"

„Ich hatte Ihnen ja schon gesagt, dass es meinem Schwager Zack gehört. Rio ist der Koch aus Jamaika, und dann gibt es da noch Nick, Zacks Halbbruder."

Bess nickte. „Und Rachel ist mit Zack verheiratet, richtig?" Sie besah sich den Mann hinter der Bar. „Ein ganz schönes Kaliber. Wie haben die beiden sich kennen gelernt?"

„Wie Sie wissen, ist Rachel Anwältin. Sie war Nicks Strafverteidigerin, nachdem ich ihn wegen versuchten Überfalls festgenommen hatte."

„Oh, das ist ja sehr romantisch. He, hier kommen unsere Drinks!"

Nachdem Lola die Getränke auf den Tisch gestellt und Alex noch einen zustimmenden Blick zugeworfen hatte, bat Bess ihn: „Bitte erzählen Sie weiter. Das alles interessiert mich brennend."

„Na ja, Nick hatte keinen Vater mehr, und Zack hat sich seiner angenommen, nachdem er herausfand, dass Nick in einer Straßengang untergekommen war. Oh, nicht schlecht!"

Bess hatte den Tequila mit einem einzigen Schluck heruntergestürzt, so, wie es sich gehört.

Sie unterhielten sich weiter, bis die dampfende Paella auf dem Tisch stand. Alex war richtig ins Erzählen gekommen, und er musste sich eingestehen, dass er Bess' Gesellschaft sehr genoss. Sie konnte gut zuhören, das musste man ihr lassen.

„Und so kommt es", schloss er lachend, „dass ich bald einen irisch-ukrainischen Neffen oder eine Nichte haben werde."

„Verstehe. Sie können wirklich sehr gut erzählen, Alex. Ich nehme an, Sie haben bestimmt auch Zigeunerblut in Ihnen."

„Kann schon sein."

Bess blickte ihn strahlend an. „Besonders hat mir an Ihrer Geschichte gefallen, dass es ein Happy End gab. Ich persönlich liebe so etwas, aber in meiner Serie darf ich es nicht oft einbauen."

Alex sah sie überrascht an. „Warum denn? Ich hätte gedacht, die meisten Leute würden Happy Ends lieben, ganz besonders in einer Seifenoper."

„Ja, das stimmt auch. Aber gleichzeitig muss der Held oder die Heldin auch immer durch irgendeine Form von Krise oder Tragödie gehen, sonst verlieren die Zuschauer das Interesse an ihnen. Hmm, die schmeckt ja fantastisch!" Genüsslich häufte Bess sich noch mehr von der Paella auf den Teller. „Deshalb ist zum Beispiel Elana bereits zum zweiten Mal verheiratet, hatte eine Weile ihr Gedächtnis verloren, ist sexuell missbraucht worden, hatte zwei Fehlgeburten und einen Nervenzusammenbruch, erschoss einen ehemaligen Geliebten aus reiner Notwehr, hat sich von einer

Spielsucht befreit, bekam Zwillinge, die von einer geistig gestörten Kinderschwester entführt wurden und so weiter und so weiter." Fröhlich aß sie weiter und setzte hinzu: „Natürlich nicht unbedingt in dieser Reihenfolge."

Alex hatte ihr verblüfft zugehört. Bevor er noch fragen konnte, wer Elana war, hatte ihnen Lola bereits wieder neue Getränke gebracht. Da sie den Rest von Bess' Satz mitgehört hatte, fragte sie sie neugierig. „Sehen Sie auch immer ‚Heimliche Sünden'?"

„Es ist meine Lieblingsserie", versicherte ihr Bess. „Und Sie?"

Lola vergaß ihre anderen Gäste an der Bar, die schon lautstark nach ihr verlangten. „Ich schaue mir die Folgen an, so oft ich nur kann. Es fing an, als ich damals im Krankenhaus lag und meinen jüngsten Sohn bekam. Er ist jetzt zehn. Damals war Elana noch in Jack Banner verliebt. Das war ein toller Mann!"

„Ja, er war mir auch immer einer der liebsten", stimmte Bess ihr zu. „Besonders mochte ich seinen Hang zur Selbstzerstörung."

„Ich war wirklich traurig, als er in diesem Warenhausbrand umkam. Ich hätte nie gedacht, dass Elana darüber hinwegkommen würde."

„Na, sie ist schon über so einiges hinweggekommen", erwiderte Bess.

„Ohne sie wäre Storm nie der Mann, der er heute ist. Er hat ihr viel zu verdanken." Wieder rief jemand nach Lola, doch sie winkte nur ungeduldig ab.

„Mögen Sie Storm?"

„Hören Sie mal, wer würde ihn nicht mögen?" Lola kicherte leise. „Er ist schließlich der Traum jeder Frau. Ich hoffe nur, dass es mit ihm und Jade etwas wird. Sie haben es verdient, miteinander glücklich zu werden, nach all den Katastrophen, die sie durchmachen mussten. Ja, ja, ich komme ja schon! Also, lassen Sie es sich gut schmecken!" Damit war sie verschwunden.

Bess lächelte Alex an. „Irgendwie sehen Sie verwirrt aus."

Er schüttelte den Kopf. „Sie und Lola haben über diese Figuren gesprochen, als wenn es sich um wirkliche Menschen handeln würde."

„Aber für die Zuschauer sind sie auch wirklich", entgegnete Bess. Genüsslich verzehrte sie eine kleine Garnele. „Und zwar für eine Stunde pro Tag an fünf Tagen die Woche. Dann erwachen sie zum Leben. Aber das kennen Sie doch bestimmt auch. Oder haben Sie nie für Batman geschwärmt? Oder für Scarlet O'Hara aus ‚Vom Winde verweht'?"

„Klar, aber die sind schließlich alle nur erfunden."

„Erfunden oder nicht, für viele sind diese Figuren wirklicher als die so genannte Realität. Sie wissen doch, man muss die Menschen mit Fantasie füttern, Alex, das brauchen sie.“

Er sah sie an, sein Blick war sehr beredt. „Ich kann mich über einen Mangel an Fantasie nicht beklagen“, erwiderte er zweideutig.

Bess kippte schnell ihren zweiten Tequila. Vielleicht wäre es besser, das Thema zu wechseln, dachte sie bei sich.

Plötzlich betrat ein blonder junger Mann die Empore, die als Bühne diente und auf der ein Klavier stand. Er setzte sich auf den Schemel, und schon bald erfüllten Bluesklänge den Raum.

„Das ist Nick“, erklärte Alex Bess.

„Er spielt wirklich sehr gut.“

„Stimmt. Ihm haben wir es zu verdanken, dass hier jetzt ein Klavier steht. Rachel und Zack haben versucht ihn dazu zu überreden, auf die Musikschule zu gehen, aber davon will er nichts hören.“

„Vielleicht braucht er das ja auch gar nicht. Er scheint eine Menge Talent zu haben.“

„Ja, das denke ich auch. Aber im Moment arbeitet er noch bei Rio in der Küche. Hin und wieder setzt er sich dann ans Klavier.“

„Bestimmt sind alle Mädchen hinter ihm her“, meinte Bess lächelnd.

„Ach was, er ist doch noch ein Junge“, wehrte Alex ab.

„Das sehe ich anders. Besonders ältere Frauen sind gerne mit jüngeren Männern zusammen. Ein gutes Beispiel dafür ist Jessica aus meiner Serie. Sie hat sich gerade unsterblich in Todd verliebt und er in sie. Todd ist zehn Jahre jünger. Die meisten Zuschauer stehen hinter dieser Beziehung."

„Waren wir nicht gerade bei Ihnen, Bess? Sie sollten nicht ablenken."

„Nein, das will ich auch nicht, ich ..."

„Guten Abend!" Der Restaurantbesitzer stand plötzlich an ihrem Tisch und schlug Alex auf die Schulter. „Na, schmeckt es euch beiden denn auch?"

„Es schmeckt traumhaft", versicherte Bess und streckte ihm ihre Hand hin. „Sie sind Zack? Mein Name ist Bess."

„Freut mich, Sie kennen zu lernen. Ich nehme an, Sie sind die Frau, die Rachel in Alex' Büro getroffen hat."

„Ja, stimmt. Sie haben ein tolles Restaurant, Zack. Ich werde bestimmt wiederkommen."

„Das freut mich zu hören!" Er sah sie aufmerksam an. „Es kommt nicht oft vor, dass Alex seine Freundinnen mit hierher bringt. Meist lässt er uns darüber im Unklaren, mit wem er gerade ausgeht."

Er zwinkerte Bess zu, und sie zwinkerte zurück. „Ist das so?"

„Ach, komm schon, Zack, du übertreibst“, wehrte sich Alex.

In diesem Moment erschien auch Rachel. „Was ist denn hier los?“ sagte sie fröhlich. „Eine Party, und niemand sagt mir Bescheid? Das gibt’s ja gar nicht!“

„Setz dich hin!“ Die beiden Männer sprachen den Satz gleichzeitig aus.

„Ich habe die Nase voll vom Sitzen.“ Rachel wandte sich an Bess. „Schön, Sie wiederzusehen. Na, wie finden Sie Rios Paella? Ist sie nicht traumhaft?“

„Allerdings. Außerdem sprachen wir vorhin über etwas sehr Spannendes. Alex hat mir erzählt, wie Sie und Zack sich kennen gelernt haben.“

Überrascht blickte Rachel sie an. „Ach, ja?“

„Warum setzen Sie sich nicht zu uns und lassen uns Ihre Version der Geschichte hören?“ schlug Bess vor.

Wenige Minuten später war eine angeregte Unterhaltung im Gange. Wieder staunte Alex über Bess’ Gabe, sich mit Menschen anzufreunden, die sie erst wenige Minuten kannte. Rachel tat ihre Gesellschaft offensichtlich gut, sie wirkte sehr entspannt.

Auch Nick war offensichtlich erfreut, Bess kennen zu lernen, denn er konnte sich mit ihr hervorragend über Musik unterhalten. Schließlich verabredeten die beiden Frauen sich für die darauf folgende Woche zum Mittagessen.

„Ich mag Ihre Familie", erklärte Bess, als sie schließlich das Lokal verließen und in ein Taxi stiegen.

„Dabei haben Sie noch längst nicht alle getroffen."

„Wieso? Wen gibt es denn da noch?"

„Meine Eltern, eine Schwester, ihren Mann und deren drei Kinder. Dazu kommt noch ein weiterer Bruder, seine Frau und deren Kind. Wie steht es mit Ihnen?"

„Wie meinen Sie das?"

„Haben Sie auch so eine große Familie?"

Bess schüttelte den Kopf. „Nein, ich bin ein Einzelkind. Aber erzählen Sie mir mehr. Leben sie alle in New York?"

„Alle außer Natasha." Er spielte mit den kleinen Löckchen, die sich in ihrem Nacken kräuselten. „Aber ich würde lieber etwas von Ihnen wissen, Bess. Sie sprechen nie über sich."

„Wie meinen Sie das?" fragte sie lachend. „Sie müssten doch inzwischen gemerkt haben, dass ich pausenlos plappere."

„Ja, Sie fragen dauernd und sind sehr daran interessiert, wie andere Menschen leben. Aber Sie sprechen nie über sich selbst."

Bess hielt einen Moment inne. Es erstaunte sie, dass ihm dies aufgefallen war. Andererseits war dies vielleicht wieder typisch für einen Polizisten. „Wir hatten bisher ja auch noch nicht so viele Gelegenheiten, uns zu unterhalten", erwiderte sie vorsichtig.

Ich will ihn küssen, dachte sie bei sich. Ich will nicht mehr reden, ich will seine Lippen auf meinen spüren.

Als hätte Alex ihre unausgesprochenen Gedanken vernommen, beugte er sich zu ihr. Im nächsten Moment fand sein Mund den ihren. Es war zunächst ein freundlicher Kuss, wie ihn auch Bekannte hätten austauschen können. Doch schon bald verstärkte sich der Druck, und Bess hatte plötzlich das Gefühl, als würde sich etwas zusammenbrauen. Der Ansturm seiner Leidenschaft lag hinter dieser Zärtlichkeit verborgen, und sie fragte sich mit klopfendem Herzen, was wohl passieren würde, wenn der Sturm ausbrechen würde.

Als er sich schließlich von ihr löste, ging auch sein Atem schwer.

„Ich unterhalte mich aber gerne mit Ihnen", flüsterte er. Seine Hand schloss sich um ihren Nacken. „Erzählen Sie mir mehr von sich, Bess", sagte er mit rauer Stimme. „Ich bin sehr neugierig, wer sich hinter diesem ungewöhnlichen Gesicht verbirgt."

„Vielleicht sollten Sie das selbst herausfinden. Aber ich fürchte, Sie werden enttäuscht sein, Alex." Widerstrebend entwand sie sich seinem Griff. Das Taxi hatte inzwischen sein Fahrtziel erreicht.

„Oh, wir sind schon da!" Bess war froh, aussteigen zu können. Plötzlich bemerkte sie, wie weich ihre Knie waren. Alex bezahlte den Fahrer.

„Sie müssen mich nicht zur Tür bringen", sagte Bess mit gepresster Stimme. Es war merkwürdig, so ganz allein mit ihm auf dem Bürgersteig zu stehen.

„Soll das heißen, Sie bitten mich nicht mehr herauf?" Alex' Stimme klang überrascht.

„Genau das heißt es." Ihre Stimme klang fest, aber innerlich spürte Bess einen Stich des Bedauerns. „Ich habe das Gefühl, es wäre besser, das nicht zu tun."

Alex akzeptierte ihre Entscheidung, aber er nahm sich insgeheim auch vor, alles zu tun, um sie umzustimmen. „Wir werden das bald wiederholen, nicht wahr?" fragte er.

„Oh ja."

Er griff nach ihrer Hand und führte sie zu seinen Lippen. „Sehr bald?"

Die Spannung zwischen ihnen wuchs immer mehr. Fast abrupt entzog Bess ihm ihre Hand.

„Gut, wie Sie wollen, Alex. Also dann, bis zum nächsten Mal."

„Einen Moment noch!" Ohne Vorwarnung zog er sie an sich, umfasste ihr Gesicht mit beiden Händen und begann sie zu küssen. Bess ließ sich in seine Umarmung fallen, als hätte sie nie etwas anderes getan.

So standen sie eng umschlungen eine Weile, und das Herz schlug ihr bis zum Halse.

Schließlich ließ er sie los und trat einen Schritt zurück. Seine Augen schienen Bess bis ins Herz zu schauen.

„Gute Nacht“, sagte er.

Ihr war die Kehle wie zugeschnürt. Sie konnte nur noch kurz nicken, dann verschwand sie schnell im Hauseingang.

Alex wartete noch eine Weile, bis er die Lichter in ihrem Apartment aufleuchten sah. Sie hat etwas Besonderes an sich, dachte er. Wenn er nur gewusst hätte, was genau es war!

5. KAPITEL

Die letzte Person, mit der Bess gerechnet hatte, als sie wenige Tage später ihr Büro verließ, war Rosalie. Selbst inmitten der eilenden Menge von Geschäftsleuten und Passanten stach sie hervor, ein exotischer Anblick. Nachdem Bess ihre erste Überraschung überwunden hatte, lächelte sie und ging auf sie zu.

„Hallo! Haben Sie auf mich gewartet?"

„Ja."

„Warum sind Sie nicht hereingekommen?"

„Ich wollte Sie nicht stören. Außerdem hielt ich es für besser, hier draußen auf Sie zu warten."

„Ach, Unsinn, ich ..." Bess stockte mit einem Mal. Die große Sonnenbrille, die Rosalie trug, verdeckte nur unvollständig ihr blaues Auge. Bess' Lächeln verschwand. „Wer hat das getan?"

Rosalie zuckte mit den Achseln. „Bobby. Er war nicht gerade begeistert davon, dass wir uns unterhalten haben."

„Das ist ja furchtbar!"

„Na ja, ich kenne Schlimmeres."

„Dieser Bastard!" Bess ballte die Hände zu Fäusten. Sie war empört über das, was Bobby Rosalie angetan hatte. Und sie fühlte sich mitschuldig an dem Geschehen. „Oh, Rosalie, es tut mir so Leid! Wenn ich Sie nicht angesprochen hätte, wäre das nie passiert."

„Ach, Unsinn, Schwester. So ist nun mal das Leben. Da kann man nichts machen."

„Ich will und kann das nicht akzeptieren!" Bess war wirklich außer sich. „Wollen Sie zur Polizei gehen? Ich komme mit. Wir könnten ..."

„Nein, auf gar keinen Fall!" Rosalie lachte bitter. „Was meinen Sie, was ich kriegen würde, wenn ich deswegen zur Polizei ginge? Und wenn Sie glauben, dass sich auch nur ein Mensch über eine Hure mit einem blauen Auge aufregen würde, dann sind Sie noch weltfremder, als ich gedacht habe."

Darauf wusste Bess nichts zu sagen. Sie zuckte die Schultern. „Na gut, wie Sie wollen."

Rosalie zündete sich eine Zigarette an. „Sie haben mir angeboten, mich für ein paar Informationen zu bezahlen, Bess. Für mich steht dieser Deal. Ich kann das Geld gebrauchen, und im Moment muss ich auch nicht arbeiten."

„Wunderbar!" Bess dachte schnell nach. „Wie viel verdienen Sie denn so an einem durchschnittlichen Abend?"

„Also, abzüglich dessen, was Bobby sich nimmt, sind es im Schnitt etwa fünfundsiebzig Dollar, manchmal auch hundert. Die Zeiten sind leider nicht mehr so rosig, wie sie einmal waren."

„Alles klar.“ Bess hielt nach einem Taxi Ausschau. „Wir werden uns unterhalten. Es sieht leider so aus, als gäbe es keine Taxe. Ich wohne etwa zwanzig Blocks entfernt. Würde es Ihnen etwas ausmachen, zu Fuß zu gehen?“

Rosalie lachte erneut. „Nein, bestimmt nicht. Ich bin schließlich meistens zu Fuß unterwegs.“

Als sie dann bei Bess zu Hause waren, machte Rosalie zunächst einmal große Augen. Sofort trat sie zu einem der Panoramafenster und schaute hinaus. Tief unter ihr schlängelte sich der East River zwischen den Straßen New Yorks. Von hier oben hatte selbst der dröhnende Verkehr etwas von einer gedämpften Musik an sich. Welch ein Unterschied machte dies zu dem Lärm und Gestank, in dem sie sich normalerweise aufhielt.

„Oh Mann, so lässt es sich wirklich leben.“

„Wie wäre es mit einem kleinen Happen zu essen?“ Erleichtert schlüpfte Bess aus ihren Schuhen. „Ich werde den Zimmerservice anrufen und uns etwas bestellen.“

Beeindruckt ließ sich Rosalie auf einer der Couchs nieder. „Verdienen Sie wirklich so viel mit Ihren Drehbüchern?“

„Ich verdiene nicht schlecht“, entgegnete Bess ausweichend. Sie ging an ihr Weinregal und wählte schließlich eine der besseren Flaschen aus. „So, jetzt trinken wir erst mal etwas, wenn Sie nichts dagegen haben. Und dann bestelle ich unser Essen. Sie sind nicht zufällig Vegetarierin, oder?"

Rosalie lächelte amüsiert. „Sie machen wohl Witze!"

„Prima. Ich brauche nämlich jetzt ein ordentliches Steak." Nachdem sie Rosalie das Glas gereicht hatte, rief Bess den Zimmerservice an und gab ihre Bestellung durch.

„Ich kann mir das aber nicht leisten", sagte Rosalie, nachdem sie aufgelegt hatte.

„Machen Sie sich deswegen bitte keine Sorgen. Ich lade Sie ein."

„Das lasse ich mir gefallen."

Bess nahm im Sessel Platz und legte die Beine hoch. „Ich brauche eine Fachberatung, Rosalie", sagte sie schließlich. „Wenn Sie sich bereit erklären, mit mir zusammenzuarbeiten, biete ich Ihnen fünfhundert Dollar die Woche an."

Rosalie verschluckte sich fast an ihrem Wein. „Fünfhundert Dollar? Nur um Ihnen ein paar Tricks beizubringen?"

„Nein, nicht nur. Ich möchte, dass Sie mir etwas über die anderen Frauen erzählen. Wie kommt es, dass jemand anschaffen geht? Was sind die Risiken bei diesem Geschäft und was die Vorteile? Und eines ist wichtig – Sie müssen mir die Wahrheit sagen. Ich spüre es sofort, wenn mein Gegenüber lügt."

Rosalie sah sie prüfend an. „Das alles wollen Sie für Ihre Serie wissen?“

„Ja, unter anderem.“ Bess wollte Rosalie nicht zeigen, wie nahe ihr die Sache mit dem blauen Auge ging. Sie war mitschuldig an dem, was geschehen war, und sie würde sich bemühen, es wieder gutzumachen. „Außerdem könnte ich mir vorstellen, dass Sie sich vielleicht einmal Ferien von Bobby wünschen. Fünfhundert Dollar ist schließlich kein Kleingeld.“

„Stimmt!“

Bess nickte. „Gut, wir sind uns einig. Dann können wir ja auch gleich anfangen.“ Sie erhob sich und holte sich Papier, Stifte und ihren kleinen Taperecorder. „Zuerst möchte ich Sie noch einmal daran erinnern, dass unsere Serie tagsüber ausgestrahlt wird. Das heißt, wir können mit Sicherheit nicht alles bringen, was Sie mir erzählen werden. Aber ich brauche dennoch so viele Einzelheiten wie möglich, damit ich mir die Szenerie gut vorstellen kam. Vielleicht wäre es das Beste, wenn ich Ihnen noch einmal etwas über die Serie erzähle, über die Beziehungen, in denen die Charaktere zueinander stehen.“

Rosalie zuckte mit den Achseln. „Es ist Ihr Geld. Sie sind der Boss.“

Bess begann also, Rosalie alles über Millbrook und sein faszinierendes Beziehungsgeflecht zu erzählen, als es plötzlich an der Tür klingelte. Ohne sich dadurch in ihrer Erzählung abbringen zu lassen, stand sie auf und drückte auf den Knopf.

„Wir beide werden uns vor allem mit Jade befassen. Sie wissen schon, die Frau mit dem Doppelleben. Ihr Alter Ego Josie geht auf den Strich, und mit der Zeit scheint dieser Teil von Jades Persönlichkeit immer stärker zu werden. Das heißt im Klartext, je dominanter Josie wird, desto ängstlicher und unsicherer wird Jade. Außerdem hat sie manchmal Schwierigkeiten, die Trennung aufrechtzuerhalten. Josie schleicht sich hin und wieder auch in ihre Identität als Jade, und das macht ihr zunehmend Angst."

„Klingt so, als würde die Dame einen Psychiater brauchen", meinte Rosalie lakonisch.

„Ja, stimmt, und sie sucht deswegen auch Elana auf. Aber das Problem ist, dass ... oh, hier kommt unser Essen!" Mit Schwung öffnete Bess die Tür. Als sie den Ankömmling jedoch erblickte, gefror ihr Lächeln.

„Alex!"

„Fragen Sie nie nach, wer Sie besuchen kommen will?" meinte er und küsste sie auf die Wange.

„Doch, ich, äh ... ich hatte jemand anderen erwartet. Was tun Sie denn hier?"

„Ich wollte Sie sehen." Alex merkte sofort, dass etwas nicht stimmte. Bess hatte gesagt, dass sie jemanden erwarte. Einen Mann? Einen Geliebten? Er war sofort eifersüchtig.

In diesem Moment läutete es erneut.

„Sie könnten ihm ja sagen, ich sei der Klempner", meinte Alex.

Bess sah ihn verständnislos an. „Was? Wem?"

„Na, Ihrem Besucher. Dem Mann, den Sie erwartet haben."

Sie schüttelte den Kopf. „Sie missverstehen die Situation, Alex. Ich warte auf das Essen, und ich habe bereits Besuch."

„Ach ja? Dürfte ich fragen, wen?" Ohne ihre Antwort abzuwarten, schob er sie beiseite und trat ins Zimmer. Als er Rosalie erblickte, hielt er erstaunt inne.

Auch Rosalie war nicht gerade erfreut, ihn zu sehen. Bess spürte das gegenseitige Misstrauen zwischen den beiden. Was für eine unangenehme Situation, in die sie da ohne ihr Zutun geraten war!

„Was zum Teufel hat sie hier zu suchen?"

„Was fällt Ihnen ein, den Bullen Bescheid zu sagen?" Rosalies Stimme war feindselig. „Wollen Sie mich hereinlegen?"

„Nein, nein, oh, bitte, warten Sie doch!"

Aber Rosalie hatte sich bereits ihre Tasche geschnappt und war auf dem Weg nach draußen. Bess wusste, dass sie dies unter allen Umständen verhindern musste.

„Rosalie!" Sie packte die andere Frau beim Arm. „Ich habe ihn nicht gerufen, glauben Sie mir!"

„Und warum haben Sie das nicht getan?“ fragte Alex zornig.

„Weil das überhaupt nichts mit Ihnen zu tun hat“, erwiderte Bess scharf. „Dies hier ist meine Wohnung, und sie ist mein Gast. Ich kann hier hereinbitten, wen ich will.“

„Sie sind echt noch viel dümmer, als ich gedacht hatte, McNee.“

Rosalie erkannte eine Situation wieder, die ihr nur zu vertraut war. Sie entspannte sich ein wenig und sah prüfend von einem zum anderen. „Habt ihr beide etwas miteinander?“

„Ja!“ funkelte Alex sie an.

„Nein!“ erwiderte Bess im selben Moment, dann seufzte sie. „Na ja, irgendwie schon.“ Sie holte ihre Brieftasche und öffnete dem Kurier die Tür. „Entschuldigen Sie, Alex. Hier ist unser Essen.“

Während sie bezahlte, beäugten sich Alex und Rosalie misstrauisch wie Angehörige feindlicher Lager.

„Was haben Sie hier zu suchen, Rosalie?“

„Fragen Sie doch die Lady selbst! Aber wenn Sie es genau wissen wollen ... ich erzähle ihr etwas über unseren Beruf, und sie bezahlt mich dafür.“

„Das ist ja sehr interessant.“ Zum ersten Mal bemerkte Alex ihr blaues Auge. „Steckt Bobby dahinter?“

Rosalie zuckte nicht mit der Wimper. „Nein, ich bin gestolpert.“

„Ja, sicher!“ Im Gegensatz zu der schlechten Meinung, die Rosalie wie die meisten ihrer Kolleginnen von Polizisten hatte, tat es Alex immer weh, die Spuren von Gewalttätigkeiten mit ansehen zu müssen. Aber er wusste auch, dass es Dinge gab, gegen die selbst er machtlos war. „In Zukunft wäre ich an Ihrer Stelle etwas vorsichtiger“, meinte er langsam.

„Ich mache niemals den gleichen Fehler in meinem Leben, Bulle.“

Achselzuckend wandte er sich von ihr ab. „McNee! Ich muss mit Ihnen sprechen.“

„Ich habe nichts dagegen, wenn Sie mit uns essen wollen, Alex.“ Bess hatte inzwischen ihr Gleichgewicht wiedergefunden. „Aber Sie dürfen nur bleiben, wenn Sie sich anständig benehmen.“

Das war Wasser auf Alex’ Mühlen. „Anständig? Nennen Sie es etwa anständig, wenn Sie eine Hure zu sich zum Essen einladen?“

Bess’ Augen verengten sich. „Raus!“

„Verdammt nochmal, Bess ...“

„Ich sagte raus!“ Bess unterstrich ihre Worte dadurch, dass sie Alex nachdrücklich zur Tür schob. „Wir beide sind einmal miteinander ausgegangen“, sagte sie dabei zornig. „Ein einziges Mal! Vielleicht dachte ich, dass wir uns öfter treffen könnten, aber das gibt Ihnen auf gar keinen Fall das Recht, hier hereinzuschneien und meine Gäste zu beleidigen.“

Alex griff nach ihrer Hand. „Das eine hat doch mit dem anderen gar nichts zu tun!"

„Sie haben Recht, Detective. Ich wollte Ihnen damit nur sagen, ich selbst bestimme, wen ich treffe, und sonst niemand. Ich hoffe, wir haben uns verstanden!" Sie entriss ihm ihre Hand.

„Ja, wir haben uns verstanden!" Ehe Bess noch wusste, wie ihr geschah, hatte er sie schon an sich gezogen und küsste sie hart. In diesem Kuss war keine Zärtlichkeit zu spüren, er hatte etwas ausgesprochen Besitzergreifendes. „Die Dinge ändern sich, Bess", sagte Alex schließlich, als er wieder von ihr abließ. „Es wäre besser, wenn Sie sich möglichst schnell daran gewöhnen würden." Damit stürmte er zur Tür hinaus und schlug sie heftig hinter sich zu.

„Mann, oh Mann!" Perplex sah Bess hinter ihm her. Sie spürte noch immer den Druck seiner Lippen auf ihren. „Wo nimmt dieser Typ nur die Nerven her, sich so aufzuführen? Haben Sie das gesehen, Rosalie?"

Rosalie nickte grinsend. „Klar. Ich bin ja nicht blind." Sie schnappte sich zwei Pommes frites und verzehrte sie genüsslich.

Bess merkte auf einmal, dass sie am ganzen Leibe zitterte. „Wenn dieser Mistkerl glaubt, dass er damit durchkommt, hat er sich geschnitten", sagte sie heftig. „Nicht mit mir, mein lieber Mann, nicht mit mir!"

„Soll ich Ihnen mal was sagen?“

„Was denn?“

„Der Mann ist verrückt nach Ihnen.“

„Wie bitte?“

„Hören Sie, ich habe schon lange keinen so liebeskranken Kater mehr gesehen.“

Bess schnappte sich ihr Glas Wein und nahm einen tiefen Zug. „Ach Unsinn, Rosalie! Er musste sich nur aufspielen, das ist alles.“

Rosalie schüttelte den Kopf. „Wenn sich ein Mann meinetwegen so aufführen würde, gäbe es für mich nur zwei Möglichkeiten.“

„Und die wären?“

„Entweder würde ich es genießen, oder ich würde um mein Leben rennen.“

Bess griff nach ihrer Gabel und begann geistesabwesend zu essen. „Ich kann es überhaupt nicht leiden, wenn mir jemand sagt, was ich zu tun oder zu lassen habe.“

„Ich finde, das kommt immer auf die Person an.“ Rosalie schmeckte es vorzüglich. „Und eines muss man ihm wirklich lassen – er sieht nicht schlecht aus für einen Bullen.“

Bess nahm sich ein wenig Salat. „Ich will nicht über ihn sprechen.“

„Ganz wie Sie wollen. Sie bezahlen schließlich, Bess.“

Schweigend aßen sie weiter, aber Bess wollte es auf einmal nicht mehr so recht schmecken. Dieser verdammte Mistkerl, dachte sie bei sich. Er hatte ihr den Appetit verdorben!

Es hatte nun einmal etwas für sich, seine Wut an unbelebten Objekten auszulassen. Alex hatte bisher seinen Frust bezüglich der Arbeit oder seines Privatlebens immer problemlos an einem Punchingball ausgelassen, der in seinem Fitness-Studio hing.

Warum manche Leute es für nötig hielten, stattdessen einen Therapeuten aufzusuchen, war ihm stets schleierhaft gewesen.

Bis heute!

Nach zwanzig Minuten härtesten Trainings hatte sich sein Zorn immer noch nicht gelegt. Welche Macht Bess McNee auch über ihn haben mochte – sie ließ sich anscheinend auf diese Weise nicht austreiben!

„Du meine Güte, du haust ja auf den Ball ein, als wolltest du ihn zerfetzen." Die vertraute Stimme seines Bruders Mikhail klang plötzlich an Alex' Ohr. Zusammen mit seinem zehn Monate alten Sohn Griffin stand er vor ihm, und die beiden grinsten ihn an.

„Was wollt ihr denn schon so früh hier?" fragte Alex und wischte sich den Schweiß von der Stirn.

„Wir wollten seiner Mama die Gelegenheit geben, sich ein wenig auszuruhen", erklärte Mikhail. „Griffin liebt es nämlich, in aller Herrgottsfrühe mit dem Krähen anzufangen. Meist kümmert sich dann Sydney um ihn, aber heute wollte ich ihr eine Ruhepause gönnen. Daher bin ich hierher gekommen, um mit meinem Sprössling Gewichte zu heben."

„Klingt gut."

„He, wenn das nicht der kleine Griffin ist!" Rocky, ehemaliger Boxchampion und einer der Besitzer des Studios, schnappte sich Mikhails Sohn und hob ihn auf die Schulter. „Was dagegen, wenn ich dir den Jungen entführe?" fragte er Mikhail. „Du kannst dich ja inzwischen mit deinem Bruder unterhalten. Vielleicht verrät er dir ja, warum er in dieser Woche schon zum dritten Mal hier ist und unsere Geräte zu ruinieren versucht. Irgendetwas stimmt nicht mit ihm."

„Nein, kein Problem, Rocky. Natürlich kannst du Griffin das Studio zeigen, das wird ihm sicher gefallen." Mikhail wartete, bis die beiden sich entfernt hatten, dann sah er Alex prüfend an. „Was ist los, Bruder?" fragte er. „Moment, sag es mir nicht, lass mich raten. Ich tippe ... es geht um eine Frau."

„Und wie kommst du darauf?"

Mikhail lachte. „Oh, ich weiß, was ich sehe. Warum versammeln sich wohl Männer an solchen Orten wie diesen, wenn nicht, um über Frauen zu sprechen?" Im Gegensatz zu Alex klang bei Mikhail der ukrainische Akzent mehr durch. Alex fragte sich, ob sein Bruder wohl wusste, wie sehr er wie ihr Vater klang.

„Ich weiß genau, warum ich hierher komme“, erklärte er grimmig. „Um auf Gegenstände einzuschlagen, bis ich all den anderen Mist vergessen habe.“

„Ja, das sage ich doch.“ Mikhail ließ sich nicht beirren. „Es geht also um eine Frau, oder? Na los, mir kannst du es doch sagen.“

„Geht es nicht immer um die verdammten Frauen?“ Alex schlug einen rechten Haken gegen einen imaginären Gegner in die Luft.

„Und diese Frau heißt Bess.“

Überrascht hielt Alex mit dem Schattenboxen inne. „Woher weißt du das? Wer hat dir von Bess erzählt?“

„Rachel. Sie hat mir auch gesagt, dass es sich um eine sehr ungewöhnliche Frau handelt. Sie ist nicht klassisch schön, dafür aber sehr attraktiv und auch sehr intelligent. Das klingt eigentlich nicht nach deinem Typ, Alexej.“

„Nein, da hast du wirklich Recht.“ In seiner Irritation hatte Alex fast etwas Komisches. „Attraktiv – ja, das ist sie wirklich, und gleichzeitig hat sie die ungewöhnlichste Physiognomie, die du dir vorstellen kannst, Mikhail. Gott muss an dem Tag, als er sie geschaffen hat, etwas zerstreut gewesen sein. Ihre Augen sind zu groß, ihr Kinn ist zu spitz, und ihre Nase sieht aus wie die eines Boxers.“ Seufzend setzte er hinzu: „Dazu kommt noch ihre Haut, Bruder. Sie fühlt sich an wie Seide. Wenn ich nur daran denke, will ich sie berühren."

„Das klingt ja wirklich interessant." Mikhail hatte seinem Bruder lächelnd zugehört. „Diese Dame muss ich mir unbedingt ansehen."

Alex schüttelte den Kopf. „Mein Verstand sagt mir, ich sollte die Finger von ihr lassen. Für meinen Geschmack ist sie viel zu neugierig. Rachel hält sie allerdings für sehr intelligent."

Mikhail nickte. „Ja, das hat sie mir auch erzählt. Anscheinend haben sich die beiden getroffen, und Bess hat Rachel gesagt, dass ihr eine Meinungsverschiedenheit hattet."

„Das kann man wohl sagen", entgegnete Alex grimmig. „Manchmal habe ich bei ihr das Gefühl, als wäre sie nicht ganz bei Sinnen. Sie macht Dinge, da sträuben sich einem die Haare!"

„Lässt du mich auch einmal an den Punchingball?"

Bereitwillig machte Alex seinem Bruder Platz. Als Mikhail dann eine kleine Pause einlegte, setzte Alex noch hinzu: „Ich werde aus ihr einfach nicht schlau, weißt du. Manchmal ist sie so nett und verständnisvoll, dass du denkst, sie könnte kein Wässerchen trüben. Und dann wiederum, wenn ich sie auf etwas aufmerksam mache, das nur zu ihrem eigenen Besten ist, springt sie dich an wie eine Hyäne."

„Es klingt eigentlich so, als könntest du auf sie verzichten.“ Mikhail wischte sich den Schweiß von der Stirn.

Alex lachte bitter. „Sicher, das sage ich mir ja schon die ganze Zeit. Oder wer braucht solche durchgedrehten Hühner?“

Die Antwort kam prompt. „Männer!“

„Stimmt.“ Alex warf seinem Bruder einen gequälten Blick zu. „Die Wahrheit ist, ich brauche sie so sehr, dass ich an nichts anderes mehr denken kann. Ich kann nicht ohne sie leben.“

„Das kenne ich.“ Mikhail klopfte ihm auf die Schulter. „Dann musst du eben dafür sorgen, dass du sie auch kriegst.“

„Ich fürchte, mir wird gar nichts anderes übrig bleiben. Gut, bis dann, Mikhail. Und grüß den Rest der Familie.“ Alex ging in Richtung Waschraum.

Sein Bruder schaute ihm nach. Wann würde er diese geheimnisvolle Frau wohl kennen lernen, die es verstanden hatte, das Herz seines Bruders gefangen zu nehmen? Er freute sich schon auf diese Begegnung.

Bess konnte von sich nicht gerade behaupten, ein Frühaufsteher zu sein. Sie brauchte morgens immer Stunden, bis sie auf der Höhe ihrer Energie war, und sie ging davon aus, dass dies allgemein auch der Fall war. Deshalb reagierte sie sehr unwillig, als sie das

Klopfen an ihrer Tür vernahm. Gerade hatte ihr Wecker geläutet, und sie hatte sich noch ein wenig Zeit lassen wollen, bevor sie aufstand. Aber das Klopfen an der Tür wollte einfach nicht aufhören.

Seufzend zog sie ihren Morgenrock, einen dünnen Seidenmantel, an. Dann ging sie widerstrebend zur Tür.

„Was ist los?“ sagte sie verärgert in die Gegensprechanlage. „Ist irgendwo ein Feuer ausgebrochen oder was?“

„Machen Sie auf, und ich werde es Ihnen sagen.“ Alex’ vertraute Stimme klang an ihr Ohr. Als Bess die Tür öffnete, glitt ihr der Mantel von der Schulter und entblößte sie.

„Wie zum Teufel sind Sie hier hochgekommen?“

„Manchmal hat eine Polizeimarke eben auch ihre Vorteile. Sie öffnet einem Tür und Tor.“ Amüsiert sah er sie an. Noch nie hatte er Bess in einem so derangierten Zustand gesehen. Merkwürdigerweise gefiel es ihm aber recht gut. „Wollten Sie gerade aufstehen, Miss McNee?“

„Wie spät ist es denn?“ Bess versuchte mühsam, sich zurechtzufinden. „Und was ist heute für ein Tag?“

„Es ist halb acht Uhr morgens am Donnerstag“, erwiderte Alex fröhlich. Im Gegensatz zu ihr machte er einen sehr ausgeschlafenen Eindruck. „Na, wie ist es, wollen Sie mir keinen Kaffee anbieten?“

Bess starrte ihn ungläubig an. „Halb acht? Können Sie mir bitte sagen, was Sie in aller Herrgottsfrühe hier wollen?"

„Kann ich." Ohne ein weiteres Wort zog er sie an sich. Seine Lippen fanden ihren Mund. Sie schmeckte süß und verführerisch – nach dem Bett, dem sie gerade entstiegen war. Bevor Bess noch überlegen konnte, hatte sich sein Kuss schon in einen Zungenkuss verwandelt. Ganz offensichtlich war er gekommen, um sie zu verführen. Es gab einen kurzen Moment der Gegenwehr, dann entspannte sich ihr Körper, und sie schmolz förmlich in seine Umarmung hinein.

Träume ich vielleicht immer noch? dachte Bess bei sich. Sie war es gewöhnt, lebhafte Träume zu haben, aber dies hier übertraf selbst ihre kühnsten Fantasien bei weitem. Es wäre in einem Traum nicht möglich gewesen, so viel Verlangen zu spüren, so viel brennende Sehnsucht in einen einzigen Kuss zu legen.

Und sie konnte Alex schmecken – so schmecken, wie man eine exotische Frucht genießen würde. Er schmeckte nach Mann und nach Verlangen – dem Verlangen nach ihr. Das sagten ihr seine fordernden Lippen, das sagten ihr seine Hände, die inzwischen ihren Weg unter das seidige Material ihres Nachthemds gefunden hatten.

Bess spürte die Kühle der Kacheln unter ihren Füßen, die in einem verwirrenden Gegensatz stand zu der Hitze, die ihren Körper wie flüssiges Feuer durchströmte. Benommen versuchte sie seinen Namen auszusprechen, aber es entrang sich ihr nur ein tiefer Seufzer.

„Ich ... ich muss wach werden", gelang es ihr dann doch noch zu sagen, als Alex einen kurzen Moment lang von ihren Lippen abließ und dafür ihren Hals küsste. „Ich muss jetzt endlich aufwachen."

„Aber du bist doch wach – ganz wach." Er konnte nicht anders, er musste sie einfach berühren. Obwohl es ihr gegenüber unfair war, musste er seinen strategischen Vorteil ausnutzen. Genüsslich umspann Alex mit einer Hand ihre Brust, dann strich er mit dem Daumen sanft über die Spitze, bis Bess zu stöhnen begann. „Na? Merkst du es?"

Bess war noch nie in ihrem Leben in Ohnmacht gefallen, aber sie hatte das Gefühl, als würde es nun bald so weit sein. „Ich muss ..." Verstört versuchte sie sich von ihm freizumachen. Für eine Sekunde verspürte sie sogar so etwas wie Panik. „Nein, Alex, lass mich los, bitte!"

An Stelle einer Antwort küsste er sie wieder, und er war sich der leidenschaftlichen Reaktion ihres Körpers sehr wohl bewusst. Bestimmt fehlte jetzt nicht mehr viel, und er würde sie nehmen können. Aber irgendetwas in ihm sträubte sich dagegen, dass es auf diese Weise geschehen sollte.

„Du solltest dir etwas anziehen", sagte er mit rauer Stimme und löste sich von ihr. „Na, hast du mich vermisst?"

„Ich habe überhaupt nicht mehr an dich gedacht." Bess warf den Kopf zurück, eine Locke war ihr ins Gesicht gefallen.

„Komisch, mir ging es ganz genauso." Alex strich ihr zart über die Wange. „Und wie steht es jetzt mit dem versprochenen Kaffee?"

„Ich kann mich nicht erinnern, dir Kaffee versprochen zu haben." Aber vielleicht war das ja gar keine schlechte Idee. Möglicherweise würde sie dadurch endlich wach und damit auch wieder Herrin ihrer Sinne werden.

Als Bess Alex wenig später eine Tasse anbot, stieg ihr sein Körpergeruch in die Nase.

„Du riechst wie ein Umkleideraum."

„Entschuldige bitte. Ich war vorher ein bisschen trainieren."

Als sie sich dann beide am Frühstückstisch niederließen, konnte Bess ihn sich zum ersten Mal an diesem Morgen genau ansehen.

Er sah einfach umwerfend aus. Er musste direkt aus dem Studio zu ihr gekommen sein. Daher kam auch der leichte Schweißgeruch und der Eindruck, fit und durchtrainiert zu sein. Er hatte sich noch nicht rasiert und trug ein ausgewaschenes T-Shirt, das die

Muskeln seines Oberkörpers betonte, sowie eine locker gebundene Trainingshose. Als Alex Bess' prüfenden Blick auf sich spürte, lächelte er.

„Guten Morgen, McNee."

„Guten Morgen."

Er streckte die Hand aus und strich ihr mit dem Finger leicht über den Oberschenkel. Die Berührung schien ihr zu gefallen, denn sie errötete leicht und ihre Augen wurden eine Spur dunkler.

„Diesmal werde ich mich aber nicht entschuldigen", sagte er nachdrücklich.

„Und warum nicht?"

Alex schüttelte den Kopf. „Weil es keinen Grund dafür gibt."

Er legte ihr den Finger auf die Lippen. „Vertrau mir doch einfach. Schließlich bin ich Polizist."

Es fehlte nicht viel, und er hätte Bess ohne Umstände in ihrer eigenen Küche verführt. Aber das wollte sie nicht zulassen. Es war wichtig, ihn in seine Grenzen zu verweisen. Daher schob sie seine Hand beiseite und sagte bestimmt: „Damit eines klar ist, Alex – ich bin es seit Jahren gewöhnt, meine Entscheidungen selbst zu treffen. Das hat bisher auch immer sehr gut funktioniert, und ich brauche niemanden, der auf mich aufpasst."

„Ich werde nicht zulassen, dass dir irgendjemand wehtut!"

Gerührt strich sie ihm mit der Hand durchs Haar. „Das ist sehr nett von dir, Alex. Aber ich glaube nicht, dass das geschehen kann."

„Du weißt überhaupt nicht, worauf du dich da einlässt", beharrte er. „Das heißt, du weißt vom Kopf her, was sich dort auf den Straßen abspielt, du hast sehr wahrscheinlich auch eine Menge darüber gelesen. Aber was hinter den Kulissen passiert, davon hast du keine Ahnung. Und mir persönlich wäre auch am liebsten, du würdest es nie erfahren."

Bess hätte sich gerne mit ihm gestritten, der Ausdruck seiner Augen warnte sie jedoch, ihm zu widersprechen. „Vielleicht hast du Recht", sagte sie zögernd. „Aber das ist für mich auch nicht maßgebend. Meine Freundschaft mit Rosalie ..."

„Freundschaft?"

„Ja." Bess betonte es mit Nachdruck. „Ich empfinde sehr viel für sie als Mensch, Alex. Ich weiß selbst nicht genau, warum das so ist. Aber ihr Schicksal ist mir nicht gleichgültig. Vielleicht kannst du das nicht verstehen. Du bist schließlich keine Frau. Und ich weiß, dass ich ihr helfen kann."

„Was soll denn das heißen?" meinte er stirnrunzelnd. „Ich dachte, du hättest sie nur engagiert, damit sie dir Hintergrundwissen über das Milieu liefert?"

„Ja, das ist richtig. Aber vielleicht kann ich ja noch mehr für sie tun." Wieder musste Bess an Rosalies blaues Auge denken. „Oder hat dich dein Beruf so zynisch gemacht, dass du glaubst, niemand hätte mehr die Chance, abzuspringen?"

Alex stieß einen kräftigen Fluch aus. „Ich hätte nie gedacht, dass du dich so für sie einsetzen würdest", sagte er fassungslos. „Na gut, mach, was du willst. Ich kann dich sowieso nicht aufhalten, das erkenne ich jetzt. Aber du musst mir etwas versprechen, Bess."

„Was denn?"

„Lass dich nicht auf der Straße mit ihr sehen. Und bleib vor allem weg aus Bobbys Einflussbereich!"

Bess musste wieder an den Mann mit dem grauen Pferdeschwanz denken, und es fröstelte sie ein wenig. Nach kurzem Zögern nickte sie. „Gut, das kann ich versprechen. Fühlst du dich dann besser?"

„Moment, ich bin noch nicht fertig. Lass sie auf keinen Fall hier heraufkommen, wenn du nicht sicher bist, dass sie allein ist. Noch besser wäre es, du würdest sie nur in deinem Büro oder an irgendeinem öffentlichen Ort treffen."

„Aber, Alex ..."

„Bitte!"

Bess verstummte für einen Moment. Als ihr klar wurde, wie viel es ihn gekostet hatte, dieses letzte Wort über die Lippen zu bringen, gab sie nach. „Na gut." Sie stand auf und trat zum Brotkorb. „Wie wär's mit einem Brötchen?"

„Gern.“

Bess nahm zwei Brötchen heraus und legte sie auf den Toaster. „Es gibt da noch etwas, das ich dir gern sagen würde“, meinte sie zögernd.

„Ich hoffe, es gibt noch einiges, was du mir zu sagen hast.“

Verständnislos sah sie ihn an. „Wie meinst du das, Alex?“

„Ich will mehr über dich wissen, Bess. Ich will wissen, wer du bist, ich will wissen, was du fühlst, ich will etwas über deine Träume und Hoffnungen erfahren. Und wenn wir alles voneinander wissen, will ich mit dir ins Bett gehen und dich auf eine andere Art kennen lernen – so lange, bis wir beide nicht mehr wissen, wie wir heißen.“

„Oh!“ Was gab es darauf zu sagen? In ihrer Verwirrung verbrannte Bess sich fast an dem heißen Toaster. Doch dann schüttelte sie entschlossen den Kopf. „Nicht so schnell, Alex. Vor allem wollte ich dir etwas über Angie Horowitz erzählen.“

„Angie Horowitz?“ Seine Stimme hatte plötzlich einen scharfen Klang. „Was weißt du über sie?“

„Nicht sehr viel, aber ich hatte das Gefühl, ich sollte dir mitteilen, was Rosalie mir über sie gesagt hat.“ Sie holte zwei Teller heraus und bestrich die Brötchen mit Butter. „Sie erzählte mir, dass Angie ausgesprochen froh gewesen sei, endlich einen Freier mit Geld aufgerissen zu haben. Er hat sie anscheinend ein paar Mal gebucht und immer ausgesprochen großzügig honoriert. Mehr als das, er hat ihr auch noch Geschenke versprochen. Und nicht nur versprochen – er hat ihr etwas geschenkt. Und zwar diesen kleinen Anhänger. Ein goldenes Herz mit einem Spalt in der Mitte."

Alex' Miene blieb unbewegt. Sie hatten eine zerrissene Goldkette in Angies Hand gefunden, als sie auf die Leiche stießen – genau wie bei dem ersten Opfer. Dieses kleine Detail war der Presse verschwiegen worden. Ein goldenes Herz hat es nicht gegeben, dachte er. Aber irgendjemand hatte die Kette zerrissen, und zwar aus gutem Grund.

„Laut Rosalies Aussage trug Angie den Schmuck die ganze Zeit", fuhr Bess fort. „Anscheinend besaß auch Mary Rodell die gleiche Kette. Sie war doch das erste Opfer, oder?"

„Ja, allerdings."

„Rosalie meinte noch, sie hätte den Schmuck getragen, als sie sie das letzte Mal gesehen hat."

„Ist das alles?"

Bess war enttäuscht, dass Alex so kühl reagierte. „Nein, nicht ganz", meinte sie widerstrebend. „Angie nannte den Freier Jack, und sie gab Rosalie gegenüber damit an, dass er ein echter Gentleman wäre und gebaut wie ein Stier." Sie kicherte, war aber nicht verlegen. „Frauen reden natürlich auch über solche Dinge, weißt du, Alex."

Er nickte unbewegt. „Ja, ist mir klar."

„Und außerdem hatte er anscheinend eine Narbe."

„Was für eine Narbe?"

Bess schüttelte den Kopf. „Keine Ahnung, das hat sie Rosalie nicht erzählt. Die Narbe befindet sich auf seiner Hüfte, und als Angie ihn danach fragte, hat er wohl ziemlich empfindlich reagiert. Mehr weiß ich nicht. Interessant fand ich vor allem die Sache mit dem Anhänger. Na, was sagst du, Alex?"

Alex biss nachdenklich in sein Brötchen. „Vielleicht ist da ja was dran", entgegnete er langsam. Seine Nase sagte ihm, dass er plötzlich auf einer heißen Spur war. „Vielen Dank, Bess. Ich freue mich über dein Vertrauen. Aber vielleicht wäre es besser, du würdest Rosalie nicht sagen, dass du mir etwas verraten hast."

Bess schüttelte den Kopf, sie musste wieder kichern. „Hältst du mich für so dumm, Alex? Sie findet dich zwar sehr attraktiv, aber für sie bleibt ein Bulle eben ein Bulle."

„Sehr schmeichelhaft!" Dann wechselte er das Thema. „Hättest du Lust, mit mir tanzen zu gehen?"

Bess musste nicht lange überlegen. „Ja, gerne. Heute Abend?"

„Geht nicht. Wie wär's mit morgen Abend?"

„Ja, gut. Das ist ... oh, verdammt!“ Zufällig hatte Bess auf die Uhr geschaut. Sofort sprang sie auf. „Ich muss mich beeilen, sonst komme ich zu spät zur Arbeit. Lori und ich haben ein Abkommen – wenn ich in diesem Monat noch einmal zu spät komme, schulde ich ihr zwanzig Dollar!“ Sie schob Alex aus der Küche. „Das ist alles deine Schuld! Verschwinde jetzt, damit ich mir etwas anziehen kann. Und dann muss ich los!“

„Na ja, da du sowieso schon zu spät bist ...“ Ehe Bess es sich versah, hatte Alex sie schon an sich gezogen. „Jetzt kommt es doch auf ein paar Minuten mehr oder weniger auch nicht mehr an.“

Bess schüttelte lachend den Kopf. „Du bist wirklich unmöglich! Lass mich endlich gehen!“

„Du weißt nicht, was du verpasst.“ Da er sah, dass ihr Entschluss gefasst war, ließ er sie los. Aber in seinem Blick lag eine Warnung. „Warte nur bis morgen Abend! Dann werden wir sehen, ob du immer noch gehen willst.“

6. KAPITEL

Nachdem er den ganzen Morgen über im Gericht gewesen war, um als Zeuge in einer Strafsache aufzutreten, war Alex froh, wieder auf sein Revier zurückkehren zu können. Er fand seinen Partner bis über beide Ohren mit der Erledigung bürokratischer Angelegenheiten beschäftigt.

„Der Boss will dich sehen", sagte Judd an Stelle einer Begrüßung.

„So, so." Alex besah sich den Stapel Post, der auf seinem Schreibtisch lag.

„Ich glaube, er meinte sofort."

Achselzuckend verließ Alex das Büro. Wenige Minuten später klopfte er an Captain Trilwalters Glastür.

„Herein!"

Trilwalter blickte vom Tisch auf. Durch die randlose Brille, die ihm ein wenig schief auf der langen, knochigen Nase saß, wirkte er wie ein Buchhalter. Dieser Eindruck wurde noch verstärkt durch seine beginnende Glatze und seinen ordentlich gebundenen Schlips.

Aber Alex ließ sich durch sein Äußeres nicht täuschen. Trilwalter war durch und durch Polizist, dazu noch einer der besten.

„Sie wollten mich sprechen, Captain?"

„Stanislaski.“ Der Captain wies Alex an, auf dem Stuhl vor seinem Schreibtisch Platz zu nehmen. Dann verschränkte er die Hände vor dem Bauch und sah Alex stirnrunzelnd an. „Was zum Teufel soll dieser ganze Quatsch mit der Fernsehserie?“

„Fernsehserie?“ Alex sah seinen Vorgesetzten verständnislos an.

„Ich hatte gerade einen Anruf von unserem Bürgermeister.“

„Ich fürchte, ich verstehe Sie nicht, Sir.“

„Ach nein? Und der Name McNee ist Ihnen wahrscheinlich auch noch nie zu Ohren gekommen, oder? Bess McNee?“

Alex schloss kurz die Augen, dann seufzte er gequält. „Oh Mann!“

„Darf ich Ihr Gedächtnis ein wenig auffrischen? Die Dame ist Ihnen doch wohl nicht unbekannt.“

Alex schüttelte den Kopf. „Nein, Sir. Miss McNee und ich kennen uns gewissermaßen persönlich.“

Trilwalter beugte sich vor. „Um das klarzustellen, Detective: Ihre persönlichen Verhältnisse interessieren mich herzlich wenig, verstanden? Das stimmt allerdings nur so lange, bis sie Ihren und meinen Arbeitsbereich betreffen.“

„Als ich sie festgenommen habe ...“

Trilwalter hob abwehrend die Hand. „Bitte, ersparen Sie mir die Einzelheiten, Stanislaski! Je weniger ich von dieser Angelegenheit weiß, desto besser. Ich frage Sie nur: Was tut diese Dame eigentlich?"

Alex biss die Zähne zusammen. „Sie ist Autorin."

„Autorin, so, so. Und wofür schreibt sie?"

„Sie schreibt für ‚Heimliche Sünden'."

Sein Vorgesetzter sah ihn mit hochgezogenen Augenbrauen an. „Das erwähnte auch der Bürgermeister. Anscheinend ist er ein Fan dieser Serie. Dazu kommt aber noch, dass er anscheinend ein alter Freund von Miss McNee ist. Was sagen Sie dazu, Detective?"

Da Alex dazu beim besten Willen nichts einfiel, hielt er es für das Beste zu schweigen. Der Captain erhob sich und begann im Zimmer auf und ab zu gehen.

„Der Grund, warum ich Sie hergebeten habe, Stanislaski, ist folgender: Der Bürgermeister bat mich, Ihnen zu erlauben, dass Miss McNee Sie einen Tag lang auf Ihrer Streife begleiten darf."

Alex stieß einen Fluch aus.

Captain Trilwalter sah ihn mitfühlend an. „Ja, ich verstehe Sie sehr gut, Detective. Aber ich fürchte, in diesem Fall müssen wir uns einer höheren Macht beugen. Dagegen ist nichts zu machen."

„Captain, Sie wissen doch, wie es bei uns zugeht. Im Moment wimmelt es wieder einmal von Gewaltverbrechen und Raubüberfällen. Wie soll ich anständig meine Arbeit tun, wenn ich dabei die ganze Zeit diese überdrehte Lady auf dem Hals habe?"

„Ich dachte, mit dieser ‚überdrehten Lady‘ hätten Sie eine Art persönlicher Beziehung?“

„Ja, das stimmt schon, aber ...“ Alex seufzte tief. „Hören Sie, Captain, ich habe gar nichts dagegen, Miss McNee ein paar Informationen über unseren Beruf zu liefern. Allerdings denke ich nicht daran, sie mit auf Streife zu nehmen.“

„Einen Tag lang werden Sie das aber müssen!“ Der Captain hatte seinen Entschluss anscheinend gefasst. „Und zwar nächsten Montag, um genau zu sein.“

„Captain ...“

„Sie werden das schon schaffen, Stanislaski. Das Wichtigste ist, dass Sie aufpassen, dass ihr nichts passiert.“

Alex wusste, dass er damit entlassen war. Er nickte knapp und verließ das Zimmer. Aber als er dann zu Judd zurückkehrte, war seine Stimmung denkbar schlecht.

„Irgendwelche Probleme?“

Alex sah ihn finster an. „Na sicher, eine Frau.“

„Ich nehme einmal an, es handelt sich um Bess. Ach übrigens, wussten Sie eigentlich, dass sie mit L.D. Strater verlobt war?“

„Wirklich?“

Judd nickte. „Ja, ich weiß es von Holly. Eine ihrer Kolleginnen liest immer die Boulevardpresse. Anscheinend ist das noch gar nicht so lange her.“

Alex konnte sich gut daran erinnern, wie die beiden sich auf Bess' Party geküsst hatten. Die Vorstellung gefiel ihm gar nicht.

„Und davor war sie mit Charles Stutman verlobt."

„Wer zum Teufel ist das?"

„Sie wissen doch, der Schriftsteller. Er hat gerade einen sensationellen Hit am Broadway mit seinem Stück ‚Dust to Dust'. Ich wollte eigentlich Bess fragen, ob sie uns Tickets besorgen könnte."

Der Verlauf des Gesprächs behagte Alex immer weniger. Aber es sollte noch schlimmer kommen!

„Und davor war George Collaway der Auserwählte. Collaway, der Verleger. Das war vor drei Jahren, aber dann hat er eine andere geheiratet."

„Die junge Dame scheint ja ganz schön herumzukommen", kommentierte Alex finster.

Judd lachte. „Ja, das kann man schon sagen. Und sie wählt sich ihre Männer nicht gerade von der Straße. Aber das ist ja auch kein Wunder. Sie ist schließlich die Tochter von Roger K. McNee. McNee, der große Kamerahersteller."

Dies waren nun wirklich Neuigkeiten für Alex. „Etwa McNee-Holden?"

„Ja, genau der. Die erste Kamera, die ich je gekauft habe, war eine Holden 500. Ein wirklich exzellentes Produkt. Ich habe sie noch heute." Judd wandte sich wieder seiner Arbeit zu. „Wie dem auch sei, vielleicht könnten Sie Bess bei Gelegenheit ja einmal wegen der Tickets fragen."

Alex brauchte noch ein wenig Zeit, um diese wirklich sensationelle Information zu verdauen. McNee-Holden, das war ein Konzern, der Milliarden umsetzte! Würde Bess eigentlich jemals aufhören, ihn zu überraschen? Sie war also reich – sehr reich sogar. Das hätte Alex an sich nicht gestört. Was ihn störte, war nur die Tatsache, dass sie es ihm nicht selbst gesagt hatte.

Und sie war verlobt gewesen – dreimal sogar! Warum machte ihm dieser Umstand nur so schwer zu schaffen? Und wenn sie dreimal verheiratet gewesen wäre, es würde ihn nichts angehen. Schließlich wollte er nur mit ihr zum Tanzen gehen, mehr nicht.

Aber obwohl ihm dies sein Verstand immer wieder sagte, dauerte es noch eine ganze Weile, bis Alex Stanislaski sich wieder auf seine Arbeit konzentrieren konnte.

Nach langem Ausprobieren war Bess endlich mit ihrem Äußerem zufrieden. Sie hatte sich zu einem figurbetonten Seidenkleid entschieden, das ihre Kurven vorzüglich zur Geltung kommen ließ. Über dem trägerlosen Kleid mit tiefem Ausschnitt trug sie eine kurze fuchsiarote Jacke. Lange, tropfenförmige Kristallohrringe baumelten an ihren Ohren. Nachdem sie in die farblich passenden Pumps geschlüpft war, fuhr sie sich noch einmal prüfend durchs Haar.

Am liebsten hätte sie sofort zu tanzen angefangen, so fühlte sie sich.

Pünktlich zur vereinbarten Zeit ertönte die Klingel. Bess musste unwillkürlich lächeln. Schnell griff sie nach ihrer kleinen perlenbestickten Tasche, die das Notwendigste enthielt.

„Komme schon!" rief sie in die Gegensprechanlage.

Alex stand unten auf dem Bürgersteig und wartete auf sie. Er war lässig in eine graue Bundfaltenhose und ein dunkelblaues Hemd gekleidet. Darüber trug er eine Sportjacke.

„Hallo!" Bess stellte sich auf die Zehen und gab ihm einen Kuss auf die Wange. „Wohin gehen wir?"

Alex verschlug es für einen Moment die Sprache. Gott, sie sah wirklich atemberaubend aus!

„Downtown", entgegnete er knapp, dann beeilte er sich, ihnen ein Taxi zu besorgen.

Bess war begeistert, als sie endlich am Ziel waren. Der Tanzklub war genauso, wie sie es liebte – voll, verraucht und nur von interessanten Leuten bevölkert. Die Musik entsprach ebenfalls ihrem Geschmack – eine Mischung aus Jazz und heißer Tanzmusik.

Sie mussten sich durch die Menge quetschen und

zunächst einmal an der Bar warten, bis sie einen Tisch bekommen konnten.

„Einen Wodka auf Eis“, bestellte Alex, dabei musste er fast schreien, um überhaupt vom Barkeeper verstanden zu werden.

„Zwei, bitte“, schloss Bess sich ihm an. Lächelnd setzte sie zu Alex gewandt hinzu: „Ich glaube, ich war vor ein paar Monaten schon einmal hier.“

„Ja, das kann ich mir vorstellen.“ Gegen seinen Willen entfuhr es ihm: „Ich halte es aber für unwahrscheinlich, dass du mit Strater hier warst, oder?“

Überrascht blickte Bess ihn an. Dann lachte sie laut. „Mit L.D.? Aber natürlich nicht! Das hier ist überhaupt nicht sein Stil.“ Sie machte es sich auf dem Barhocker bequem.

„Oder mit Stutman?“ Alex hasste sich selbst dafür, dermaßen neugierig zu sein, aber er konnte nicht anders – er wollte einfach wissen, woran er bei Bess war.

„Mit Charlie?“ Dankend nahm Bess ihren Wodka entgegen. „Nein, auch er wäre hier fehl am Platz. Charlie liebt klassische Musik.“ Prüfend besah sie sich die Menge nach etwaigen Bekannten. Ein hoch gewachsener Mann in schwarzem Leder fing ihren Blick auf und zwinkerte ihr zu. Doch Alex' finstere Miene belehrte ihn eines Besseren, und er verzog sich schnell aus ihrem Gesichtsfeld.

Amüsiert hatte Bess den ganzen Vorgang beobachtet. „Nicht schlecht, Cowboy“, sagte sie anerkennend. „Wurdest du mit diesem Talent geboren, oder musstest du es erst lernen?“

An Stelle einer Antwort nahm Alex ihr das Glas aus der Hand und stellte es auf den Tresen zurück. „Lass uns tanzen.“

Das musste man Bess nicht zweimal sagen. Sobald sie auf der Tanzfläche waren, wollte sie loslegen. Doch zu ihrer Überraschung zog Alex sie eng an sich. Während die anderen ihre Glieder verrenkten, glitten sie eng aneinander geschmiegt übers Parkett.

„Ich hätte nicht gedacht, dass du zu der romantischen Sorte Männer gehörst“, sagte sie langsam.

„Oh doch.“ Seine Lippen streiften ihr Ohr, warm und verführerisch.

„So kann man sich irren.“

„Ich bin nur ein einfacher Polizist.“ Alex sah sie durchdringend an. „Mit Verlegern und Schriftstellern kann ich nicht konkurrieren.“

Bess’ Augen hatten während des Tanzens einen verträumten Ausdruck angenommen. Willig hatte sie sich von ihm übers Parkett führen lassen. Doch jetzt erwachte sie wieder. „Was meinst du damit, Alex?“

„Gar nichts – ich habe nur an deine früheren Verlobten gedacht.“

„Na und? Was ist mit ihnen?“

„Ich mag nicht, wenn man mit mir spielt, Bess“,

sagte er grimmig. „Ich hätte mich gefreut, wenn du es mir persönlich erzählt hättest. Das gilt auch für die Tatsache, dass dein Vater einer der reichsten Männer dieses Landes ist. Oder gefällt es dir etwa, die Geheimnisvolle zu spielen?“

Verstört sah Bess zu ihm auf. „Aber ich wusste doch gar nicht, dass du ...“

„Nicht zu vergessen die Tatsache, dass kein Geringerer als der Bürgermeister meinen Vorgesetzten angerufen hat, um einen kleinen Gefallen von ihm zu erbitten. Ich mag solche Spielchen nicht, Bess.“

Bess spürte, wie sein Griff um ihre Taille fester wurde. Wie stark er ist, dachte sie bewundernd. Doch sie wusste, dass sie nun bei der Wahl ihrer Worte vorsichtig sein musste. „Ich habe ihn nicht angerufen, Alex, glaube mir. Wir saßen nur zufällig beim Essen, und da ...“

„Beim Essen! Dinierst du öfters mit dem Bürgermeister von New York?“

„Er ist ein alter Freund meiner Familie“, erklärte sie geduldig. „Ich habe ihm davon erzählt, wie außerordentlich hilfsbereit du warst, und so führte eines zum anderen. Es war seine Idee, deinen Vorgesetzten anzurufen, er hat mir erst danach davon erzählt. Doch ich muss sagen, mir gefiel die Idee. Falls ich dir irgendwelche Schwierigkeiten gemacht haben sollte, tut es mir sehr Leid.“

„Du hättest mich wenigstens fragen können“, entgegnete Alex streng.

„Entschuldige mich.“ Bess löste sich von ihm und kämpfte sich bis zu den Toiletten vor. Nur mit Mühe hatte sie bei den letzten Sätzen noch ruhig bleiben können. Sie fühlte sich von Alex ungerecht behandelt, und damit war sie schon immer nur schwer zurechtgekommen. Doch während sie neuen Lippenstift auftrug, ermahnte sie sich dazu, nicht aus der Rolle zu fallen. Es war nur zu verständlich, dass Alex über diese Einmischung verärgert war.

Als sie schließlich zurückkehrte, war auch ihr Tisch frei. Endlich konnten sie sich miteinander unterhalten, ohne schreien zu müssen.

„Vielleicht sollten wir besser gehen“, meinte Bess, nachdem sie Platz genommen hatten. „Ich sehe keinen Grund, hier zu bleiben, wenn du so böse auf mich bist.“

„Unsinn! Ich war nur verletzt, weil du mir gar nichts über deine Familie erzählt hast.“

„Aber wieso hätte ich das denn tun sollen, Alexej? Wir gehen doch erst das zweite Mal zusammen aus.“

Alex schüttelte finster den Kopf. „Mach dir doch nichts vor, Bess. Du und ich wissen genau, dass mehr zwischen uns ist als nur eine flüchtige Bekanntschaft.“

„Kann schon sein. Aber das gibt dir noch lange

nicht das Recht, so zu tun, als würde ich dich wissentlich anlügen."

Er hob abwehrend die Hände. „Schon gut! Ich wollte nicht, dass du das in den falschen Hals kriegst."

Bess nickte besänftigt. Sie lehnte sich in ihrem Stuhl zurück und begann: „Hör zu, meiner Familie gehört McNee-Holden. Die Firma besteht seit 1873 und hat ihr ursprüngliches Angebot von Kameras und Filmen heutzutage auf Fernseher, Videos, Satelliten und alle möglichen audiovisuellen Medien hin erweitert. Möchtest du vielleicht, dass ich dir ein Prospekt zuschicke?"

„Nun werde nicht beleidigend!"

Langsam kehrte Bess' Humor wieder zurück. „Das war ja nur so eine Idee. Mein Vater leitet die Firma, während meine Mutter sich mehr um soziale Belange kümmert. Ich bin ihr einziges Kind. Der Vorname meines Vaters ist Roger, und er spielt gern Polo. Meine Mutter heißt mit Vornamen Susan, und sie liebt es, Bridge zu spielen. Gibt es sonst noch etwas, das dich interessiert?"

Alex sah sie wie um Verzeihung bittend an. „Entschuldige, Bess, dies sollte kein Verhör sein."

„Ach nein? Egal, du wolltest es wissen, und nun musst du mir wohl oder übel auch zuhören. Ich wurde in New York geboren und habe den größten Teil meiner Kindheit auf unserem Besitz in Long Island verbracht. Danach hat man mich ins Internat geschickt, damit meine Eltern freie Hand hatten, um wieder ihren jeweiligen Lieblingsbeschäftigungen nachzugehen. Wir stehen uns nicht besonders nahe, wie du vielleicht meiner Wortwahl entnehmen kannst. Hin und wieder bin ich mit meinen Eltern auf Reisen gegangen, aber da ich nicht besonders hübsch war, diente ich nur schlecht zum Vorzeigen. Daher wurde ich meist der Obhut des Personals überlassen."

„Bess ..."

„Ich bin noch nicht fertig!" Bess konnte nicht verhindern, dass ihre Stimme nun ein wenig bitter klang. „Damit du mich nicht falsch verstehst, Alex – dies ist nicht eine der üblichen Klagegeschichten eines armen reichen Mädchens! Meine Eltern und mich verbindet einfach nicht viel miteinander, das ist alles. Wenigstens erlaubt mir dies, meine eigenen Wege zu gehen. Ich posaune es nicht überall heraus, dass ich die Tochter von Roger K. McNee bin, aber ich verschweige es auch nicht. Na, zufrieden?"

Alex ergriff ihre Hand. Seine Stimme klang unerwartet sanft. „Ich wollte wissen, wer du bist, Bess, das ist alles. Du bedeutest mir viel, das müsstest du allmählich gemerkt haben."

Bess nickte, sie entspannte sich wieder. „Ich kann mir vorstellen, dass dein Familienleben völlig anders ist als meins."

„Ja, sicher. Aber deswegen habe ich dich nicht gefragt. Ich wollte nur alle diese Einzelheiten über dein Privatleben nicht von Judd hören."

Bess hörte ihm aufmerksam zu. „Nun, wie du mir erzähltest, hat Judd diese Informationen schließlich aus den Klatschspalten. Und wie du dir denken kannst, ist nur die Hälfte davon wahr. Ich war zum Beispiel nicht mit L.D. Strater verlobt. Es stimmt zwar, dass er mir einen Ring geschenkt hat, und ich brachte es nicht übers Herz, ihn zurückzuweisen. Aber von einer gemeinsamen Zukunft war niemals die Rede."

„Heißt das, du wolltest ihn nie heiraten? Er ist immerhin einer der reichsten Männer dieses Landes."

Bess lachte. „Gott sei Dank brauche ich mir deswegen keine Gedanken zu machen." Sie wurde wieder ernst und schüttelte den Kopf. „Nein, das stand für mich nie zur Debatte. Er ist ein sehr lieber Mensch, aber wir kommen aus verschiedenen Welten. Ich hatte immer den Eindruck, dass er mich nur deswegen mag, weil ich ihn amüsiere."

„Gut, und was ist mit dem anderen, diesem Schriftsteller?"

„Charlie?" Bess wurde auf einmal sehr nachdenklich. „Ich muss gestehen, bei Charlie hatte es mich richtig erwischt. Er ist ein so interessanter Mann, er interessiert sich so sehr für Menschen und ihre Motive, dass es mit ihm nie langweilig ist. Außerdem glaubt er an das Gute. Er gehört zu denjenigen, die Greenpeace unterstützen. Wenn Greenpeace zum Beispiel in Alaska eine Aktion startet, fliegt er dorthin und hilft ihnen. Das würde mir nie im Leben einfallen. Deshalb ist Gabrielle auch so perfekt für ihn."

„Gabrielle?"

„Ja, seine Frau. Sie haben sich bei einer Aktion zur Rettung der Wale kennen gelernt und sind seit zwei Jahren glücklich verheiratet."

Alex nickte. Einen Moment lang dachte er daran, das Thema zu wechseln, aber er konnte der Versuchung einfach nicht widerstehen. „Und was ist mit George? Kam er zwischen Charlie und Strater?"

Bess schüttelte den Kopf. „Nein, George kam vor Charlie und nach Troy. Aber das ist schon so lange her, dass ich mich kaum noch daran erinnern kann."

„Troy?"

„Oh, hat Judd Troy nicht erwähnt? Hollys Kollegin scheint also doch nicht so gut informiert zu sein. Troy war mein Freund während meiner College-Zeit. Wir waren ebenfalls verlobt, aber nur ein paar Wochen lang. Das zählt doch eigentlich kaum, findest du nicht auch?"

„Stimmt."

Bess lachte. „Ich muss gestehen, wenn man mich so hört, könnte man denken, Verloben sei mein Hobby. Aber das wäre ganz falsch. Bisher ist es einfach nur immer so passiert, und wenn es dann vorbei war, bin ich meistens auch gut damit zurechtgekommen."

„Gut, es freut mich, das zu hören." Alex setzte sein Glas nieder. „Denn ich wollte dich etwas fragen, Bess."

Bess hielt den Atem an.

„Ich möchte wissen, ob du im Moment einen festen Freund hast, ob du sich regelmäßig mit jemandem triffst?"

Irgendwie überraschte sie die Frage nicht. Alex war nicht der Mann, der lange um den heißen Brei herumredete. Sie antwortete nicht sofort, sondern schenkte ihm einen langen Blick.

„Und wenn es so wäre, Alex?" sagte sie dann. „Würde das irgendetwas zwischen uns ändern?"

„Allerdings. Ich muss wissen, woran ich bin, Bess. Wenn du es genau wissen willst – ich kann seit Wochen an nichts anderes mehr denken als an dich."

Da war es wieder, dieses vertraute Gefühl, dieses Prickeln, das immer auftauchte, wenn Bess im Begriff war, sich zu verlieben. Ein Gefühl großer Freude durchströmte sie, und sie sagte warm: „Nein, Alexej. Es gibt niemanden außer dir. Genügt dir das?"

An Stelle einer Antwort zog er sie an sich und küsste sie. Für den Bruchteil einer Sekunde musste er daran denken, wie viele Männer diesen Satz bereits aus ihrem Mund gehört haben mochten. Aber dann verdrängte er diesen unwürdigen Gedanken sofort wieder.

„Hast du Lust zu tanzen?“

„Deswegen sind wir schließlich hergekommen.“ Aber Bess erhob sich noch nicht sogleich. Sie nahm Alex’ Gesicht in ihre Hände und studierte seine Züge aufmerksam.

„Was siehst du da?“

„Ich sehe dich an. Und ich möchte sicher sein, dass du nicht mehr böse auf mich bist.“

„Ich bin nicht böse auf dich.“ Wie zur Bekräftigung küsste er sie auf die Nase.

„Gut.“ Dennoch war Bess nicht ganz zufrieden. Ein Schatten war auf sein Gesicht gefallen, den sie sich nicht ganz erklären konnte.

„Du musst mir glauben, Alexej“, sagte sie eindringlich. „Vor dir habe ich keinerlei Geheimnisse.“

Alex nickte. Gott, wie schaffte sie es nur, ihn bis ins Innerste aufzuwühlen? Wie um die dunklen Schatten zu vertreiben, zog er sie noch enger an sich.

„Ich glaube dir“, sagte er schlicht. „Und gleichzeitig müssen wir beide herausfinden, nach welchen Regeln der andere spielt, Bess. Ich will damit nicht allzu viel Zeit verlieren.“

„Okay.“ Bess fragte sich, was mit ihr los war. Es wäre so leicht gewesen, auf dieses Stichwort hin den

Klub zu verlassen, mit ihm nach Hause zu gehen, sich in ihm zu verlieren. Aber irgendetwas hielt sie zurück …

Hatte sie etwa Angst? Der Gedanke erschien ihr absurd. Bess hatte noch nie vor irgendjemandem oder irgendetwas Angst gehabt. Dafür war sie einfach nicht der Typ. Nein, beruhigte sie sich selbst, wenn der richtige Moment kommen würde, würde sie handeln. Bis dahin gab es keinerlei Grund zur Panik.

„Los, komm schon", sagte sie lachend und zog ihn hoch. „Wir wollen sehen, wie gut du dich auf dem Parkett hältst!"

7. KAPITEL

Alex saß über einen Autopsiebericht gebeugt, der diesmal ganz besonders brutale Einzelheiten enthielt. Dieser Umstand allein hätte jedoch nicht gereicht, um ihn aus dem Gleichgewicht zu werfen und ihm die Konzentration auf seine Arbeit zu erschweren.

Nein, das Problem bestand ganz allein darin, dass Bess zu seiner Rechten saß und sich eifrig Notizen machte. Dabei hielt sie sich völlig an ihr Versprechen, ihn nicht zu stören, das musste Alex zugeben. Obwohl sie hin und wieder selbstvergessen ein paar Worte murmelte, blieb sie ruhig und unauffällig. Als sie erkannte, dass Alex nicht geneigt zu sein schien, ihre gelegentlichen Fragen zu beantworten, hatte sie sich ohne weitere Umstände an Judd gewandt. Nicht dies war also der Grund, dass er sich unbehaglich fühlte. Es war ihre reine Anwesenheit!

Selbst ihr Aufzug war ausgesprochen dezent und der Situation angemessen. Sie trug eine weiße Bluse und darüber einen marinefarbenen Blazer. Wenn sie jedoch gehofft hatte, dadurch unauffälliger zu werden, hatte sie sich gründlich getäuscht, zumindest was Alex betraf. Er spürte sie mit jeder Faser seines Körpers.

Da war vor allem ihr Duft. Dieser frische und

gleichzeitig so verführerische Duft, der ihn an Meer und Sonnenschein erinnerte, hielt sich seit ihrem Erscheinen überall in den Räumen.

Bess war sich ihrer Wirkung auf ihn sehr bewusst, und sie genoss diesen Umstand. Wie außerordentlich spannend, ihn endlich bei der Arbeit zu sehen! Stundenlang hätte sie ihm dabei zuschauen können, wie er den Bericht studierte und sich dabei immer wieder mit den Händen durchs Haar fuhr, wenn er an eine besonders heikle Stelle kam. Oder wie er den Telefonhörer von einer Seite auf die andere wechselte, sodass er sich Notizen machen konnte. Dann war sie auch völlig fasziniert vom Klang seiner Stimme, die manchmal voller Gefühl war und dann aber auch außergewöhnlich sachlich sein konnte, abhängig von dem, was sein Gegenüber gerade sagte.

Am liebsten hätte sie sich vorgebeugt und ihm einen Kuss auf den Nacken gegeben – aber das ging hier natürlich nicht!

Stattdessen erhob sie sich und bereitete für sich und die beiden Männer einen Kaffee zu.

„So, bitte." Sie reichte Alex eine Tasse. „Du siehst aus, als könntest du ihn brauchen."

„Danke." Nur Milch, keinen Zucker. Das hatte sie sich also gemerkt. Möglicherweise war dies ein Teil ihres Geheimnisses, wie sie es schaffte, andere Leute in ihren Bann zu ziehen. Bess hatte ein fantastisches

Gedächtnis für die kleinen Eigenheiten ihrer Umwelt.

„Bestimmt findest du es sehr langweilig, nicht wahr?"

Dies nahm Bess als Einladung, sich auf der Kante seines Schreibtisches niederzulassen. „Aber ganz und gar nicht. Wieso fragst du?"

„Na ja, im Moment passiert ja nichts Aufregendes." Er wies auf den Stapel Papiere auf seinem Tisch. Vielleicht konnte er sie ja auf diesem Weg davon überzeugen, dass sie nur ihre Zeit vergeudete. „Wenn du im Fernsehen zeigst, aus wie viel stumpfsinniger Routinearbeit unser Job besteht, wird dies wohl kaum die Zuschauerzahlen erhöhen."

„Oh, das würde ich nicht sagen." Sie zerbrach einen Schokoriegel und reichte Alex davon die Hälfte. „Wir wollen all die verschiedenen Aspekte deines Berufs zeigen. Und die Büroarbeit gehört nun einmal dazu. Schließlich ist es eine ganz schöne Leistung, sich inmitten all dieses Chaos' konzentrieren zu können."

Alex sah sie verständnislos an. „Welches Chaos?"

Bess lächelte ihn an, dann machte sie sich sofort eine Notiz. Anscheinend war Alex schon so sehr an seine lärmende Umgebung gewöhnt, dass ihm gar nicht auffiel, wie ungewöhnlich dies alles war. Der Raum war erfüllt von Bewegung, dauernd klingelten die Telefone, nie gab es einen Moment Ruhe. Und es vollzogen sich lauter spannende Ereignisse – allein an diesem Morgen hatte sie einem ganzen Dutzend menschlicher Dramen beiwohnen dürfen und dabei für viele Stunden Material sammeln können. Aber all dies war für Alex bereits zum Alltag geworden.

„Das Einzige, worum es mir bei dieser Arbeit geht, ist Atmosphäre“, erklärte sie ihm. „All diese Schicksale, all die kleinen und großen Verbrechen, derer man hier Zeuge wird, sie geben einen lebendigen Querschnitt durch unsere Gesellschaft. Und genau dies wollen die Zuschauer sehen.“

„Kann schon sein.“ So schnell ließ Alex sich nicht einwickeln. Er stellte die Kaffeetasse unberührt auf den Tisch zurück. „Aber ich mag es trotzdem nicht, wenn du mir bei der Arbeit auf die Finger siehst.“

Bess nickte. „Ja, ich weiß.“ Seltsamerweise fühlte sie sich durch seine Abwehr nicht getroffen. Dafür konnte sie ihn zu gut verstehen. Sie lehnte sich vor und sah ihn an. In ihren Augen las Alex mehr als nur Belustigung. Es war eine Mischung aus Verlangen, Humor und Respekt. Was immer es war, es verfehlte seine Wirkung nicht auf ihn. Er spürte sein Blut in den Adern rauschen. Und dabei sollte ein Mann nun arbeiten!

„Du weißt ja gar nicht, wie sexy du im Moment aussiehst“, erklärte Bess augenzwinkernd. „Mit deinen aufgekrempelten Hemdsärmeln, dem Halfter mit der Pistole an deiner Seite, dazu dein durchwühltes Haar. Und gar nicht zu reden von deinem gefährlichen Blick!“

Alex sah sie finster an. „Du willst mich wohl auf den Arm nehmen.“

Sie lachte. „Natürlich nicht! Wahrscheinlich ist dir gar nicht bewusst, wie sehr sich dein Gesichtsausdruck verändert, wenn du wichtige Informationen am Telefon erhältst. Aber du wirst das alles später im Fernsehen wiedersehen.“

„Ich kann es wirklich kaum noch erwarten.“ Er stand auf. Jeder Moment länger mit Bess hier in seinem Büro wurde für ihn langsam zur Qual.

Spielerisch zog sie ihn an seinen Hosenträgern zu sich heran.

Komischerweise hatte sie gar keine Angst vor seiner Waffe. Vielleicht würde er ihr ja eines Tages sogar zeigen, wie man damit umging.

„Übrigens hast du mich heute noch nicht ein Mal geküsst“, sagte sie schmollend.

„Und ich werde dich auch nicht küssen. Jedenfalls nicht hier.“

Bess funkelte ihn an. „Warum nicht?“

Ohne jede Vorwarnung zog er sie an sich – so fest, dass ihr einen Moment lang die Luft ausblieb. „Weil es beim nächsten Mal, wenn ich dich küsse“, und Alex betonte nun jedes einzelne Wort, „keinerlei Regeln mehr geben wird, verstehst du? Nur noch dich und mich, Bess, sonst nichts."

Mit einem Mal war alle Leichtigkeit verschwunden. Was Bess in seinen Augen sah, erschreckte sie, aber sie wusste auch, dass sie sich genau das wünschte. Ihre Reaktion war eine Mischung aus Verlangen und Angst, und sie blieb Alex nicht verborgen.

„Was ist, Bess?" fragte er herausfordernd. „Bekommst du jetzt kalte Füße?"

„Natürlich nicht." Sie schüttelte ihn ab, aber ihr Lachen klang etwas gezwungen. „Nur sollten wir nicht vergessen, warum wir hier sind."

„Sag ich doch."

„Stanislaski!" Plötzlich erklang eine Stimme hinter ihnen. Alex fuhr herum.

„Captain?"

„Ich möchte Sie natürlich nicht stören", meinte sein Vorgesetzter mit spürbarer Ironie. „Aber ich fürchte, ich brauche Ihren Bericht."

„Natürlich, Sir." Doch bevor Alex noch danach greifen konnte, hatte Bess ihn schon geschnappt und reichte ihn dem Captain. Dann streckte sie ihm die Hand entgegen.

„Captain Trilwalter, ich freue mich sehr, Sie kennen zu lernen. Ich bin Bess McNee. Vielen Dank noch einmal, dass Sie mir erlaubt haben, mit Ihren Männern zusammenzuarbeiten."

Trilwalter sah sie einen Augenblick lang stirnrunzelnd an, dann seufzte er ergeben. „Ich weiß, wer Sie sind. Sie verfassen diese Seifenopern fürs Fernsehen."

„Stimmt", erwiderte Bess vergnügt. Wie immer ließ sie sich durch diese Art von Seitenhieben nicht treffen. „Ach, Captain, hätten Sie vielleicht ein paar Minuten Zeit für mich? Ich weiß natürlich, dass Sie sehr beschäftigt sind. Ich werde Sie daher nicht über Gebühr beanspruchen."

Von ihrem Anliegen war er alles andere als begeistert. Aber er war schon lange genug in dieser verantwortungsvollen Position, um zu wissen, dass man nicht immer nur nach Lust und Laune handeln konnte. „Selbstverständlich, Miss McNee", entgegnete er daher mit leichtem Kopfnicken. „Folgen Sie mir doch bitte in mein Büro. Hier entlang, bitte."

„Vielen Dank." Bess lächelte Alex noch einmal kurz zu, bevor sie mit Trilwalter den Raum verließ.

Alex warf Judd einen beredten Blick zu, dann kehrte er an seinen Schreibtisch zurück.

Zehn Minuten später vernahm Alex zu seiner Überraschung Bess' perlendes Lachen. Es kam aus dem Büro seines Vorgesetzten. Im nächsten Moment öffnete sich die Tür, und die beiden traten lachend heraus. Sie machten ganz den Eindruck von uralten Freunden, die ihr Wiedersehen genossen.

„Das werde ich mir merken, Bess."

„Ja, aber erzählen Sie nur nicht dem Bürgermeister, von wem Sie das erfahren haben.“

„Nein, das bleibt natürlich unter uns. Topsecret!“ Trilwalter erblickte Alex, und sein Ton wurde wieder etwas offizieller. „Detective, ich übergebe Ihnen Miss McNee. Bitte sorgen Sie dafür, dass sie alles bekommt, was sie braucht.“

„Mit Vergnügen, Sir!“

Bess legte dem Captain die Hand auf die Schulter. „Nochmals vielen Dank, Donald.“

„Keine Ursache, Bess. Kommen Sie bald wieder.“

„Donald?“ Alex hatte das Gefühl, als könne er seinen Ohren nicht trauen.

Bess nickte vergnügt. „So heißt er nun einmal.“

Er sah sie kopfschüttelnd an. „Ich weiß wirklich nicht, wie du das machst.“

„Oh, wir haben uns nur nett unterhalten, weiter nichts.“

Hinter ihrem Rücken sah Alex, wie Geld gewechselt wurde. Er und seine Männer hatten darauf gewettet, wie lange es dauern würde, bis Trilwalter Bess wieder in hohem Bogen aus seinem Büro herauswerfen würde. Zu seinem Leidwesen hatte nun auch Alex zwanzig Dollar verloren. Das stimmte ihn nicht gerade heiter.

„So, und jetzt setz dich wieder ruhig hin“, sagte er grimmig. „Ich habe noch zu arbeiten.“

Aber kaum hatte er sich in seine Unterlagen vertieft, als auch schon das Telefon klingelte. Alex hörte einige Minuten lang intensiv zu, dann nickte er und sagte knapp: „Gut! In zehn Minuten sind wir da.“ Er sprang auf und griff nach seinem Jackett.

„Was ist los?“ fragte Bess alarmiert.

„Ich muss weg. Judd, Sie kommen mit!“

„Aber wohin? Was ist los?“

Alex gab keine Antwort. Die beiden Männer waren schon fast bei der Tür. Aber sie hatten nicht mit Bess' Hartnäckigkeit gerechnet.

„Ich komme auch mit!“

Am liebsten hätte Alex ihr verboten, sie zu begleiten. Aber nach dem, was er gerade vor Trilwalters Büro hatte beobachten dürfen, hielt er es für das Beste, ihr nicht zu widersprechen, auch wenn ihm dies sehr schwer fiel.

„Nur, wenn du im Auto bleibst“, warnte er sie. „Das ist nichts für Amateure!“

„Alles klar.“

Wenige Minuten später erreichten sie die Garage und stiegen eilig ins Auto.

„Wohin fahren wir eigentlich?“ wollte Bess wissen.

„Wir fahren dorthin, wo sich der Abschaum der Menschheit trifft“, war Alex' Antwort.

„Das klingt ja äußerst faszinierend.“ Bess meinte es genauso, wie sie es gesagt hatte.

Soweit sie wusste, war Bess noch nie in diesem Teil der Stadt gewesen. Die Szene war trostlos und ähnelte einer urbanen Wüste. Viele der Läden wurden zum Verkauf angeboten oder waren mit Brettern vernagelt. Diejenigen, in denen noch etwas verkauft wurde, waren schäbiger als irgendwo sonst. Das galt auch für die Menschen, die durchweg einen sehr ärmlichen Eindruck machten. Die Straßen waren kaum bevölkert, aber die wenigen Passanten schienen es dafür ganz besonders eilig zu haben.

Interessiert hatte Bess beobachtet, welche Veränderung mit Alex vorgegangen war, sobald sie diesen Teil der Stadt erreicht hatten. Ohne dass äußerlich viel geschehen wäre, schien er plötzlich mit seiner Umgebung zu verschmelzen. Niemand hätte sich nach ihm umgesehen, so viel stand fest. Anscheinend gehörte dies zu den speziellen Talenten eines Polizisten. Auch dieses Merkmal würde sie mit Sicherheit für Storm verwenden.

In diesem heruntergekommenen Stadtteil gab es glücklicherweise keine Parkprobleme. Bess musste lachen, wenn sie daran dachte, was geschehen würde, wenn man ein Auto auch nur für zehn Minuten unbewacht herumstehen ließe. Mit sehr viel Glück konnte man dann hinterher wahrscheinlich noch eine Radkappe einsammeln.

Aber als sie Alex ansah, verging ihr das Lachen.

Dies hier war bitterer Ernst, kein Spiel. Menschen mussten hier leben, tagaus, tagein, und sie dachte nur daran, was für eine interessante Kulisse dies für ihre Serie abgeben würde. Mit einem Mal kam sich Bess sehr frivol vor.

Alex sah sie an, dann stieß er einen kräftigen Fluch aus. Verdammt, was hatte ihm sein Chef nur angetan! Er konnte Bess in dieser Gegend schlecht im Auto zurücklassen. Dazu wimmelte es hier zu sehr von kriminellen Elementen.

„Hör zu", sagte er eindringlich und beugte sich zu ihr hinab. „Bleib ganz dicht hinter mir, verstanden? Und keine Fragen."

„Na gut, aber was soll ich ..."

„Ich habe gesagt, keine Fragen!" Seine Nerven waren zum Zerreißen gespannt. „Sonst bin ich gezwungen, dir Handschellen anzulegen."

„Ist er nicht süß?" wandte sie sich an Judd. „Er hat eine so nette Art, jemandem etwas beizubringen."

„Ach, halt die Klappe, McNee!" Alex war jetzt wirklich nicht zum Scherzen aufgelegt. Er zog sie durch eine beschädigte Tür in das Innere eines heruntergekommenen Ladens.

Bess brauchte ein paar Sekunden, um sich in dem schummrigen Dämmerlicht zurechtzufinden. Es gab viele Regale, auf denen verstaubte Waren angehäuft waren. Radios, Bilderrahmen, dazu Küchengeräte.

Irgendwo meinte sie auch eine Tuba zu entdecken. Eine Glastheke mit einem dicken Riss in der Mitte dominierte den Raum. An einer Wand befand sich ein Fenster, das mit dicken Eisenstäben verrammelt war.

„Ein Pfandhaus!“ stellte Bess entzückt fest.

„Nur ein Wort über Atmosphäre, und ich ermorde dich“, warnte Alex sie.

Aber ungerührt hatte Bess bereits begonnen, sich Notizen zu machen. „Na los, geh schon an die Arbeit“, sagte sie zu ihm. „Und kümmere dich gar nicht um mich.“

Sich nicht um sie kümmern! Das war leichter gesagt als getan. Aber Alex wusste, dass sie Recht hatte. Er wollte gerade den Besitzer suchen, da trat ein untersetzter kleiner Mann in einem dreckigen weißen Hemd durch die Hintertür in den Laden.

„Hallo, Stanislaski.“

„Boomer. Na, was haben Sie für mich?“

„Ist das ein Neuer?“ Misstrauisch beäugte der Ladenbesitzer Judd.

„Nein, er hat seine Bewährungsprobe bestanden.“

Boomer warf Bess, die sich interessiert in den Regalen umschaute, einen abschätzigen Blick zu. Doch dann erhellte sich seine Miene. „Sieht aus, als hätte ich Kundschaft. Bitte entschuldigen Sie mich.“

„Die Dame gehört zu uns.“ Alex’ Ton machte klar,

dass er keine weiteren Fragen wünschte. „Und nun spucken Sie aus, was Sie mir zu sagen haben."

„Nun ja, Detective ... Sie wissen doch, ich bin äußerst diskret."

„Diskret!" Alex lachte verächtlich. „Das kann man wohl sagen. Gut für Sie, Boomer, denn sonst würde ich nämlich an geeigneter Stelle verlauten lassen, was Sie in Ihrem Hinterzimmer treiben."

„Das ist doch vollkommen harmlos, Stanislaski." Aber Boomer machte sich keine Illusionen über Alex. Sie hatten eine Vereinbarung, die besagte, dass er seine halb legalen Geschäfte so lange betreiben durfte, wie er Alex hin und wieder mit wichtigen Informationen versorgte.

Jetzt beugte sich der Ladenbesitzer über die Theke und sagte in verschwörerischem Ton: „Ich weiß etwas über die Nutten, die man umgelegt hat."

Obwohl Alex nach außen hin keine Regung zeigte, war er sofort hellwach. „Was ist mit ihnen?"

An Stelle einer Antwort lächelte Boomer und rieb Daumen und Zeigefinger aneinander. Nachdem zwanzig Dollar den Besitzer gewechselt hatten, fuhr er in demselben gedämpften Ton fort: „Ich habe gehört, Sie suchen jemanden, der mit dem Fall zusammenhängt. Also gut, der Junge heißt Jack."

„Jack? Das ist ja ein Allerweltsname." Alex war davon nicht sehr beeindruckt.

„Moment, Moment!“ Boomer hob abwehrend die Hand. „Das ist ja noch nicht alles. Aber das kostet Sie noch ein Scheinchen, Detective.“

„Wenn die Information es wert ist, bekommen Sie das auch, Boomer“, erwiderte Alex ungerührt.

Boomer lachte. „Na gut. Wie man mir zugetragen hat, besaßen beide Damen die gleiche Kette, stimmt's?“

„Sie sind wirklich gut informiert“, meinte Alex langsam.

„Das muss man in dieser Position auch sein. Gestern kam zufällig eine junge Dame in mein Geschäft. Sie wollte etwas versetzen, und zwar dies hier.“ Boomer griff in die Schublade unter der Theke und zog eine dünne Goldkette heraus. Daran hing ein goldenes Herz mit einem Spalt in der Mitte. Als Alex danach greifen wollte, schüttelte der Pfandhausbesitzer den Kopf. „Ich gab der Dame zwanzig Dollar dafür.“

Widerstrebend trennte sich Alex von seinem Geld. Aber er hatte das Gefühl, dass sich die Transaktion für ihn lohnen würde.

„Dame ist eigentlich nicht das richtige Wort“, fügte Boomer noch hinzu. „Sie war eher noch ein Kind, achtzehn, höchstens zwanzig. Ziemlich hübsch, wenn ich mich recht erinnere. Blondes Haar, blaue Augen. Oh ja, und ein kleines Muttermal hier.“ Er tippte mit dem Finger gegen seine linke Augenbraue.

„Haben Sie eine Adresse?“

„Na ja ...“

„Noch mal zwanzig für die Adresse, Boomer.“ Alex’ Ton sagte dem Mann, dass dies endgültig war. „Mehr ist nicht drin.“

Boomer nickte und steckte das Geld ein. Dann nannte er Alex ein Hotel, das ganz in der Nähe war.

„Sie hat sich unter dem Namen Crystal eingetragen“, setzte er noch hinzu. „Crystal LaRue. Aber ich hatte nicht den Eindruck, als würde das viel bedeuten.“

„Alles klar.“ Alex wandte sich an Judd. „Also los. Wir sollten der Sache nachgehen. Bess?“

„Einen Moment.“ Bess war in die Betrachtung einer außerordentlich hässlichen Glaslampe vertieft. „Wie viel wollen Sie dafür haben?“

„Oh, für Sie ...“

„Vergiss es!“ Alex zog sie bereits hinter sich durch die Tür.

„Aber ich ...“

„Nun komm schon!“

Widerstrebend musste sich Bess in ihr Schicksal fügen. Aber kaum saß sie im Wagen, holte sie auch schon ihren Notizblock heraus und begann, sich eifrig Notizen zu machen.

Als sie fertig war, hielt Alex den Wagen gerade vor dem genannten Hotel an. Bevor er ausstieg, sagte er noch einmal warnend zu Bess: „Hier gelten die gleichen Regeln wie vorhin!“

Bess nickte. Mit gemischten Gefühlen betrachtete sie die Absteige. „Wohnt sie hier?“

„Wer?“

„Na, das Mädchen, von dem ihr gesprochen habt. Ich habe schließlich Ohren, Alex.“

Er hätte es wissen sollen. „Bitte, tu mir den Gefallen und behalt es für dich, ja?“

„Aber natürlich.“ Bess folgte den beiden in die Lobby des heruntergekommenen Hotels.

Alex war es gar nicht recht, dass er sie hierher bringen musste. Alles war dreckig und verkommen, es roch überall nach Müll und menschlichem Elend. Aber Bess schien das alles nichts auszumachen.

„Haben Sie einen Gast namens Crystal LaRue?“

Der Portier sah gelangweilt von seiner Zeitung auf. Eine Zigarette hing ihm im Mund, und es war klar, dass er sich gestört fühlte. „Weiß nicht.“

Alex zog seine Polizeimarke hervor. „Sie ist um die Zwanzig, hübsch, blondes Haar. Besonderes Merkmal: ein Muttermal neben der linken Augenbraue.“

Wohl oder übel musste der Mann die Information herausrücken. „Zimmer zweihundertzwölf.“

„Ist sie da?“

„Sieht so aus.“

Sie stiegen die Treppe hinauf und hatten so Gelegenheit, das Hotel von innen bewundern zu können. Der Gestank wurde langsam unerträglich, dazu war es auch noch recht laut. Zwei Gäste stritten sich schrill, andere hämmerten gegen die Zimmerwände. Doch schließlich standen sie vor der Tür von zweihundertzwölf.

Alex klopfte. Nichts rührte sich. Nach einem kurzen Blickwechsel mit Judd probierte er den Türknauf. Die Tür ließ sich ohne weiteres öffnen.

„Komisch, in einer solchen Absteige würde ich bestimmt abschließen", kommentierte Judd verwundert.

Vorsichtig betraten sie das Zimmer. Alex bedeutete Bess, sich dicht hinter ihnen zu halten. Man wusste schließlich nie, was einen an einem solchen Ort erwartete.

Bess hielt sich an seine Anweisungen, und so kam es auch, dass sie, gemeinsam mit den beiden Männern, die Szene des Grauens erblickte.

Crystal war nicht ausgegangen, und man würde sie auch nie wieder auf den Straßen New Yorks erblicken. Ihre Leiche lag ausgestreckt auf der blutgetränkten Matratze. Der Geruch von Blut und von noch Schlimmerem hing in der Luft und erfüllte das ganze Zimmer mit einem unerträglichen Gestank.

Fassungslos starrte Bess auf die Szene des Verbrechens.

Mord – Tod durch Gewaltverbrechen! Sie hatte davon gelesen, hatte selbst darüber geschrieben. Aber noch nie hatte sie es mit eigenen Augen gesehen.

Bess wusste selbst nicht, wie lange sie so dagestanden hatte, aber plötzlich fühlte sie Alex' Hände auf ihren Schultern. Gott, war ihr kalt! Sie hatte gar nicht gemerkt, wie kalt ihr mit einem Mal geworden war.

„Geh runter, Bess!" sagte er drängend.

Bess sah ihn an, wie aus einem Traum erwachend. Sie war wachsbleich. Es brauchte ein paar Sekunden, bis sie den Sinn seiner Worte verstand, doch dann nickte sie gehorsam.

„Ja", sagte sie langsam. „Klar, Alex, natürlich, du hast Recht."

„Bleib unten in der Lobby, verstanden? Und sprich mit niemandem! Warte so lange, bis Judd und ich wieder runterkommen, okay?"

Bess sog tief die Luft ein, dann nickte sie mühsam. „Sie ... sie ist noch so jung", stammelte sie verstört. Sie hatte das Gefühl, als würde ihr jeden Moment schlecht werden. „Mach ... mach dir meinetwegen keine Sorgen, Alex. Ich warte unten." Sie drehte sich um und ging mit schleppenden Schritten die Treppe hinunter.

„Sie hätte das nicht sehen dürfen", meint Judd, nachdem Bess gegangen war. Auch ihm war nicht besonders wohl.

„Niemand sollte so etwas sehen", entgegnete Alex. Er verbot es sich, sich von seinen Gefühlen überwältigen zu lassen. Aber er wusste, dass jemand dafür würde zahlen müssen.

Bess weigerte sich, Judds Angebot anzunehmen, sie nach Hause zu fahren. Während die üblichen Routineuntersuchungen vor sich gingen, die jeden Mordfall begleiten, saß sie in einem alten Sessel und beobachtete die Polizeibeamten bei der Arbeit.

In all dem Durcheinander, den konzentriert wirkenden Polizisten, den verstörten Gästen und den vielen Neugierigen, die sich sofort eingefunden hatten, blieb sie ruhig und unbewegt.

In ihr waren Schmerz und Kummer um den Tod dieses jungen Mädchens und auch eine Art kalter Zorn auf den Mörder. Aber sie blieb und hielt das alles aus – um Alex' wegen.

Nachdem die Untersuchungen abgeschlossen waren, fuhren sie wieder auf die Wache zurück. Damit fing die eigentliche Arbeit erst an. Endlose Verhöre folgten, und noch immer wich Bess nicht von Alex' und Judds Seite.

Irgendwann einmal schlüpfte sie hinaus, um den beiden Männern Sandwiches zu besorgen. Dann ging es weiter.

Nach vielen Stunden trafen sich alle in einem Sitzungsraum, um die Ergebnisse ihrer Untersuchungen miteinander zu vergleichen.

Bess blieb im Hintergrund und beobachtete alles aufmerksam.

Es stellte sich heraus, dass Crystal natürlich einen falschen Namen angegeben hatte. Ihr wahrer Name war Kathy Segal, sie kam aus Wisconsin. Nachdem Alex all dies herausgefunden hatte, konnte er auch ihre Eltern ausfindig machen.

Bess war bei dem Gespräch dabei, und sie würde es niemals vergessen. Die Eltern blieben ungerührt, als sie von dem Tod ihrer Tochter hörten. Für sie war Kathy schon vor vielen Jahren gestorben.

Sie hatte keine Freunde gehabt, keine Freundinnen, nicht einmal einen Zuhälter. Allein und einsam war sie auf den Strich gegangen, und vor zwei Monaten hatte sie das billige Hotelzimmer gemietet. Das Zimmer, in dem sie dann auch ihren grausamen Tod gefunden hatte. Niemand hatte sie gekannt, und niemand würde sie vermissen.

Es war Alex unmöglich, über all das mit Bess zu sprechen. Dies war der Teil seines Berufes, den er mit niemandem teilte, am wenigsten mit denen, die ihm nahe standen. Natürlich kam Rachel in ihrer Funktion als Anwältin manchmal mit solch grauenhaften Details in Berührung, aber das war auch alles.

Alex hatte immer einen Trennungsstrich gezogen

zwischen Beruf und Familie, und ihm wurde erneut klar, wie wichtig das war.

Nie würde er Bess' Gesichtsausdruck vergessen können, als sie die Leiche erblickte. Warum hatte er sie nicht vor ihrer eigenen Starrköpfigkeit schützen können? Inzwischen machte sich Alex heftige Vorwürfe, dass er sie nicht vom Tatort fern gehalten hatte.

Deshalb konnte er nicht mit ihr sprechen, auch nicht, als endlich alles vorüber war und sie schweigend nach Hause fuhren. Aber er war voller Zorn und Schuldbewusstsein, und als er dann endlich ihr Apartment betrat und die Tür hinter ihm ins Schloss fiel, fand er auch die richtigen Worte für seine Gefühle.

„Hast du bekommen, was du wolltest?"

Bess sah ihn nur an. Sie wollte jetzt keine Konfrontation mit ihm, dazu war sie selbst viel zu erschöpft und ausgelaugt. Wenn Alex seinem Ärger und seinem Frust Luft machen musste, war das seine Sache, aber sie würde nicht mit ihm streiten. Außerdem spürte sie nur allzu gut, wie ihm zu Mute war.

„Komm, ich mache dir einen Drink", entgegnete sie ruhig. Aber da packte er sie am Arm und wirbelte sie herum.

„Und? Hast du dir alles auch schön notiert?" fragte er höhnisch. „Damit du es dann deinem Millionenpublikum hübsch verpackt servieren kannst?"

„Alex, es ... es tut mir sehr Leid." Etwas anderes

konnte sie nicht sagen. „Ich brauche jetzt einen Cognac. Ich gehe uns beiden einen holen."

„Natürlich, das ist auch wirklich der einzig zivilisierte Weg, um mit dem Grauen fertig zu werden – ein netter kleiner Cognac!"

Bess ging zu ihrem Barschrank und holte zwei Gläser heraus. Sie hatte das Gefühl, als müsse sie nun jedes Wort auf die Goldwaage legen.

„Was willst du eigentlich von mir?" fragte sie schließlich. „Ich gebe zu, es war wahrscheinlich heute kein besonders guter Tag, um dich bei deiner Arbeit zu begleiten. Aber schließlich konnten wir ja nicht wissen, was passieren würde. Willst du jetzt etwa mir die Schuld an dem Geschehen geben?"

Alex war in einem schrecklichen Zwiespalt. Natürlich hatte sie Recht mit dem, was sie sagte. Aber er konnte sich selbst nicht verzeihen, dass er es zugelassen hatte, dass sie Zeugin dieses schrecklichen Mordfalls geworden war. Er wusste, er hätte sie davor schützen müssen. Und nun hatte er versagt!

„Du hättest nicht dabei sein dürfen!" entgegnete er störrisch.

Bess ging zu ihm hinüber und reichte ihm sein Glas. Dann schlang sie die Arme um seinen Hals, aber er rührte sich nicht. Sein Körper war hart wie Stahl.

„Alex ..." Wie konnte sie ihm nur begreiflich machen, dass es wichtig für sie gewesen war, der Szene beizuwohnen? Sie wollte nicht geschont werden, am allerwenigsten von dem Mann, in den sie sich gerade zu verlieben begann. „Alex, es tut mir Leid, aber ich war nun einmal heute dabei. Und obwohl ich es grauenhaft fand, dieses unmenschliche Verbrechen, dieses ganze sinnlose Gemetzel, war ich auch froh ... weil ich nun weiß, was dich erwartet bei deiner Arbeit, Tag für Tag. Deutlicher hättest du es mir nicht vor Augen führen können."

„Ich wollte es dir aber nicht vor Augen führen!" Verzweifelt machte er sich von ihr los. „Bess, ich habe es noch nie zugelassen, dass meine Familie sich in meine Arbeit einmischt. Dazu ist der Job einfach zu hart! Und auch bei dir werde ich da keine Ausnahme machen!"

Es rührte sie, dass ihm ihre Reaktion so viel bedeutete. Aber dennoch hatte sie den Wunsch, etwas klarzustellen.

„Meinst du etwa, nur weil ich Serien fürs Fernsehen schreibe, wüsste ich deswegen nicht, wie es in der Welt zugeht? Da täuschst du dich, ich weiß es sehr gut. Ich war noch nie ein Mensch, der die Augen vor der Realität verschließt, Alex. Und was immer ich auch heute gesehen habe, war Teil deiner Arbeit. Jedes Mal, wenn du einen Auftrag erhältst, kann es sein, dass du nicht mehr davon zurückkommst. Das ist die Wahrheit! Und obwohl es sicher nicht leicht ist, damit zu leben, würde ich nichts daran ändern wollen – weil es nun einmal zu dir gehört."

Alex starrte sie an. Er war zerrissen von vielen widersprüchlichen Gefühlen. Schließlich beugte er sich zu ihr hinab und lehnte seine Stirn gegen die ihre. „Ich weiß wirklich nicht, was ich darauf sagen soll, Bess."

Sie legte ihm den Finger auf die Lippen. „Pst, du musst auch nichts sagen. Wir müssen überhaupt nicht mehr reden, wenn du nicht willst."

Alex wusste, was sie ihm damit anbot. Er spürte diesen alles verzehrenden Hunger nach ihr, spürte ihn stärker denn je zuvor. Oh, er wollte sich nur in ihr verlieren, der Rest der Welt konnte ihm dann für immer gestohlen bleiben!

Er fuhr ihr sanft durchs Haar, seine Stimme war bewegt. „Wir haben uns aber noch nicht über die Regeln unterhalten."

Sie lächelte ihn an. „Das können wir ja auch noch später machen."

Er nickte und zog sie an sich. „Ich brauche dich, Bess! Ich will bei dir bleiben. Ich glaube, ich würde verrückt, wenn du mich heute fortschicken würdest."

Sie schüttelte den Kopf. „Ich schicke dich nicht fort, Alex. Ich bin hier, bei dir."

„Bess!" Sanft fuhr er mit den Lippen über ihre Wangen. „Ich habe mich total in dich verliebt."

Bess' Herz machte einen großen Satz. Da waren sie, die Worte, nach denen sie sich so sehr gesehnt und die sie gleichzeitig gefürchtet hatte. „Alexej …"

„Nein!" Er schloss ihr die Lippen mit einem Kuss. „Sag jetzt bitte nichts. Die Worte gehen dir zu leicht von den Lippen. Komm einfach nur mit mir ins Bett." Er schmiegte sein Gesicht an ihren Nacken. „Tu mir den Gefallen und lass mich dich endlich zu Bett bringen."

8. KAPITEL

Verletzt! Sie war so verletzt! Oh, natürlich hatte Bess all die Bücher gelesen, all die Filme gesehen. Sie hatte diese Szenen sogar selbst geschrieben.

Aber sie hätte nie gedacht, dass die Dichter Recht hatten mit dem, was sie in ihren Werken behaupteten – dass Liebe und Schmerz eng miteinander verbunden waren und manchmal sogar gemeinsam auftraten.

Dennoch war es so – seine Worte hatten sie unendlich verletzt, und zwar genau in dem Moment, als sie gespürt hatte, wie sich ihr Herz zu öffnen begann.

So vieles schoss Bess gleichzeitig durch den Kopf, während sie die Wendeltreppe hochgingen, die zu ihrem Schlafzimmer führte. Nie hätte sie gedacht, dass all diese widerstreitenden Gefühle auf einmal auftreten konnten. Aber in diesem Moment spürte sie vor allem eins – das überwältigende Verlangen, Alex ganz nah zu sein.

Mitten auf der Treppe beugte Alex sich zu ihr hinunter und gab ihr einen Vorgeschmack von dem, was auf sie zukommen sollte, durch einen langen, langsamen, unglaublich verführerischen Kuss.

Bess' Finger zitterten, als sie an seinem Jackett zog. Sie konnte sich nicht daran erinnern, dass ihr dies schon einmal passiert wäre. Und als seine Lederjacke langsam zu Boden glitt und sie seine muskulösen Schultern unter ihren Fingern spürte, wusste sie, dass nichts von dem, was ihr im Moment geschah, je zuvor passiert war.

Sie kannte diese Gefühle nicht – nicht das Zittern, nicht dieses Beben der Nerven, nicht die Tränen, die ganz nahe waren, und auch nicht das langsame Pulsieren ihres Blutes durch den Körper.

Es war das erste Mal – und es sollte dem noch so viel folgen.

Alex hatte das Gefühl, als würde die Treppe überhaupt nicht aufhören. Sein Atem ging schwer, und er spürte ihren bebenden Körper. Die Laute, die sie ausstieß – kleine, drängende Seufzer –, drohten ihm den Verstand zu rauben. Einem plötzlichen Impuls gehorchend, hob er sie hoch und trug sie die restlichen Stufen bis ins Schlafzimmer.

Durch die Tränen, die sie nur schwer zurückhalten konnte, sah Bess ihn an.

„Und ich dachte, du wärest nicht romantisch", flüsterte sie.

„Manchmal schon."

Bess spürte, wie sie am ganzen Körper zitterte. Fast hatte sie das Gefühl, als wäre es das erste Mal, dass sie mit einem Mann ins Bett ging. Errötend schmiegte sie den Kopf an seinen Hals.

„Wie schön!" Sie küsste ihn zärtlich aufs Ohr.

Dann begann sie an den Knöpfen seines Hemdes zu nesteln.

Alex stieß die Tür zum Schlafzimmer auf. Das Erste, was ihm auffiel, war der Duft. Bess' Duft, den er nun schon so lange kannte und liebte. Dieser wundervolle, anregende Duft hing in der Luft, ausgelöst durch ihr Parfum. Im Zimmer verstreut lagen ihre Kleider, seidene Blusen und pastellfarbene Röcke. Sein Blick erfasste die weiten Panoramafenster und Bess' Sammlung von kostbaren Flacons, die auf einem Glasregal standen. Und dann sah er das Bett.

Es war eine breite Liegestatt mit dunkelblauer Bettwäsche, darauf lagen mehrere hellblaue Kissen – eine Symphonie aus Seide und Satin.

Alex holte tief Luft. „Wirklich hübsch", meinte er bewundernd.

„Ich brauche nun einmal viel Platz."

Vorsichtig ließ er sie nieder. Aber Bess löste sich nicht von ihm, ihre Arme umklammerten weiter seinen Nacken. Sie war die süßeste Last, die er je getragen hatte.

„Wir müssen aufpassen, dass wir nicht runterfallen", sagte er mit einem Unterton, der kleine Wellen der Lust ihren Körper herunterrieseln ließ.

„Das riskiere ich gerne", lachte sie. Ihre Augen waren sich jetzt ganz nahe.

„Lass mich die Pistole ablegen." Jetzt, da das Unabwendbare dicht bevorstand, wollte er den Moment fast noch ein wenig hinauszögern. Er wollte jeden Augenblick auskosten.

Bess zog langsam ihre Jacke aus, doch er kam ihr zuvor.

„Nein. Lass mich das machen." Er knöpfte ihren Blazer auf und legte ihn dann beiseite. „Du zitterst", stellte er fest.

„Ja, ich weiß."

Alex sah sie aufmerksam an. „Hast du Angst?"

„Ja ... nein, ich weiß auch nicht." Nervös fuhr Bess sich mit der Zungenspitze über die Lippen. Was war nur mit ihr los?

Alex machte sich an ihrer Bluse zu schaffen. Als sie seine Hand auf ihrer Haut spürte, seufzte sie tief auf.

„Oh, ja!"

„Gefällt es dir?" Er wartete ihre Antwort gar nicht erst ab. Nachdem er ihr die Bluse ausgezogen hatte, betrachtete er entzückt ihr Dekolletee. „Entspann dich", sagte er mit rauer Stimme. „Wir haben keine Eile."

„Ich ..." Bebend ließ Bess sich in die weichen Kissen zurücksinken. Er fuhr langsam über ihre Brust, erkundete jeden Zentimeter ihrer seidenweichen Haut, so, als wäre es das erste Mal, dass er eine Frau berührte.

„Oh, Alexej ..."

„Du ahnst ja gar nicht, wie oft ich davon geträumt habe.“

Er ließ sich Zeit damit, auch die restlichen Kleider abzustreifen. Dabei ließ sein Blick sie keine Sekunde lang aus den Augen.

„Lass mich nur machen“, flüsterte er und fuhr mit der Fingerspitze über die zarte Spitze ihres Strumpfhalters. „Ich will alles von dir“, sagte er nun mit fast unhörbarer Stimme. „Alles!“

Selbst wenn sie gewollt hätte, Bess konnte sich nicht rühren. Es war ihr, als wären ihre Glieder mit einem Mal aus Gummi, sie hatte keinerlei Kontrolle mehr darüber. Alex fuhr die ganze Zeit mit seinen Zärtlichkeiten fort. Seine Finger schienen überall zu sein, streichelten sie, erregten sie, bis ihr ganzer Körper wie im Fieber zu glühen begann. Dann küsste er sie erneut, und die Berührung seiner Lippen auf ihren ließ sie erschauern.

„Du machst mich verrückt!“

„Ja, ich weiß. Das will ich auch.“

Er packte sie bei den Handgelenken, als sie sehnsuchtsvoll die Arme nach ihm ausstreckte. Dann zog er sie ganz nahe zu sich heran, und diesmal lag in seinem Kuss sein ganzes Begehren. Noch nie zuvor hatte Bess sich so tief berührt gefühlt. Alle Kraft verließ sie für einen Moment, doch dann fing sie sich wieder und begann fieberhaft sein Hemd aufzuknöpfen. Alex stieß einen tiefen Seufzer aus, als er ihre Hände auf seiner Brust spürte – so heiß wie Feuer. Als wollte sie ihn verbrennen.

Mit zitternden Händen machte er sich an dem Reißverschluss seiner Jeans zu schaffen, doch Bess kam ihm zuvor. Im nächsten Moment hatte sie Alex bereits herunter zu sich aufs Bett gezogen, und gemeinsam wälzten sie sich auf den Satinlaken, eng miteinander verschlungen.

Alles in Alex verlangte danach, sofort in sie einzudringen und dem brennenden Verlangen, das er nach ihr spürte, nachzugeben. Noch nie zuvor hatte er sich so sehr nach einer Frau gesehnt.

Aber noch beherrschte er sich. Er wollte mehr von ihrem Körper erkunden, wollte diese Momente der Leidenschaft am Brennen halten, solange es ging.

Überrascht stellte er fest, wie zierlich sie war. Während er ihre Gestalt unter sich spürte, wurde er plötzlich von einer solchen Welle der Zärtlichkeit erfasst, dass er fast vergaß, wo er war. Er wusste nur, er liebte diese Frau, liebte sie mit jeder Faser seines Seins!

Auch Bess blieb von diesem Gefühl nicht unberührt, und sie genoss die seltene Mischung aus Liebe und Verlangen, die er in ihr auslöste. Jeder Kuss von ihm, jede Zärtlichkeit sagten ihr deutlicher als Worte, dass hier jemand war, der ihre Hingabe wollte, ihr

Herz und nicht nur ihren Körper. Mehr als alles andere verstärkte dies ihren leidenschaftlichen Wunsch, sich wirklich für ihn zu öffnen.

Und so liebten sie sich in diesem Meer aus Seide und Satin, langsam und ausgiebig, als gäbe es keine Zeit für sie, keine andere Welt um sie herum als nur diese – zwei Körper, die füreinander geschaffen zu sein schienen.

In diesen Minuten, die sich wie eine Ewigkeit hinzogen, gab Alex Bess alles, was er zu geben hatte. Er zeigte ihr, was es für ihn bedeutete, eine Frau ganz zu befriedigen, er zeigte ihr, was es hieß, mit Respekt die intimen Zonen zu erkunden, die ihr die größte Lust verschafften.

Als seine Zunge einmal ganz besonders lange auf ihrer Brust verweilte, um die zarte Knospe zu liebkosen, meinte sie vor Leidenschaft vergehen zu müssen. In ihr war nur noch der Wunsch, sich ihm ganz und gar hinzugeben.

Alex genoss ihre Reaktion auf seine meisterhaften Zärtlichkeiten, und sie ermutigte ihn, noch weiter zu gehen. Wie von selbst fanden seine Finger die Knospe der Lust zwischen ihren Beinen, und Bess war es, als hätte sie seit Ewigkeiten auf diesen Moment gewartet. Alles, was zuvor geschehen war, schien nun an diesem Punkt zusammenzukommen, und sie spürte eine nie gekannte Glut, die jeden Augenblick zu explodieren drohte.

Als wollte er sie quälen, ließ er sich Zeit mit seinen Zärtlichkeiten und beachtete auch ihre tiefen Seufzer nicht. Bess' Lust schien über sie hinauszuwachsen, wieder und wieder rief sie selbstvergessen seinen Namen, und dann geschah es: Auf dem Gipfel der Ekstase erlebte sie die höchsten Wonnen sinnlicher Befriedigung.

Noch nie, niemals zuvor hatte sie diese Form von Leidenschaft verspürt, noch nie zuvor hatte es ein Mann geschafft, sie so an diesen Punkt zu bringen.

Als das Feuer ganz langsam wieder abklang, die Glut sich in ein tiefes Pulsieren verwandelte, fühlte sie sich schwach und gelöst, gleichzeitig aber auch unendlich glücklich. In jeder Faser ihres Körpers spürte sie, dass sie nun bereit war, ihn in sich aufzunehmen.

Bess' leidenschaftliche Reaktion auf seine Zärtlichkeiten erfüllte Alex mit einem Gefühl der Macht, wie er es noch nie zuvor verspürt hatte. Ihre Bereitschaft, sich ihm ganz hinzugeben, raubte ihm den Atem. Im Dämmerlicht des Raums sah er ihre Haut glühen. Ihr Erschauern übertrug sich auf ihn, und auch sein Körper begann zu zittern.

Dies war der Moment, auf den er gewartet hatte, der Moment, an dem es sinnlos gewesen wäre, sich noch länger zurückzuhalten.

Mit einem tiefen Seufzer drang er in sie ein, und sie erbebten beide in nie gekanntem Entzücken.

Wie im Traum legte Bess die Hände um seinen Hals, und sie begannen sich im gleichen Rhythmus zu bewegen – sanft zunächst, dann immer heftiger, bis die Wellen der Lust über ihnen zusammenschlugen und sie gemeinsam das Paradies der Ekstase erreichten.

Viel später fragte sich Bess, als sie endlich aus ihrer süßen Trance erwachte, wie sie jemals hatte denken können, sie wüsste, was sexuelle Erfahrung bedeutet. Natürlich war sie keine Jungfrau mehr gewesen, als sie Alex begegnet war, und sie hatte auch schon einiges mit Männern erlebt. Aber dies hier, die Erfahrung mit ihm, dieses Über-alle-Grenzen-Gehen war vollkommen neu für Bess. Und sie wusste tief in ihrem Herzen, dass sie es auch nur allein mit ihm in dieser Intensität erneut erleben wollte.

Mit einem wohligen Seufzer streckte sie sich neben ihm aus und legte ihren Kopf auf seine Brust. Alex schlang die Arme um sie, und so lag sie wohlig und behütet in seiner Umarmung, so entspannt und zufrieden wie eine Katze.

„Sagst du es mir bitte noch einmal?“ bat sie ihn nach einer Weile seligen Schweigens.

„Was denn?“

Sie gab ihm einen Kuss, dabei fühlte sie sein Herz gegen das ihre schlagen. „Was jede Frau so gerne hört.“

„Ich liebe dich." Als sie den Kopf hob und ihn ansah, legte er ihr sanft den Finger auf die Lippen. Er wollte nichts von ihr hören, da er sich nicht ganz sicher war, ob ihr die Worte so viel bedeuten würden wie ihm.

Plötzlich war Bess froh über das Halbdunkel im Zimmer. So konnte er wenigstens nicht sehen, dass das Lächeln von ihrem Gesicht verschwunden war. „Und auch nach all dem", flüsterte sie, „erlaubst du mir immer noch nicht, dass ich dir diese Worte sage."

Aber ich wünsche mir doch genau dies, dachte Alex bei sich. Mehr als alles andere wünschte er sich, von ihr geliebt zu werden. Dennoch, seine Vorsicht überwog.

„Ich möchte jetzt nicht darüber sprechen." Sanft fuhr er ihr übers Gesicht. „Ich will mehr über dich wissen", sagte er dann. „Wie war Bess, als sie noch nicht erwachsen war?"

Sie spürte, dass er das heikle Thema vermeiden wollte. Einen Moment lang hatte sie das Bedürfnis zu insistieren, aber dann gab sie nach. Sie hatten noch so viel Zeit! Es wäre nicht gut gewesen, es jetzt zu machen.

„Ziemlich unglücklich", erwiderte sie stattdessen. „Wie ich dir schon erzählt habe, hatten mich meine Eltern im Internat untergebracht. Es war die Hölle für mich, Alex. Ich war viel zu dünn, hatte komisches

Haar und ein Gesicht wie niemand sonst. Natürlich machten sich alle über mich lustig."

„Ich mag dein Gesicht. Und auch dein Haar." Seine Hand umschloss ihre Brust und spielte sanft mit der zarten Haut. „Und den ganzen Rest."

Bess lachte. „Ja, aber du hast mich nicht gesehen, als ich zwölf war. Wenn du anders bist als die anderen, hast du nichts zu lachen."

„Ja, ich weiß. Ich kann mir gut vorstellen, wie du dich danach gefühlt hast."

Überrascht sah sie ihn an. „Wirklich?"

Alex nickte. „Ich habe erst mit zwölf Jahren Englisch gelernt. Stell dir vor, noch bis in meine Teenagerzeit musste ich immer in den abgelegten Kleidern meines großen Bruders herumlaufen. Ich war dieser kleine Junge aus der Ukraine, den niemand verstehen konnte. Und natürlich waren wir auch als Russen bei den Amerikanern nicht besonders beliebt."

Bess sah ihn mitfühlend an. „Ja, ich verstehe. Das war sicher auch nicht leicht für dich."

Alex seufzte. „Na ja, es ging. Glücklicherweise hatte ich meine Familie. Wir haben natürlich immer zusammengehalten. Aber in der Schule war es zuerst schlimm, das stimmt schon. Es war nicht besonders komisch, dass die Eltern unserer Klassenkameraden ihre Kinder davor warnten, mit uns zu spielen. Die Tatsache, dass wir Russen waren, genügte ihnen schon, um uns gegenüber feindlich eingestellt zu sein. Wir konnten noch so oft betonen, dass wir aus der Ukraine kamen – das hat damals einfach keinen Menschen interessiert.“ Er wälzte sich zur Seite und stützte den Ellenbogen auf. „Also musste ich einen anderen Weg finden, um mich zu behaupten. Nach ein paar gewonnenen Schlägereien hatte ich auf einmal einen Ruf als harter Bursche weg. Und so gelang es mir, mir in der Nachbarschaft allmählich Respekt zu verschaffen.“

„Welche Nachbarschaft war das?“

„Brooklyn. Meine Eltern wohnen immer noch dort. Im selben Haus.“ Er sah sie aufmerksam an und bemerkte, dass sie lächelte. „He, wieso sprechen wir denn auf einmal von mir? Ich habe dich doch nach dir gefragt. Was ist eigentlich mit deiner Nase? Sie sieht ein wenig so aus, als wäre ihr einmal jemand etwas zu nahe gekommen.“

Bess nickte. „Ja, es war ähnlich wie bei dir. Auch ich geriet in eine Schlägerei.“

„Wirklich? Mit wem?“

„Es gab da in meinem Internat so eine Clique von Mädchen, die es auf mich abgesehen hatten. Sie waren schick und selbstbewusst, ich hingegen linkisch und verschüchtert. Wie immer musste jemand für sie als Sündenbock herhalten – und dieser Jemand war leider ich.“

Alex runzelte die Stirn. „Komisch, das passt so gar nicht zu meinem Bild von dir, Bess. Ich habe noch nie jemanden getroffen, der sich so ungezwungen in Gesellschaft bewegen kann wie du."

Bess lachte. „Ja, das hat sich natürlich mit den Jahren gelegt. Aber damals war ich leider wirklich ausgesprochen schüchtern. Hinzu kam noch, dass ich zu den Besten der Klasse gehörte. Da ich sozial kein Erfolg war, vergrub ich mich in meine Bücher. Und das machte mich natürlich bei den anderen nicht beliebter, wie du dir sicher vorstellen kannst."

Alex waren all diese Geschichten aus seiner eigenen Kindheit sehr vertraut. Er hörte Bess aufmerksam zu, während sie mit ihrer Erzählung fortfuhr.

„Da gab es ein Mädchen ... Dawn Gallagher war ihr Name. Sie war das genaue Gegenteil von mir. Hübsch, mit einer perfekten Figur und langem blonden Haar. Wir mussten uns auf eine Klassenarbeit in Geschichte vorbereiten, und sie wollte, dass ich sie abschreiben lasse. Dafür hätte ich mich dann ein paar Tage lang in der Sonne ihrer Beliebtheit baden dürfen."

„Aber du hast dich nicht auf diesen Handel eingelassen."

Bess nickte grimmig. „Natürlich nicht. Ich habe noch nie betrogen. Das Resultat war, Dawn fiel durch, und ihre Eltern mussten zum Direktor. Sie revanchierte sich dann für meine mangelnde Kooperationsbereitschaft mit allerlei Gemeinheiten. Sie stahl meine Bücher, schwärzte mich an, wo es nur ging, und machte mir das Leben allmählich zur Hölle."

Alex zog sie näher an sich. Wohlig kuschelte Bess sich in seine Arme. Wie gut, dass das alles nun schon so lange hinter ihr lag.

„Doch eines Tages sah ich meine Chance", fuhr sie fort. „Dawn war einfach zu weit gegangen. Bei einem Basketballspiel hatten sie und ihre Freundinnen mir eine Menge blauer Flecken beigebracht. Das war für mich der entscheidende Moment, um meine Taktik zu ändern. Ich sah mit einem Mal, dass es einfach nichts brachte, immer das Opfer zu spielen. Also wartete ich nach der Physikstunde vor der Schule auf sie und stellte sie zur Rede. Wir beschimpften uns zunächst nur und wurden dann handgreiflich. Ehe ich es mich versah, hatte ich plötzlich ihre Faust im Gesicht und eine gebrochene Nase." Bess lachte. „Das hätte sie nicht tun sollen! Ich sah auf einmal rot und ging auf sie los. Das Resultat waren ein blaues Auge, Büschel von ausgerissenen Haaren und zwei verlorene Zähne."

„Nicht schlecht, McNee!"

„Nein, es war fantastisch! Noch nie im Leben habe ich mich so gut gefühlt! Doch seitdem weiß ich, dass ich mit meinem Temperament vorsichtig sein muss.

Ich hätte selbst nicht gedacht, dass ich so gewalttätig werden könnte."

„Gut, dass ich das weiß", lachte Alex. „Bei dir kann man ja anscheinend nicht vorsichtig genug sein. Und was war das Ergebnis dieser Schlägerei?"

„Wir mussten beide die Schule verlassen. Meine Eltern waren natürlich völlig schockiert über mein Verhalten. Ihre Strafe bestand darin, dass sie mir die Ferien strichen und stattdessen dafür sorgten, dass ich auf eine andere Schule kam."

„Aber ..." Alex hielt mitten im Satz inne. Er durfte nicht vergessen, dass nicht jede Familie so unterstützend wie die seine war.

„Es war das Beste, was mir passieren konnte", meinte Bess nachdenklich. „Ich konnte wieder vollkommen neu anfangen. Ich war zwar immer noch nicht hübsch und beliebt, aber wenigstens wusste ich jetzt, wie ich mich verteidigen konnte."

Alex spürte trotz ihrer Worte die Verletzung, die in dem Ganzen lag. Er zog ihren Kopf zu sich heran. „Hör zu, Bess, du bist sehr schön."

Amüsiert grinste sie ihn an. „Ja, sicher, vielen Dank."

Alex blieb ernst. „Nein, das ist kein Scherz. Oder warum denkst du, kann ich dich nicht mehr aus meinem Kopf kriegen, seit wir uns zum ersten Mal gesehen haben?"

„Ich bin nicht schön, sondern interessant“, korrigierte sie ihn. „Vielleicht auch ungewöhnlich oder apart.“

„Nein, wunderschön“, beharrte er. „Deine Haut ist wie aus Elfenbein, dein Haar wie Feuer, deine Augen wie Jade. Und am allerschönsten sind deine Sommersprossen.“ Er fuhr bewundernd mit dem Finger darüber. „Sie sehen aus wie Goldstaub.“

„Du hast es jetzt doch schon geschafft, mich zu verführen, Alexej“, erwiderte Bess leichthin. Sie musste sich nonchalant geben, denn sonst wären ihr wahrscheinlich die Tränen gekommen. „Es ist nicht nötig, dass du mir auch noch Komplimente machst.“

Alex begann an ihrem Ohr zu knabbern. „Das weiß ich, Bess. Aber es kommt wirklich von Herzen, glaube mir.“

„Ich glaube dir. Trotzdem hoffe ich, du kennst das alte Sprichwort: Taten sagen mehr als Worte.“

An Stelle einer Antwort küsste er sie noch einmal lang und ausgiebig. Mit dieser Reaktion war Bess dann auch endlich zufrieden.

Mit wehendem Haar erschien Bess wenig später im Büro – zehn Minuten zu spät, wie Lori sofort bemerkte. Sie wusste, damit hatte sie ihre Wette gewonnen.

„Ich hatte einen guten Grund“, verteidigte Bess

sich, noch bevor Lori etwas sagen konnte. Doch dann sah sie das Gesicht ihrer Partnerin und hielt mitten im Satz inne. „Was ist los?“

„Ach, gar nichts!“ Hastig trank Lori einen Schluck Kaffee. „Es ist nur ... zufällig lief mir Steven über den Weg, als ich ins Büro kam.“

„Und? Hat er irgendetwas zu dir gesagt?“

„Ja, er ... er hat gesagt, dass er mich liebt.“ Lori presste die Lippen aufeinander. Sie musste sich sehr beherrschen, um nicht loszuheulen. „Dieser verdammte Bastard!“

„Komm, setz dich.“ Fürsorglich legte Bess den Arm um Lori und führte sie zum Tisch. „Vielleicht glaubst du es ja nicht, aber ich habe das Gefühl, dass er es ernst meint.“

„Ach, Unsinn, er weiß doch gar nicht, was die Worte bedeuten!“ Zornig blickte Lori sie an. „Aber ich denke gar nicht daran, ihm wieder auf den Leim zu gehen. Mir steckt noch der Schreck vom letzten Mal in den Knochen. Oh nein, mein Lieber, nicht mit mir!“

Auch Bess holte sich einen Kaffee. „Was willst du eigentlich, Lori?“ fragte sie dann ruhig.

„Oh, ich will gar nichts Besonderes. Einen guten Job, mein Auskommen, gute Kritiken – mehr nicht.“

„Und was ist mit einem Mann?“

Ihre Kollegin antwortete nicht.

„Du magst mich jetzt dafür hassen, Lori ... aber ich glaube, dass du ihn immer noch liebst."

„Das ist ja genau mein Problem!" Lori stieß einen tiefen Seufzer aus.

„Und ihm geht es genauso. Er ist vollkommen hilflos ohne dich."

„Meinst du wirklich?"

Bess nickte.

„Und ... was sollte ich deiner Meinung nach jetzt tun?"

„Ich finde, ihr solltet miteinander darüber sprechen. Ihr müsst herausbekommen, was jeder von euch will, und dann sehen, ob ihr euch treffen könnt."

„Ja, wahrscheinlich hast du Recht." Resigniert setzte Lori ihre Kaffeetasse ab. „Entschuldige bitte, Bess. Ich wollte dich nicht am frühen Morgen gleich mit meinen privaten Problemen belästigen."

„Na, entschuldige, wofür hat man denn Freunde?"

„Stimmt." Lori ging es nun schon viel besser. Neugierig sah sie Bess an. „Und nun will ich wissen, warum du zu spät bist. Bitte, sag es mir, sonst kann ich mich nicht auf die Arbeit konzentrieren."

„Na gut." Bess war es auch sehr recht, darüber sprechen zu können. Sie hatte das Gefühl, sonst platzen zu müssen. „Ich war mit Alexej zusammen."

„Ich dachte, das wäre gestern gewesen."

Bess nickte. „Ja, gestern, den ganzen Tag. Und

letzte Nacht. Und heute Morgen. Oh, Lori, es ist ungeheuer! Ich habe so etwas noch nie erlebt!"

Verblüfft sah ihre Kollegin sie an. „Wirklich?"

„Ja." Bess nickte mit leuchtenden Augen. „Ich liebe ihn, Lori. Ich liebe ihn so sehr, dass es wehtut, nur an ihn zu denken. Ich sehe ihn an, und mir bleibt der Atem weg. Und dann habe ich Angst, dass er erkennt, dass er sich geirrt hat." Mit leiser Stimme setzte sie hinzu: „Manchmal frage ich mich, ob das Ganze überhaupt real ist. Ich dachte immer, die Liebe wäre etwas Schönes und Leichtes."

Düster schüttelte Lori den Kopf. „Oh nein, das ist sie nicht. Die Liebe ist das Schönste und das Schrecklichste zugleich, sie kann dich wirklich das Fürchten lehren."

Bess begann aufgeregt im Zimmer auf und ab zu gehen. „Für mich ist dieses Gefühl so neu, Lori, ich habe noch nie etwas so Intensives erlebt. Stell dir vor, als ich heute Morgen neben ihm aufwachte, wusste ich nicht, ob ich weinen oder lachen sollte."

Lori erhob sich und streckte ihr die Hand hin. „Meinen herzlichen Glückwunsch, Bess! Ich habe den Eindruck, es hat dich erwischt."

„Ja, sieht so aus." Im Überschwang ihrer Gefühle umarmte sie die Freundin.

„Und ... was ist mit ihm?"

„Er liebt mich!" Erneut spürte Bess die Tränen kommen. „Das sagte er jedenfalls. Aber ..."

„Oh, oh!“

„Er will von mir nicht hören, was ich empfinde.“ Sie seufzte tief und legte die Hände auf den Bauch. „Das hat mich so verletzt, Lori. Er vertraut mir nicht, vertraut meinen Gefühlen nicht. Er hat Angst, dass er für mich nur ein weiteres Intermezzo bedeuten könnte. Aber so ist es nicht, und ich ... ich würde ihm so gern begreiflich machen, dass er sich irrt.“

„Aber er muss dich doch nur ansehen, um zu wissen, wie es um dich steht.“

„Nein, das reicht nicht.“ Energisch schüttelte Bess den Kopf. Sie war jetzt schon ein wenig ruhiger. „Ich fürchte, ich muss ihm meine Liebe beweisen, Lori.“

„Vielleicht solltest du denselben Rat befolgen, den du mir gegeben hast. Warum sprecht ihr nicht miteinander?“

„Das haben wir ja getan! Aber das genügt nicht. Er sagt, er will die Dinge so lassen, wie sie sind.“

Lori zog die Brauen hoch. „Und was willst du?“

„Ich will ihn glücklich machen! Oh, ich weiß, das klingt kitschig, Lori. Aber es ist mir wirklich ernst damit.“

„Ja, das sehe ich.“ Mitfühlend blickte Lori sie an.

„Und da ist noch etwas.“

„Ja?“

„Alex will mich am Sonntag mit zu seiner Familie zum Essen nehmen“, lautete die Antwort.

„Zu seiner Familie?“ Lori machte große Augen. „Er will dich seiner Mutter vorstellen?“

„Und seinem Vater. Und seinen Brüdern, Schwestern, Neffen und Nichten. Anscheinend treffen sie sich immer am Sonntag zum Essen.“

„Der Mann muss ja vollkommen verrückt nach dir sein.“

„Den Eindruck habe ich auch.“ Bess ließ sich in ihren Sessel fallen. „Seine Familie ist Alex ungeheuer wichtig. Das spürt man einfach, wenn er von ihnen spricht.“ Ratlos schüttelte sie den Kopf. „Ich möchte sie auch wirklich alle sehr gern kennen lernen. Aber was ist, wenn sie mich nicht mögen?“

„Natürlich werden sie dich mögen! Verhalte dich nur ganz einfach und ungezwungen, und du wirst einen fabelhaften Eindruck machen, da bin ich mir sicher.“

„Aber ...“

„So, das reicht jetzt!“ Abwehrend hob Lori die Hand. „Ich finde, wir haben genug Zeit mit unseren Privatangelegenheiten verschwendet. Sei mir nicht böse, Bess, wir müssen einfach mit der Liebesgeschichte zwischen Storm und Jade weiterkommen. Millionen von Zuschauern warten schließlich darauf.“

Bess atmete tief durch, dann nickte sie. „Ja, du hast Recht. Wenn wir uns nicht ranhalten, schaffen wir unser Pensum nicht, bis Rosalie kommt.“

„Rosalie ... Ich muss dir gestehen, irgendetwas an ihr macht mich nervös."

„Keine Sorge, ich weiß schon, was ich tue."

„Das habe ich doch schon einmal gehört!"

Bess lächelte. Sie war schon wieder bei ihren Charakteren, das war wenigstens eine Welt, die ihr vertraut war. „Also, lass mal sehen ... Storm und Jade ... die beiden treffen sich am Bahnhof, und dann ..."

9. KAPITEL

„Und dann“, fuhr Bess fort, während sie sich ihren Weg durch den dichten Verkehr bahnte, „sagt Jack am Ende zu ihr: ‚Das, was du willst, ist nicht immer das, was du brauchst.‘ Danach kommen die Endtitel, die Musik erklingt, und die Folge ist zu Ende.“

„Faszinierend.“ Unbehaglich rutschte Alex auf seinem Beifahrersitz hin und her. „Ich muss sagen, ich bin zwar völlig hingerissen von den Irrungen und Wirrungen in Holbrook ...“

„Millbrook.“

„Auch gut. Aber lieber wäre es mir, wenn du auf den Verkehr achten würdest. Es wäre mir nämlich peinlich, wenn du mit mir im Auto einen Strafzettel bekommen würdest.“

„Keine Angst.“ Bess warf einen kurzen Blick auf den Geschwindigkeitsanzeiger. „Ich fahre doch schon ganz langsam.“

„Wie man's nimmt. Ich mag's lieber etwas langsamer.“ Mit gemischten Gefühlen beobachtete Alex ihre riskanten Überholmanöver.

„Nur keine Angst.“ Der Wind fuhr Bess durchs offene Haar, sie warf den Kopf zurück. „Ich bin eine leidenschaftliche Autofahrerin. Das letzte Mal, als ich Gelegenheit hatte, dies unter Beweis zu stellen, war, als ich mit L.D. nach Long Island fuhr.“ In der Erinnerung an diesen Ausflug lachte sie vergnügt. Nach zwei Stunden mit ihr im Wagen hatte ihr ehemaliger Verlobter darauf bestanden, seinen Chauffeur anzurufen und den Rest der Strecke mit ihm weiterzufahren. Doch dann sah sie Alex’ Gesicht, und das Lachen verging ihr. „Oh, entschuldige bitte.“

„Wofür?“

„Ich hätte ihn nicht erwähnen dürfen.“

„Ich habe doch gar nichts gesagt.“

Nein, er hatte nichts gesagt, das stimmte schon. Aber er hätte auch gar nichts sagen müssen, seine versteinerte Miene war beredt genug. Bess’ Hände umklammerten das Steuerrad fester, sie sah starr nach vorn.

„Er war mein Freund, Alexej“, meinte sie ruhig. „Wenn du es ganz genau wissen willst ... ich habe nie mit ihm geschlafen.“

„Ich will es aber gar nicht genau wissen. Das ist ganz allein deine Sache.“ Seine Stimme klang kühl.

„Ich verstehe dich nicht.“ Bess runzelte die Stirn. „Manchmal fragst du mir ein Loch in den Bauch, und dann willst du wieder überhaupt nichts wissen. Ich finde ...“

„Und ich finde, du fährst schon wieder zu schnell!“ Er beugte sich zu ihr hinüber und strich ihr sanft über die Finger. „Entspann dich ein bisschen, ja?“

Bess nickte, aber sie fand dies leichter gesagt als getan. „Ich möchte mich mit dir über all dies einmal ausführlich unterhalten, Alexej.“

„Wenn du meinst.“ Seine Stimme klang nicht gerade sehr begeistert. Verdammt, warum konnte sie denn nicht verstehen, dass er nichts über die anderen Männer in ihrem Leben wissen wollte? Besonders jetzt nicht, da er begonnen hatte, sich unsterblich in Bess zu verlieben!

„Hier musst du einbiegen.“ Um ein Haar hätte er die Straße verpasst, die zum Haus seiner Eltern führte. Alex musste sich am Sitz festhalten, als Bess mit quietschenden Reifen seiner Anweisung nachkam. Ein entgegenkommender Autofahrer hupte empört.

Doch irgendwie schafften sie es, ohne weitere Zwischenfälle gesund und wohlbehalten anzukommen. Nachdem Bess eingeparkt hatte, streckte Alex die Hand aus.

„Gib mir die Schlüssel.“

„Aber wieso denn? Es ist doch gar nichts passiert.“

„Gut, und dabei wollen wir es auch belassen“, entgegnete er grimmig. „Die Schlüssel, bitte!“

Widerstrebend händigte sie ihm die Wagenschlüssel aus.

„Du willst einfach nicht zugeben, dass ich eine gute Fahrerin bin“, sagte Bess schmollend. „Das ist wieder einmal typisch Mann.“

„Ich hatte für heute genug Abenteuer. Jetzt freue ich mich auf ein gemütliches Essen im Kreise meiner Familie. Einverstanden?"

Bess nickte versöhnt. „Das ist ja eine hübsche Nachbarschaft", kommentierte sie begeistert. Mit einem Blick hatte sie alles erfasst – die sauber gestrichenen Häuser mit den Blumenbeeten davor, die Kinderhorden mit ihren Rollern und Skateboards, die die Farbigkeit der Umgebung noch unterstrichen.

Einige der älteren Jungen begrüßten Alex, und natürlich wurde auch Bess von ihnen begutachtet. Zwei hielten den Daumen hoch und grinsten – ganz klar ein Zeichen männlicher Anerkennung.

„Das wollte ich den Burschen auch geraten haben", sagte Alex mit gespielter Strenge. Bess lachte ihn an.

„Bist du hier auf dieser Straße auch Fahrrad gefahren?"

„Natürlich."

„Wie schade, dass ich das nicht miterleben durfte." Sie standen jetzt direkt vor der Eingangstür, und obwohl Bess es sich niemals eingestanden hätte, merkte sie, dass sie ziemlich nervös war. „Bestimmt hast du auch mit deinen Freunden den hübschen Mädchen nachgepfiffen, stimmt's?"

„Und nicht nur nachgepfiffen!" Alex lächelte in seliger Erinnerung, doch dann fiel ihm wieder der Zweck ihres Besuches ein. „Komm, Bess."

Doch noch bevor er klingeln konnte, öffnete sich bereits die Tür, und sein älterer Bruder Mikhail trat heraus. Er hatte Griffin, seinen kleinen Sohn, im Schlepptau.

„Du bist ja schon wieder zu spät, Alexej!"

„Das ist ihre Schuld. Wir sind zu spät losgefahren."

„Ach komm, es ist doch immer dasselbe mit dir. Außerdem schiebt man einer Lady nicht die Schuld in die Schuhe." Mikhail streckte Bess die Hand hin. „Sie müssen Bess sein. Herzlich willkommen!"

„Vielen Dank!" Als sie seine Hand schüttelte, erschien ihr sein Griff so hart wie Stahl. Griffin hatte inzwischen Alex einen Kuss gegeben. Ohne Umstände umarmte er dann auch Bess, als wäre sie eine alte Bekannte.

„Hallo, mein Hübscher", lachte sie und fühlte sich gleich um vieles entspannter.

„Griffin ist jetzt schon ein richtiger Frauenheld", bemerkte sein Vater. „Darin kommt er ganz nach seinem Onkel."

„Hör auf!"

Sofort wandte Mikhail Bess seine Aufmerksamkeit zu. Er studierte ihr Gesicht so lange, bis ihr regelrecht unbehaglich wurde.

„Was ist los, Mikhail? Stimmt etwas nicht?“

„Oh, entschuldigen Sie.“ Mikhail musste sich zwingen, den Blick von ihr abzuwenden. Dann sagte er auf Ukrainisch zu seinem Bruder: „Du machst Fortschritte, Kleiner. Dieses Mädchen ist wohl ein paar Stunden im Fitness-Studio wert.“

„Danke.“ Alex umfasste Bess' Nacken und spielte mit ihrem Haar. „Wenn du es wagst, ihr davon zu erzählen, bringe ich dich um.“

Mikhail nickte nur grinsend. Die Ähnlichkeit zwischen den beiden Brüdern ist frappierend, dachte Bess bei sich. Sie waren beide dunkle Typen mit tief liegenden, funkelnden Augen und einer Aura starker männlicher Sexualität. Und auch der Junge hat etwas davon, fand sie. Bestimmt würden sich später die Mädchen reihenweise in ihn verlieben.

„Worüber sprecht ihr eigentlich?“ fragte sie plötzlich argwöhnisch. Bess war aufgefallen, dass sich die beiden Männer in ihrer Muttersprache unterhielten.

„Über nichts Besonderes“, erwiderte Mikhail harmlos. Er war zu dem Schluss gekommen, dass er sie mochte, ja mehr noch, er fand Bess ausgesprochen attraktiv – nicht nur wegen ihres ungewöhnlichen Äußeren, sondern besonders wegen der wachen Intelligenz, die aus ihren Augen leuchtete. „Ich habe meinem Bruder nur ein Kompliment gemacht, er scheint einen sehr guten Geschmack zu haben. Nun bring sie endlich ins Haus, Alexej!"

„Was ist mit Sydney, ist sie auch da?" fragte Alex, bevor sie eintraten.

„Ja, sie ist auch hier, aber sie ist sehr müde."

„Sie arbeitet zu viel."

Mikhail nickte, ein vielsagendes Lächeln spielte um seine Lippen. „Ja, das stimmt, aber es gibt noch einen anderen Grund. Sie ist schwanger."

„Wirklich? Das ist ja fantastisch!" Alex wandte sich mit leuchtenden Augen an Bess. „Komisch, ich habe mich gerade erst daran gewöhnt, dass Mikhail Vater ist – und nun bekommen sie schon das zweite Kind."

Bess nickte. Es rührte sie, welchen Anteil Alex an den Geschicken seiner Familie nahm. „Können wir jetzt hineingehen, Alexej? Ich möchte die anderen auch treffen."

„Natürlich. Aber ich muss dich warnen: Sie sind alle ziemlich laut."

„Das macht mir nichts aus."

„Und ziemlich neugierig."

„Das bin ich auch."

Alex wartete noch eine Sekunde. Er nahm ihre Hände und blickte Bess an. Es war zwar nicht das erste Mal, dass er seiner Familie eine seiner Freundinnen vorstellte, aber dies hier war etwas ganz Besonderes.

„Ich liebe dich, Bess“, sagte er bewegt.

Bevor sie noch antworten konnte, küsste er sie, dann machte er ihr die Tür auf, und sie gingen hinein.

Alex hat nicht übertrieben – sie sind wirklich laut, fand Bess. Niemandem schien es etwas auszumachen, wenn alle zugleich redeten und dabei einander übertönten. Oder wenn der große Hund der Familie laut bellte und durch das geräumige Wohnzimmer raste, um sich hinter den Stühlen zu verstecken. Und neugierig waren sie ebenfalls, aber dabei so charmant, dass man ihnen deswegen unmöglich böse sein konnte. Kaum hatte Bess das Haus betreten und war allen vorgestellt worden, da musste sie auch schon neben Alex' Vater Yuri Platz nehmen und wurde nach Strich und Faden von ihm ausgehorcht.

„Sie schreiben also Geschichten fürs Fernsehen“, bemerkte er, nachdem Bess ihm erklärt hatte, was ihr Beruf war. „Dann sind Sie bestimmt sehr klug.“

„Es geht.“ Sie lächelte Zack an, der ihr ein Glas Wein anbot.

„Oh nein, unsere Rachel sagt, Sie seien sogar sehr intelligent. Sie sieht sich die Serie nämlich immer an, wissen Sie?“

Rachel nickte lachend und kam zu ihnen herüber. „Ich muss gestehen, dann und wann packt mich einfach der Wunsch, mich zu entspannen. Und da gibt es einfach nichts Besseres als ‚Heimliche Sünden‘. Aber ich bin nicht die Einzige, die es erwischt hat. Nick ist ebenfalls ein begeisterter Fan.“ Sie warf ihrem Schwager einen amüsierten Blick zu.

Nick war das Ganze sichtlich peinlich. „Ich wollte dir eigentlich nur Gesellschaft leisten, das ist alles.“ Er grinste. „Ich hatte eben nichts Besseres zu tun.“

„Ja, das sagen alle.“ Zu schade, dass er kein Schauspieler ist, dachte Bess bei sich. Er sah nicht nur gut aus, sondern hatte auch noch die Aura von Verletzlichkeit, die sich so gut vor der Kamera machte. „Wer wäre denn die Frau Ihrer Wahl, Nick? Vielleicht Lu-Anne, unser Sensibelchen, die Frau, die immer im Stillen leidet, oder etwa Brooke, unsere Femme fatale, die ihre Ausstrahlung dazu benutzt, die Männer zu zerstören, die ihr begegnen?“

Nick dachte angestrengt nach, dann meinte er: „Keine von beiden. Wenn ich wählen könnte, würde ich mich für Jade entscheiden. Ich stehe nun einmal auf ältere Frauen.“

In diesem Augenblick packte ihn Zack von hinten und nahm ihn in den Schwitzkasten.

Vergeblich versuchte Nick sich daraus zu befreien. „He, lass mich los! Ich habe nichts getan, ich unterhalte mich nur mit Alexejs Freundin.“

„So, jetzt bin ich an der Reihe.“ Plötzlich stand Nadia vor ihnen, Alex' Mutter, eine ausgesprochen imposante Erscheinung. „Ich wollte Ihnen sagen, dass mir Ihre Serie sehr gefällt. Immer, wenn ich kann, sehe ich sie mir an.“ Ihr Gesicht war gerötet von der Hitze des Herds, an dem sie die ganze Zeit gestanden hatte.

„Meine Favoritin ist natürlich Vicky“, erklärte Zack laut. Er stand hinter seiner Frau und hielt sie zärtlich umfangen.

„Typisch Mann!“ erklärte Rachel verächtlich. „Sie fallen immer auf diese billigen Flittchen herein! Na, und was ist mit dir, Alex? Bist du auch ein Fan von ‚Heimliche Sünden‘?“

„Nein.“ Alex lächelte sie an. „So weit ist es nun noch nicht. Aber Bess hält mich immerhin schon auf dem Laufenden, was in Millbrook passiert.“

„Ich nehme an, das ist ganz schön harte Arbeit“, warf Sydney ein. Sie hockte gemütlich auf dem Sofa und nippte an ihrem Ginger-Ale.

„Ja, das stimmt. Aber genau deshalb liebe ich es auch.“

„Und wie haben Sie Alexej kennen gelernt?“ erkundigte sich Yuri.

„Oh, er hat mich festgenommen.“

Einen Moment lang herrschte verblüfftes Schweigen. Alex warf Bess einen vernichtenden Blick zu. Doch dann lachten alle, und der Bann war gebrochen.

„Ist mir etwas entgangen?“ fragte Mikhail, der in diesem Augenblick mit Griffin zur Tür hereinkam.

„Nein, du bist gerade noch rechtzeitig gekommen“, meinte Rachel. „Kommen Sie, Bess, das dürfen Sie uns nicht vorenthalten.“

Also beschrieb Bess ihnen die Szene ihrer ersten Begegnung mit Alex, während er sie immer wieder unterbrach, um einen Einwand zu machen oder sie zu korrigieren, wenn sie etwas vergessen hatte. Seine Familie scharte sich um sie herum und lauschte begeistert ihren Wortgefechten.

„Er hat Sie also verhaftet, aber Sie gehen trotzdem mit ihm aus“, kommentierte Mikhail, nachdem sie geendet hatte.

„Na ja“, Bess warf Alex einen verschwörerischen Blick zu, „er ist nun einmal ziemlich unwiderstehlich.“

Yuri schlug seinem Sohn lachend auf die Schultern. „Ja, das sagen die Damen immer von dir, Alexej.“

„Danke, Dad.“ Alex wollte diesen Punkt sichtlich nicht weiter erörtern. In diesem Moment bat seine Mutter die Familie zu Tisch, und bald schon genossen sie den leckeren Braten, der Nadias Spezialität war.

„Das hast du von deinem Vater“, fuhr Yuri fort, der sich durch Alex’ Zurückhaltung nicht beirren ließ. „Mir sind auch immer die Mädchen hinterhergelaufen. Nur bei deiner Mutter, da musste ich mich anstrengen.“

„Ja, und du hattest auch nur eine Chance, weil mir deine blauen Augen so gut gefielen“, entgegnete Nadia. „Aber meinen Jungen habe ich von Anfang an beigebracht, wie wichtig es ist, eine Frau mit Respekt zu behandeln."

„Ja, das habe ich von dir gelernt, Mama." Einem plötzlichen Impuls gehorchend, beugte Alex sich zu Bess hinüber und küsste sie vor aller Augen. Es war kein sanfter, freundschaftlicher Kuss, sondern eine Liebkosung, die ihr das Blut in den Kopf schießen ließ. Einen Moment lang vergaß sie alles um sich herum.

Bess konnte nicht wissen, dass Alex noch nie eine Frau vor den Augen seiner Familie geküsst hatte. Auf diese Weise teilte er seinen Verwandten mit, dass er seine Wahl getroffen hatte.

Nachdem sie sich wieder voneinander gelöst hatten, applaudierten die anderen begeistert.

Nadia hob ihr Glas. Sie spürte wieder dieses vertraute bittersüße Gefühl, wenn eines ihrer Kinder ihr mitteilte, dass er oder sie ihr Herz verschenkt hatte.

„Willkommen", sagte sie zu Bess mit einem ganz besonderen Unterton.

Ein wenig verwirrt griff Bess nach ihrem Glas. Auch die anderen prosteten ihr zu.

„Vielen Dank", sagte sie und war froh, als danach das allgemeine Stimmengewirr erneut anhob.

Wie reizend sie alle sind, dachte sie bei sich. Alle waren so warm, so offen, so herzlich zu ihr. Eine solch angeregte Unterhaltung hätte sie sich am Tisch ihrer Eltern nie vorstellen können. Und das galt auch für die offenen Zärtlichkeiten, mit denen Nadia und Yuri ihre Kinder überschütteten.

Hat mir dies möglicherweise all die Jahre gefehlt? fragte sich Bess. Dieses Zusammengehörigkeitsgefühl, diese selbstverständliche familiäre Wärme? Hatte sie sich deshalb so angestrengt, eine allgemein beliebte Erwachsene zu werden, weil sie sich als Kind so linkisch und unbeholfen gefühlt hatte?

Plötzlich spürte sie, wie jemand sie ansah. Es war Mikhail. Er schien die Augen nicht von ihr lassen zu können.

„Sie tun es schon wieder“, meinte sie lachend.

Er nickte. „Ja. Ich möchte, dass Sie mir Modell sitzen.“

„Modell sitzen? Das soll wohl ein Scherz sein.“

„Mikhail scherzt nie über seine Arbeit“, bemerkte Sydney.

Der Bildhauer war aufgestanden, und nun besah er sich Bess' Gesicht von allen Seiten. „Wirklich faszinierend“, bemerkte er dann. „Ja, ich denke, Mahagoni wäre wahrscheinlich am besten.“

Bess starrte ihn an. Plötzlich fiel bei ihr der Groschen. „Natürlich!“ Sie schlug sich gegen die Stirn. „Stanislaski! Der Künstler! Dass ich da nicht schon längst darauf gekommen bin! Ich wusste doch, dass mir der Name irgendwie vertraut vorkam. Und selbstverständlich kenne ich auch Ihre Arbeiten. Ich war schon des Öfteren nahe daran, eines Ihrer Werke zu erwerben."

„Gut." Mikhail nickte zufrieden. „Dann ist es abgemacht. Sie werden für mich Modell sitzen, und dafür dürfen Sie sich eine meiner Arbeiten aussuchen."

„Oh Mann!" Bess war begeistert. „Wie könnte ich ein solches Angebot ablehnen?"

„Nächste Woche." Mikhail hob mahnend den Finger. „Und seien Sie bitte pünktlich."

Am anderen Ende des Tisches zuckte Rachel gerade zusammen. Eine Wehe hatte sie erfasst. Ihre Mutter beugte sich zu ihr hinüber und sah sie besorgt an.

„Wie lange?" fragte sie.

„Sie kommen in Abständen von acht bis zehn Minuten. Noch sind sie nicht sehr stark."

„Was ist noch nicht sehr stark?" Zack hatte den letzten Rest des Satzes vernommen und blickte sie an. Dann veränderte sich sein Gesichtsausdruck schlagartig. „Oh nein, doch nicht jetzt! Doch nicht jetzt!"

Rachel lächelte etwas gequält. „Nein, noch nicht sofort", beruhigte sie ihn. „Du hast bestimmt noch genug Zeit für Mamas Sahnetorte."

„Die Wehen setzen ein!" Zack war völlig alarmiert.

„Oh verdammt!" Nick sprang auf. „Damit habe

ich nicht gerechnet. Ich habe die Nummer der Hebamme zu Hause vergessen."

„Immer mit der Ruhe, ihr zwei", besänftigte Rachel die aufgeregten Männer. „Mama hat die Nummer. Außerdem ist es noch nicht so weit."

„Willst du etwa warten, bis es zu spät ist?" Auch Zack war aufgesprungen. „Kommt, lasst uns gehen!"

Rachels Proteste nützten ihr nichts. Da auch Nadia es für das Beste hielt, zurück nach Hause zu fahren, musste sie sich wohl oder übel der Mehrheit beugen.

Nun begann ein allgemeiner Aufruhr, der sich vorwiegend darum drehte, wie man am besten mit Rachel verfahren sollte. Sollte man die Ambulanz rufen oder ihr ein Taxi zum Krankenhaus bestellen? Yuri bot sich an, sie in seinem alten Pick-up hinzufahren, doch sein Vorschlag wurde sanft, aber bestimmt abgelehnt.

„Oh Gott, darauf war ich nicht vorbereitet!" Nick raufte sich die Haare. „Meine Kamera! Ich muss meine Kamera holen! So einen Moment muss man doch dokumentieren!"

„Was brauchst du, mein Schatz? Wasser? Saft?" Zack war außer sich vor Besorgnis.

Tatsächlich war Rachel von ihrem Getue mehr mitgenommen als durch die Wehen. Inmitten des allgemeinem Stimmengewirrs sandte sie Sydney einen bittenden Blick zu.

Sydney klatschte in die Hände. „Alle mal herhören!“ rief sie mit der befehlsgewohnten Stimme, die sie zu einer erfolgreichen Geschäftsfrau gemacht hatte. „Alex, du gehst nach oben und holst deiner Schwester ein Kissen für die Fahrt. Yuri, natürlich nehmen wir deinen Pick-up. Hol ihn schon einmal aus der Garage. Nick, Mikhail und Griffin, ihr fahrt hinüber zu Rachels und Zacks Wohnung und holt alles, was sie braucht. Wir treffen uns dann alle im Krankenhaus.“

„Und wie kommt ihr dorthin?“ wollte Mikhail wissen.

„Ich bin mit dem Auto da.“ Bess hatte das Familiendrama fasziniert beobachtet. „In mein Mercedes Coupé passen wir leicht zu dritt.“

„Sehr gut.“ Sydney war ganz in ihrem Element. „Dann los! Zack und Nadia fahren im Lastwagen mit, ich schließe mich Alex und Bess an.“

Bei Rachel hatten nun die Wehen tatsächlich eingesetzt, und sie krümmte sich bereits vor Schmerzen. Dennoch wandte sie sich kurz an Bess.

„Tut mir sehr Leid. Ich wollte Ihnen keine Umstände machen.“

„Kein Problem.“ Bess hätte sie zwar am liebsten neugierig gefragt, wie es war, mitten beim Essen die Wehen zu bekommen, aber sie verkniff sich die Frage gerade noch.

„Ich habe den Arzt angerufen.“ Nadia kam wieder aus dem Nebenzimmer. „Alles ist bereit.“

„Dann sollten wir jetzt los!“ Der Schweiß stand Zack auf der Stirn. Gemeinsam mit Nick half er seiner hochschwangeren Frau in den draußen wartenden Lastwagen.

Bis sie schließlich im Krankenhaus ankamen, hatten Sydney und Bess bereits Freundschaft geschlossen. Alex raste wie ein Verrückter durch den dichten Verkehr. Aber sie schafften es, und als sie ankamen, vernahmen sie erleichtert, dass alles in Ordnung war. Rachel und die anderen warteten auf sie im Vorzimmer des Kreißsaals. Zack schien seine anfängliche Panik überwunden zu haben, und Yuri verteilte Zigarren an die männlichen Mitglieder der Familie, weil es seiner Meinung nach nichts Beruhigenderes gab.

Die Zeit verging schnell mit Geschichtenerzählen, und alle gaben sich Mühe, Rachel aufs Beste abzulenken. Immer wieder wurde auch Zack geneckt, und als nach einer Weile Nick, Griffin und Mikhail mit Rachels Sachen erschienen, war die kleine Runde komplett. Nun konnte man nur noch abwarten.

Manchmal hatte Rachel das Bedürfnis, aufzustehen und in dem langen Korridor auf und ab zu gehen. Dabei wurde sie immer von jemandem begleitet, der ihr den schmerzenden Rücken massierte und sie beruhigte, wenn die Wehen kaum noch auszuhalten waren.

„Ich sehe schon, wie du diese Erfahrung in deinen nächsten Folgen unterbringen wirst“, sagte Alex leise zu Bess, als sie einen unbeobachteten Moment miteinander hatten.

„Ja, stimmt“, flüsterte sie zurück. „Aber vor allem stelle ich mir immer wieder meine Eltern vor. Sie wären entsetzt, wenn sie sehen würden, wie öffentlich eine Geburt behandelt wird.“

„Nun, das Baby gehört schließlich mit zur Familie“, erwiderte Alex, dem dieser Gedanke völlig fremd zu sein schien.

Bess lächelte ihn an und drückte ihn am Arm. „Das meine ich ja. Ihr seid wirklich alle sehr besonders!“

Yuri hatte bemerkt, wie die beiden miteinander tuschelten. Die Zigarre in der Hand, stand er auf und schlug seinem Sohn lachend auf die Schulter.

„Ich finde, du solltest mit diesem hübschen Mädchen nach draußen gehen. Dort könnt ihr ungestört miteinander turteln. Das Baby wird sich noch ein wenig Zeit lassen, fürchte ich.“

„Gute Idee.“ Alex sprang auf und nahm Bess bei der Hand. „Komm mit, etwas frische Luft wird uns sicher gut tun.“

„Ja, gern.“ Bess folgte ihm nach draußen.

Alex nahm sich den Rat seines Vaters zu Herzen, und als die beiden etwa zehn Minuten später wiederkamen, hatte Bess das Gefühl, als wäre sie im siebten Himmel. Rachel war inzwischen im Kreißsaal. Die beiden trafen nur noch Nick an. Er ging aufgeregt im

Korridor auf und ab und rauchte nervös eine Zigarette nach der anderen, obwohl er doch gar nicht der werdende Vater war.

„Und, wie läuft es, Kleiner?“ fragte Alex gespannt.

„Es dauert eine Ewigkeit!“ Nicks Verzweiflung war fast komisch. „Bei Griffin ging es ganz schnell, aber Rachel nimmt sich Zeit für ihr Baby. Stell dir vor, sie hat mich mitsamt meiner Kamera aus dem Zimmer geworfen! Wie kann man sich so etwas nur entgehen lassen?“

„Keine Ahnung. Ich nehme an, das würde sie ablenken.“

Bess schaute auf die Uhr. „Sechs Stunden sind jetzt schon vergangen“, meinte sie. Sechs Stunden seit der ersten Wehe.

„Mir erscheint es wie sechs Tage!“ Plötzlich öffnete sich die Tür zum Kreißsaal und Zack kam heraus. Er wirkte schwer angeschlagen und bat Nick gleich um eine Zigarette.

„Sie hat mich angeschrien!“ beklagte er sich. „Und ich lese ihr jeden Wunsch von den Augen ab.“

„Machen Sie sich nichts draus“, tröstete Bess ihn. „Sie muss sich wahrscheinlich nur abreagieren.“

„Den Arzt hat sie auch beschimpft“, entgegnete Zack düster. „Aber wenigstens ist sie ihm gegenüber nicht handgreiflich geworden.“

In diesem Moment trat eine Frau ins Zimmer. Als

sie Alex erblickte, leuchteten ihre Augen auf. Im nächsten Moment lag sie in seinen Armen. Bess beobachtete dies mit gemischten Gefühlen.

„Alexej, wie geht es Rachel?"

„Ganz gut, nehme ich an", grinste er. „Sie hat Zack und den Doktor angeschrien. Ich nehme an, das ist ein positives Zeichen."

Die Frau nickte. „Wunderbar, dann sind wir ja nicht zu spät gekommen. Spence parkt gerade den Wagen ein. Zuerst wollten wir die Kinder zu Hause lassen, aber dann ließen sie sich nicht abschütteln. Freddie freut sich schon so sehr darauf, dich wiederzusehen."

Nick sah erfreut auf. „Wie geht es ihr? Ist sie schon wieder gewachsen?"

„Oh, sie ist inzwischen größer als ich und ein sehr hübsches Mädchen. Können wir jetzt zu Rachel?"

„Ja, ich glaube schon." Alex drehte sich um. „Ich möchte dir Bess vorstellen, Natasha."

„Bess?" Natürlich hatte Natasha schon längst von der neuen Flamme ihres Bruders gehört. Obwohl sie und ihre Familie in Virginia wohnten, waren alle immer bestens über alles informiert. „Freut mich sehr, Sie kennen zu lernen." Sie streckte Bess die Hand hin.

„Ganz meinerseits." Was für eine fantastische Familie, dachte Bess insgeheim bewundernd.

Drei Stunden später brachte Bess allen, die immer

noch auf die Geburt warteten, Kaffee und Sandwiches. Inzwischen hatte sie natürlich auch Natashas Mann Spence kennen gelernt und ihre wirklich reizenden Kinder. Amüsiert hatte sie beobachtet, dass Freddie, der Teenager, bis über beide Ohren in Nick verliebt war.

Während die Zeit voranschritt, übernahm sie an Stelle Mikhails die Wache bei Rachel, die schon völlig erschöpft war. Danach plauderte sie angeregt mit einigen Krankenschwestern, die sie freiwillig mit Informationen über den Krankenhausbetrieb versorgten. Und schließlich kümmerte sie sich um Alex, der sichtlich mit seiner Schwester litt.

„Es dauert bestimmt nicht mehr sehr lange."

„Das hast du schon vor einer Stunde gesagt."

Sie standen wieder im Vorraum des Kreißsaals. Alex konnte nur mit Mühe ein Gähnen unterdrücken. Bess umarmte ihn.

„Nein, ich bin sicher, es ist bald so weit. Wie ich auf dem Monitor erkennen konnte, ist der Herzschlag des Babys schon sehr ausgeprägt. Das lässt darauf schließen, dass es wahrscheinlich ein Mädchen ist."

„Woher weißt du das?"

„Oh, ich habe gründlich recherchiert." Lächelnd sah sie zu ihm hoch. „Im Laufe meiner Autorentätigkeit habe ich bestimmt schon über zwölf Babys zur Welt gebracht."

„Bist du denn überhaupt nicht müde?“

Bess schüttelte den Kopf. „Nein, ich bin an lange Sessionen gewöhnt.“

„Mama!“ Mikhail sprang mit einem Mal auf. Seine Eltern kamen gerade gemeinsam aus dem Kreißsaal.

„Wir haben ein neues Familienmitglied!“ Tränen standen Nadia in den Augen, und auch Yuri war offensichtlich sehr bewegt.

„Und? Was ist es?“ fragten Alex und Nick gleichzeitig.

„Ihr werdet es gleich sehen. Sie bringen das Baby an die Glasscheibe“, sagte die frisch gebackene Großmutter.

„Rachel ruht sich jetzt aus.“ Verstohlen wischte Yuri eine Träne weg. „Ihr könnt euch dann noch von ihr verabschieden.“

Zusammen verließen sie den Raum und machten sich auf den Weg zur Babystation, wo ihnen eine Krankenschwester bald das neue Mitglied der Familie präsentieren würde.

„Ich bin jetzt Onkel“, sagte Nick stolz zu Freddie. Das junge Mädchen wurde über und über rot, als er sie im Überschwang seiner Freude kräftig umarmte.

„He, seht mal, da ist Zack!“

Nick hielt den Arm um Freddie gelegt, als sein Bruder mit einem schreienden Bündel auf sie zukam. Zack grinste stolz von einem Ohr bis zum anderen.

Er hielt das Baby in die Luft, sodass es auch alle bewundern konnten. Ja, hier war eindeutig ein weiteres Prachtexemplar der Familie Stanislaski in die Welt eingetreten.

„Ein Mädchen!“ Fasziniert studierte Alex das kleine Wesen. Dann griff er instinktiv nach Bess’ Hand. „Ist sie nicht wunderschön?“

„Oh Mann!“ Das war Nicks einziger Kommentar, aber er drückte alles aus, was er im Moment fühlte. Wie zur Bestätigung blickte er Freddie an, die noch immer an seinem Arm hing. Da sah er, dass sie Tränen in den Augen hatte. „He, was ist mit dir?“

„Sie ist so hübsch.“ Freddie sah ihn aus blauen Augen versonnen an, und Nick hatte für einen Moment lang den Eindruck, als wäre es sehr leicht, sich in diesen Augen für immer zu verlieren.

„Ja, ist sie nicht toll?“ Unmerklich ging er auf Abstand. Sie ist meine Cousine, ermahnte er sich selbst. Das durfte er niemals vergessen. Nun ja, eine entfernte Cousine. Auf jeden Fall war sie noch minderjährig. „Ich, äh ... entschuldige, Freddie, ich habe leider kein Taschentuch dabei.“

„Das macht nichts.“ Freddie wischte sich ihre Tränen mit dem Handrücken ab, dann schüttelte sie den Kopf. Sie fand es überhaupt nicht schlimm, anlässlich eines so freudigen Ereignisses Tränen zu vergießen. „Hast du eigentlich schon einmal daran gedacht, Kinder zu bekommen?“ fragte sie Nick dann unverhohlen.

„Kinder?“ Er war entsetzt über diese Frage. Wie um Hilfe suchend sah er sich um, aber da er in diesem Moment nur von Mitgliedern seiner Familie umgeben war, gab es kein Entkommen. Er musste Freddie antworten. „Nein“, sagte er entschieden. „Auf gar keinen Fall.“

„Ich schon“, seufzte sie und griff wieder nach seiner Hand. Wohl oder übel musste Nick sie ihr überlassen.

Mikhail flüsterte gerade Sydney etwas ins Ohr, sie nickte. Natasha wandte sich an ihren Mann, der hinter ihnen ging, und sagte leise: „Es ist immer wieder ein Wunder, findest du nicht?“

Er küsste sie auf die Stirn und entgegnete: „Oh ja. Und falls du Lust haben solltest, noch eines zu produzieren, bin ich dabei.“

Yuri glühte im Stolz eines Mannes, der sein Lebenswerk getan sieht. „Gott hat mich reich gesegnet!“ Ohne Ansehen der Person schnappte er sich jemanden aus der Gruppe, den er umarmen konnte. Zufällig war es Bess. Er wirbelte sie im Flur herum, sodass sie schon bald keine Luft mehr bekam. „Zwei Enkelsöhne habe ich schon! Und nun auch noch drei Enkelinnen! Was kann man sich mehr wünschen?“ Er hob Bess in die Luft, bis ihr schwindlig wurde.

„Meinen herzlichen Glückwunsch." Sie lachte ihn an, und er küsste sie unversehens auf beide Wangen. „Großpapa!"

„Heute ist ein guter Tag!" Er griff in seine Tasche. „Komm, rauch eine Zigarre!"

10. KAPITEL

Rosalie hatte sich immer für eine gute Menschenkennerin gehalten, und ihrer Meinung nach war Bess ziemlich verrückt. Aber das hielt sie nicht davon ab, wieder zu ihr zu gehen.

Natürlich hängt das vor allem mit dem Geld zusammen, dachte die junge Frau, während sie an ihrem Drink nippte. Sie hatte es sich auf dem Sofa in Bess' Büro bequem gemacht.

Aber es gab noch anderes an dem Arrangement, das ihr so sehr zusagte, das sie mehrmals in der Woche die Fahrt quer durch die Stadt machen ließ. Und nicht nur das – sie blieb auch freiwillig gern länger, nachdem die „Beratungsstunde", wie Bess diese Treffen zu bezeichnen pflegte, schon lange vorbei war.

Rosalie war ehrlich genug sich einzugestehen, dass es ihr Spaß machte, ins Showbusiness hineinschnüffeln zu dürfen. Bess hatte sie ein paar Mal mit ins Studio genommen, und die konzentrierte Arbeitsatmosphäre hatte ihr enorm imponiert.

Aber es gab noch einen Grund, warum Rosalie die Gesellschaft von Bess so sehr genoss.

Bess hatte Klasse, das war nicht zu übersehen. Und Klasse hatte in ihrer Welt nicht nur etwas mit Geld zu tun, obwohl Geld natürlich sehr wichtig war. Es ging auch nicht nur darum, in der Gesellschaft bekannt zu sein oder in den Klatschspalten der Zeitungen zu stehen. Es war etwas komplizierter, und Rosalie konnte nie ganz genau definieren, was sie nun mit diesem Wort meinte. Aber sie wusste, dass sie diese Qualität erkennen konnte, wenn sie sie sah, und Bess verkörperte dazu noch mehr für sie – sie hatte gute Umgangsformen und war kein Snob.

Über all diese Dinge dachte Rosalie nach, während sie müßig an ihrem Drink nippte. Bess schien es egal zu sein, ob sie stundenlang herumhing oder nicht. Es war Rosalie nicht entgangen, wie hart Bess arbeitete. Vielleicht ist es sogar noch härter als in meinem Beruf, dachte Rosalie bei sich. Auf jeden Fall arbeitete Bess länger.

Es machte den beiden viel Spaß, die Vor- und Nachteile ihres jeweiligen Gewerbes herauszustellen und miteinander zu vergleichen.

Ja, durch die langen Gespräche und die Zeit miteinander war etwas entstanden, das sie mehr als alles andere schätzte – Freundschaft! Ganz eindeutig waren die beiden jungen Frauen Freundinnen geworden.

„Und ... wie lange werden Sie noch arbeiten?" fragte Rosalie, nachdem sie ihr Glas ausgetrunken hatte.

Stirnrunzelnd blickte Bess auf ihren Monitor. „Oh ... ich glaube, nicht mehr sehr lange." Selbstvergessen blies sie sich eine Haarsträhne aus dem Gesicht. Brock war gerade im Begriff, Jessica zu verführen. „Ich hatte nur gerade eine Idee, wie man diese Szene, die wir morgen drehen wollen, noch spannender gestalten könnte." Sie lächelte spitzbübisch. „Natürlich werden mich morgen einige aus dem Team umbringen, wenn ich ihnen das serviere. Aber so ist nun einmal das Showgeschäft."

Rosalie holte sich eine Zigarette aus der Tasche und zündete sie an. „Wann haben Sie heute Morgen angefangen?"

„Heute? Oh ... so gegen halb zehn." Bess musste an Alex denken. „Ich war leider ein bisschen spät."

Staunend blickte Rosalie auf ihre Armbanduhr. „Und jetzt ist es nach sieben. Nicht schlecht." Sie lachte. „Wenn Sie in meinem Beruf genau so viel Zeit verbringen würden, wären Sie jetzt wahrscheinlich reich."

„Ja, aber der Unterschied besteht darin, dass ich mich hier nicht vom Fleck zu rühren brauche", entgegnete Bess. Plötzlich spürte sie, dass ihr der Nacken vom langen Sitzen wehtat. „Wie wär's mit einem kleinen Snack? Ich muss sagen, ich bin ziemlich hungrig."

Bedauernd drückte Rosalie ihre Zigarette aus und erhob sich. „Nein, tut mir Leid. Ich muss an die Arbeit."

„Und wenn Sie sich den Abend freinehmen würden? Dann könnten wir beide zusammen ins Kino gehen."

Strafend sah Rosalie sie an. Dann holte sie einen kleinen Kompaktspiegel aus ihrer Tasche und überprüfte ihr Make-up. „Sie haben versprochen, dass Sie mich nicht bekehren wollen, Bess."

„Ja, aber das war eine Lüge", gab Bess fröhlich zurück. Natürlich wollte sie Rosalie nicht in ihr Leben hineinreden. Das hätte sicher auch gar nichts genützt. Aber sie hatte inzwischen große Zuneigung zu Rosalie entwickelt, und sie wollte nicht, dass ihr etwas zustieß. „Ich hoffe, Sie verstehen mich, Rosalie. Ich mache mir nun einmal große Sorgen um Sie. Besonders nach den letzten Mordfällen."

Rosalie sah sie verblüfft an. Langsam steckte sie ihren Spiegel wieder ein. Sie konnte sich nicht erinnern, dass jemals irgendjemand ihretwegen besorgt gewesen wäre. Das rührte sie sehr. „Habe ich Ihnen nicht gesagt, dass ich auf mich selbst aufpassen kann?"

„Ja, aber ..."

„Kein aber, Schätzchen!" Noch einmal griff Rosalie in ihre Tasche. Im nächsten Augenblick blitzte etwas in ihrer Hand auf. Es war ein Stilett, und die Klinge glitzerte gefährlich im Licht der Neonlampe. „Womit ich nicht fertig werde, das besorgt mein Messer."

Bess starrte sie wortlos an. Es war das erste Mal, dass sie eine solche Waffe von nahem sah. „Darf ich?"

„Na klar." Achselzuckend reichte Rosalie ihr das Stilett. „Seien Sie vorsichtig mit der Klinge", warnte sie Bess. „Sie ist genauso scharf, wie sie aussieht."

Fasziniert besah Bess sich die tödliche Waffe. Vor ihrem geistigen Auge tauchte sofort eine Szene auf, in der Jade das Messer fand – vielleicht sogar blutbeschmiert, und in der ihr der Gedanke kam, dass sie ... Bess musste sich zwingen, wieder in die Gegenwart zurückzukehren. „Haben Sie sie jemals ...?"

Rosalie schüttelte den Kopf. „Nein, bisher war es glücklicherweise nicht nötig." Sie streckte die Hand aus und nahm die Waffe wieder in Empfang. „Aber natürlich gibt es immer ein erstes Mal. Wenigstens wissen Sie jetzt, dass Sie sich meinetwegen keine Sorgen zu machen brauchen. In ein paar Monaten habe ich genug gespart, Bess. Dann werde ich den Winter in Florida verbringen, während ihr hier alle im Schnee stecken bleibt." Sie schulterte ihre Tasche und warf provozierend den Kopf zurück. „Bis zum nächsten Mal, Schätzchen."

„Moment!" Bess kramte nun ihrerseits in ihrer Tasche nach etwas. Schließlich brachte sie ein kleines, kompaktes Aufnahmegerät zum Vorschein. „Wenn es Ihnen nichts ausmacht, würde ich Sie bitten, das mit sich herumzutragen und hin und wieder einzuschalten.“ Auf Rosalies skeptischen Blick hin setzte sie nervös hinzu: „Wissen Sie, nur um ... na ja, ich hätte gern ein paar Dialoge, wie es zum Beispiel zwischen den Mädchen zugeht oder was die Freier zu Ihnen sagen, wenn sie Sie ansprechen. Sie verstehen schon, ich brauche die Atmosphäre.“

„Klar, kein Problem. Sie sind schließlich der Boss.“ Rosalie steckte das Gerät ein und machte sich zum Gehen bereit.

„Und seien Sie vorsichtig!“ Bess konnte nicht umhin, sie noch einmal zu warnen, obwohl sie genau wusste, dass Rosalie darüber nur lachen würde.

Rosalie lachte nicht, aber ihre selbstbewusste Haltung war beredt genug. „Meine Liebe, ich bin immer vorsichtig.“ Damit war sie verschwunden.

Auf dem Weg zum Fahrstuhl malte sie sich vergnügt aus, was wohl passieren würde, wenn sie alles, wirklich alles aufnehmen würde, was sich während ihrer Arbeitsstunden ereignete. Bess würde nicht schlecht staunen, so viel war sicher. Der Gedanke erheiterte Rosalie sehr, doch als sie sich plötzlich Alex gegenübersah, der aus dem Fahrstuhl trat, verging ihr der Humor schlagartig.

Die beiden sahen sich mit unverhohlenem Misstrauen an. Alex fing sich als Erster. Er ließ Rosalie eintreten.

„Na, was macht das Geschäft?“

„Ich kann nicht klagen, vielen Dank."

Bevor Rosalie noch auf den Knopf drücken konnte, hatte er einen Fuß zwischen die Tür gesetzt.

„Was wissen Sie über den Mord an Crystal LaRue, Rosalie?"

„Ich weiß, dass sie tot ist." Herausfordernd sah sie ihn an. „Gibt es sonst noch was?"

Alex ließ sich von ihrem Getue nicht beeindrucken. „Ja. Ich will wissen, was Sie mir über die Zeit sagen können, bevor sie gestorben ist."

„Gar nichts!" Rosalie hätte ihm natürlich das Gleiche gesagt, auch wenn sie Crystals allerbeste Freundin gewesen wäre. Schließlich war er Polizist. Aber in diesem Fall handelte es sich ganz schlicht um die Wahrheit. „Ich weiß nur, dass sie relativ neu in dem Beruf war. Und dass sie keinen Zuhälter hatte."

„Stimmt." Alex bewegte sich nicht vom Fleck. „Das habe ich auch gehört. Und dann erzählte mir noch jemand, Bobby hätte sich dafür interessiert, sie zu einem seiner Mädchen zu machen."

„Kann schon sein. Bobby mag es nun einmal, wenn sie blutjung sind."

Alex sah sie angewidert an. Crystal war erst siebzehn gewesen, dachte er bei sich. Ein junges, hübsches Mädchen, das von zu Hause fortgelaufen war und keine Zeit gehabt hatte, die Regeln zu lernen. Jetzt würde sie sie nie mehr lernen.

„Sie wissen also nichts, Rosalie?“ sagte er langsam. „Auch nichts über Bobby?“

Das Mädchen schüttelte ungehalten den Kopf. „Nein, ich weiß nichts über Bobby. In letzter Zeit bin ich ihm aus dem Weg gegangen, und das werde ich auch in Zukunft tun.“

„Gute Idee.“ Alex studierte Rosalies Gesicht aufmerksam. Ihr blaues Auge war inzwischen verschwunden. „Scheint so, als würde Bess Ihnen genug zahlen, dass Sie nicht mehr so viel arbeiten müssen.“

„Das geht Sie überhaupt nichts an, Bulle.“

„Na, na!“ Er hob den Finger. „Das geht mich sehr wohl etwas an, Lady. Ich will nämlich nicht, dass Ihr Lude herausfindet, womit Sie sich nebenbei noch ein paar Dollar verdienen, und er dann auf die Idee kommt, sich an Bess zu wenden. Denn in diesem Fall ...“ Alex' Augen blitzten jetzt gefährlich, „... in diesem Fall würde ich mich leider genötigt sehen, ihn unschädlich zu machen.“

„Glauben Sie etwa, ich würde sie an Bobby verpfeifen?“ fragte Rosalie empört. „So etwas würde ich nie tun! Ich schulde ihr schließlich was“, fügte sie hinzu.

„Was denn?“ Alex klang ausgesprochen skeptisch.

„Respekt“, erwiderte Rosalie mit Nachdruck. „Sie hat mich behandelt wie ein Mensch, Bulle. Ich durfte mit ihr an einem Tisch essen, und sie hat mir auch ein

Bett angeboten. So, als wäre ich ihr Gast. Das werde ich ihr nie vergessen."

„Na gut." Alex war immer noch nicht überzeugt. „Ich will nur nicht, dass ihr etwas zustößt, verstanden?"

„Keine Angst, das will ich auch nicht." Rosalie tippte Alex mit dem Finger auf die Brust. „Sie hat es ja ganz schön erwischt, Bulle. Tun Sie mir den Gefallen und seien Sie ganz besonders nett zu Bess. Sonst werden Sie es nämlich mit mir zu tun bekommen!"

Alex nickte und machte einen kleinen spöttischen Diener. „Ja, Ma'am!" Genau wie Bess hatte auch er den Impuls, Rosalie vor dem zu bewahren, was draußen auf der Straße auf sie wartete. Aber im Gegensatz zu Bess akzeptierte er, dass es nichts gab, was er dagegen tun konnte.

Nachdem die Fahrstuhltüren sich hinter Rosalie geschlossen hatten, machte Alex sich auf die Suche nach Bess.

Er fand sie über ihren Computer gebeugt, sie hämmerte wild auf die Tasten. An ihren Augen sah er, dass sie meilenweit weg war. In Millbrook, dachte Alex lächelnd.

Bei ihrem Anblick stockte ihm das Blut in den Adern. Sie sah wieder so verführerisch aus, dass er sie am liebsten auf der Stelle vernascht hätte.

Gleichzeitig spürte er, wie sein Herz sich vor Liebe

nach ihr verzehrte. Oh Gott, was hatte diese Frau nur mit ihm angestellt?

Nichts an der Angelegenheit war so leicht und einfach, wie er es sich gern gewünscht hatte. Bess war nicht die Frau, der es genügen würde, untätig zu Hause herumzusitzen, während er seinem gefährlichen Beruf nachging. Im Gegenteil, wahrscheinlich würde sie ihn endlos plagen, bis er alle Aspekte seines Berufs vor ihr enthüllt hatte, auch die Schattenseiten, die er so gern für sich behalten hätte. Und was die Kinder anging, die er sich so sehnlichst wünschte ... er wusste ja nicht einmal, ob Bess ja sagen würde, wenn er ihr einen Heiratsantrag machte! Geschweige denn, eine Familie mit ihr zu gründen! Nein, die Sache war schon recht kompliziert.

Aber in einem war Alex sich ganz sicher – er wollte Bess haben, er wollte sie mehr als alles andere auf der Welt. Und im Moment war seine Strategie denkbar einfach. Er würde so lange in ihrer Nähe bleiben, bis sie sich ein Leben ohne ihn gar nicht mehr vorstellen konnte.

Bess hatte Alex natürlich längst gesehen, und schließlich hörte sie auf zu tippen. Als sie sich nach vorn beugte, um den Drucker anzustellen, rutschte ihr Rock ein wenig höher. Alex musste sich beherrschen, um sich nicht über die Lippen zu lecken.

Stattdessen wandte er sich um und ging noch einmal zur Tür, die er dann behutsam schloss. Er hatte ein Lächeln auf den Lippen, aber sein Herz war dabei ganz wund.

Dann trat er von hinten an Bess heran und legte die Arme auf ihre Brust. Sie stieß einen wohligen Seufzer aus.

„Alex ... Wie schön, dass du da bist."

Er begann mit langsamen Bewegungen ihren schmerzenden Nacken zu massieren. Bess ließ es gern geschehen. Sie hatte gar nicht gemerkt, wie geschunden ihr Körper sich nach der stundenlangen Arbeit anfühlte.

„Ich glaube, ich sollte einmal zwei oder drei Tage in einer heißen Badewanne verbringen", meinte sie dann.

„Wo ist Lori?"

„Ach, sie fühlte sich nicht besonders." Während der Drucker vor sich hin ratterte, schloss Bess die Augen. „Ich habe ihr gesagt, dass sie gehen soll. Eigentlich müsste ich auch schon längst hier heraus sein. Mir sind dann noch in letzter Minute ein paar Änderungen für morgen eingefallen." Sie sah zu ihm hoch. „Du hast doch gesagt, dass du auch länger arbeiten müsstest."

Alex nickte. „Ja, aber dann kam etwas dazwischen. Wir haben uns entschlossen, die Juweliere abzuklappern, um die Herkunft der Goldkette herauszufinden. Leider war es dafür schon zu spät."

„Glaubst du denn, das Herz hat eine persönliche Bedeutung für den Mörder?“ fragte Bess gespannt.

„Ich denke schon. Wahrscheinlich möchte er einer Frau sein Herz schenken, und denkbar ist, dass er dabei schon öfters enttäuscht worden ist. Also sucht er sich Prostituierte, bei denen von Anfang an klar ist, dass er sie bezahlen muss, damit sie mit ihm schlafen, und am Ende ermordet er sie dann für ihren so genannten Verrat.“ Alex überlegte eine Minute. „Ich weiß, das ist alles ein bisschen simpel, aber oft ... He, was machst du denn da?“

Bess hatte inzwischen wieder ihren Notizblock genommen und angefangen, sich eifrig Notizen zu machen. Energisch nahm Alex ihr den Stift aus der Hand.

„Nichts da, Bess! Ich weiß wirklich nicht, wie du das anstellst! Sobald ich hier bin, denke ich an nichts anderes, wie ich dich am schnellsten ins Bett kriegen kann. Doch du schaffst es, dass ich schon wieder über einen Fall spreche.“

„Aber das interessiert mich sehr“, verteidigte sich Bess. Sie machte zwar keine Anstalten, sich zu wehren, legte ihren Block jedoch nur ungern zur Seite.

„Ich habe ein Problem mit dir, Bess“, meinte Alex stirnrunzelnd. „Ich würde dich gern in eine hübsche kleine Nische packen, wo du dann immer auf mich wartest. Aber das funktioniert bei dir leider nicht.“

„Ach komm, Alex, das stimmt doch gar nicht! Es würde dir nicht gefallen, wenn du das tun könntest. Du magst mich nämlich genau so, wie ich bin." Sie nahm seine Hand und küsste sie.

Zuerst wollte er sich ihrem Zugriff entziehen, doch dann entspannte er sich sichtlich. „Ich habe dir beim Arbeiten zugesehen."

Seine Stimme hatte einen seltsamen Unterton. Kleine Wellen der Erregung rieselten plötzlich über Bess' Haut. „Ja, und?"

„Und dabei habe ich mir so allerlei vorgestellt."

Sie ließ seine Hand los. Ihr Atem ging mit einem Mal schneller. „Vorgestellt? Was denn?"

„Was ich so alles mit dir tun könnte."

Langsam drehte Bess sich in ihrem Sitz um. Oh, wie konnte ein Mann nur dermaßen unwiderstehlich sein! Ihr Mund wurde trocken, als Alex sich zu ihr hinabbeugte und in aller Ruhe begann, ihre Bluse aufzuknöpfen. Als ihm das gelungen war, erkundete er mit der Zunge ihre Brust und umspielte sie zärtlich. Bess stieß einen langen, sehnsuchtsvollen Seufzer aus.

„Ich ... ich bin sofort fertig, Alex."

Er schüttelte den Kopf. „Oh nein, mein Liebling. Ich kann keine Sekunde länger warten. Ich will dich auf der Stelle."

„Aber ..."

Alex ließ ihr keine Zeit, an Gegenwehr auch nur zu

denken. Ehe sie es sich versah, hatte seine Hand den Weg unter ihren Rock gefunden, und genau wie beim ersten Mal trieb er sie schon nach wenigen Minuten zu einem Höhepunkt, wie sie ihn in dieser Intensität nur selten erlebt hatte.

„Ich habe dir zugesehen, wie du gearbeitet hast." Seine Augen glühten jetzt in einem wilden Feuer. „Und ich wollte dich haben, Bess!" Er zog sie an sich und presste das Gesicht an ihren Nacken, während sie noch in den letzten Schauern der Erregung bebte. „Kannst du dich noch an das erste Mal erinnern, als ich dich hier vorfand?"

„Was?" Bess konnte keinen klaren Gedanken mehr fassen. Alles in ihr war Verlangen, wildes, drängendes Verlangen nach ihm.

„Alexej, bitte, komm mit mir nach Hause. Ich brauche ..." Sie stieß einen Schrei aus, denn er hatte nicht mit seinen Zärtlichkeiten aufgehört, und ihre Orgasmen schienen überhaupt nicht enden zu wollen.

„Schon beim ersten Mal wollte ich dich." Alex war nur noch von einem einzigen Gedanken beseelt. Er hatte Bess' Worte nicht einmal vernommen. „Ich möchte dir zeigen, was ich mir damals vorgestellt habe."

Bess starrte ihn an. Eine seltsame Veränderung schien mit ihm vorgegangen zu sein. Dies war nicht mehr der sensible, einfühlsame Liebhaber von letzter

Nacht! Dieser Mann mit den gefährlichen Augen und den Händen, deren Druck wie Feuer auf ihrer Haut brannte, würde sie nicht zärtlich in den Arm nehmen und ihr Nettigkeiten ins Ohr flüstern. Dies war der Krieger, den sie immer in ihm vermutet hatte, dem sie aber noch nicht begegnet war. Er würde sie nehmen, das stand fest. Ob sie bereit war oder nicht, er war jetzt an dem Punkt, da er ihr seine dunkle Seite zeigen würde, die Seite, die er sonst unter Kontrolle hatte.

In diesem Moment verstand Bess, wie dünn der Mantel der Zivilisation in Wirklichkeit war. Die Erregung, die sie nun verspürte, hatte eindeutig etwas Primitives, und sie war deshalb so stark, weil auch eine Ahnung von Furcht darin mitschwang.

Alex umfasste Bess' Haar mit der Hand und zog sie in einem Ruck hoch. Sein Körper kam ihr wie ein Fels vor, ein Fels, der von innen erbebte. Oder mehr wie ein Vulkan, der kurz vor der Eruption stand. Hier gab es kein Entrinnen, nur die Kraft und die Intensität des Unvermeidlichen.

Seine Lippen brannten auf ihren, seine Zunge stieß tief in ihren Mund, während er ihr mit der freien Hand den Rock herunterriss. Er wollte sie nackt sehen, das war jetzt sein einziger Gedanke. Und dabei waren ihm der teure Stoff, den sie trug, all die kostbare Seide, nur im Weg. Die Zeit und der Ort hatten völlig ihre Bedeutung verloren. Es gab nur das Hier, nur das Jetzt. Und nur sie.

Gegen ihren Willen verspürte Bess auf einmal Furcht. Noch nie hatte ein Mann sie so begehrt, und es machte ihr Angst zu sehen, wozu sie einen anderen Menschen treiben konnte. Beim ersten Mal hatte Alex ihr mehr gegeben, als sie sich je erträumt hatte. Doch jetzt trieb er sie über Grenzen, an die zu denken sie bisher nicht einmal gewagt hatte.

Neben ihnen hörte der Drucker endlich auf, und das ratternde Geräusch wurde zu einem dunklen Summen. Doch viel lauter war Bess' Herzschlag. Und ihr Herz setzte sogar für einen Moment aus, als Alex sie an sich zog und in einer einzigen wilden Bewegung ihre Hüfte gegen die seine presste.

„Du machst mich wahnsinnig!" flüsterte er, während er ihren Nacken mit kleinen drängenden Küssen bedeckte.

„Alexej!" Atemlos erwiderte sie seine heißen Zärtlichkeiten. In ihr war nur ein einziges Brennen, ein Feuerstrom, gefährlich und köstlich zugleich. „Nimm mich! Nimm mich jetzt!"

Seine Erregung übertrug sich auf sie, und sie spürte, wie sie die Kontrolle über sich selbst verlor. Ihre Lippen waren jetzt genauso drängend wie seine, ihre Hände suchten ihm alles zu geben, was er brauchte. Dutzende von kleinen Höhepunkten erschütterten ihren Körper und verbanden sich schließlich zu einem einzigen Gefühl alles verzehrender Ekstase. Bess wurde davon mitgerissen wie von einem tobenden Fluss. Sie hörte nur undeutlich ihre eigene Stimme seinen Namen stammeln, während sie an seinen Kleidern zerrte.

Sie zitterte am ganzen Leib, so stark war ihr Verlangen nach ihm. Und es war unmöglich, damit aufzuhören. Der Druck und die Hitze von innen wurden immer unerträglicher. Vor allem die Hitze war es, die sie in einen Taumel der Erregung versetzte. Es war ein herrliches Gefühl, und triumphierend grub Bess ihre Zähne in seinen Arm. Genau wie er wollte sie sein Fleisch spüren, und sie kostete die animalische Kraft, die von ihm ausging, wie eine seltene Frucht. Alex' Atem war dicht an ihrem Ohr, er ging schwer und trug noch dazu bei, ihre Erregung zu steigern.

Alex stöhnte auf, als sie ihn intim mit der Hand umschloss. Er hatte das Gefühl, mitten auf einer wirbelnden heißen Flamme zu reiten.

Wie ein Ertrinkender griff er Bess bei den Schultern und riss sie zurück.

Ihr Gesicht war gerötet, ihre Augen hatten einen tiefen Glanz. Alex fiel auf, dass er ihre Haut markiert hatte. Kleine Druckstellen zeichneten sich dort ab, wo er zu fest zugepackt hatte. Aber es war ihm egal, im

Gegenteil, er sah es als Beweis seines Verlangens nach ihr. Ja, genau das war es, was er wollte, sie bezwingen, sie verschlingen, sich mit ihr vereinen.

Er sah diese Zeichen als Brandmale, die Bess zu seinem Eigentum machten.

Er warf den Kopf zurück und sah sie triumphierend an. Sein Anblick versetzte Bess in einen Taumel des Entzückens. Ja, dies war der Mann, dem sie sich hingeben wollte.

Doch seine nächsten Worte versetzten sie in einen Zustand des Schocks.

„Niemand liebt dich so wie ich!"

Plötzlich war sein Akzent deutlich zu hören, und der Klang seiner Stimme ließ sie erbeben. Hilflos schüttelte sie den Kopf.

„Niemand berührt dich so wie ich!" Seine Hände rissen an ihrem seidenen Body. „Niemand wird dich je wieder besitzen, außer mir!"

„Alexej ..."

Aber er schüttelte den Kopf. Er konnte genau spüren, wie ihr Herz gegen das seine pochte. Auch seine Brust hob und senkte sich schwer.

„Ich will, dass du mich richtig verstehst. Von jetzt an gehörst du mir!" Seinen Worten ließ er sogleich Taten folgen. Mit einer einzigen Bewegung zerriss er ihren Body. „Nur mir!"

Er drängte sie zurück gegen den Tisch und genoss

das Spiel der wechselnden Emotionen auf ihrem Gesicht. Ja, er wollte sie erregen, wollte sie schockieren.

Seine Finger gruben sich in ihre Hüften, als er sie hochhob. Er war bereit, jeder Muskel in ihm zitterte jetzt vor Anspannung.

„Halt dich an mir fest!“ befahl er ihr mit heiserer Stimme. „Halt dich fest!“

In seinen Augen las Bess ein Zeichen ihrer eigenen Macht. Sie war wie trunken von seiner Lust, ihrer Lust. Wie im Taumel legte sie die Hände um seinen Nacken und schlang die Beine um ihn. Als er dann in sie eindrang, bog sich ihr Körper unwillkürlich zurück, und sie stieß einen Schrei aus. Es war wie Feuer, es war so, als würde sie von innen heraus verzehrt werden.

Undeutlich spürte sie die kühle Oberfläche des Tisches an ihrem Rücken, dann legte Alex sich auf sie. Gierig drängte sie ihn dazu, noch tiefer einzudringen, sie konnte gar nicht genug von ihm bekommen. Und ihr Körper antwortete wie ein Echo auf seine wilden Stöße und suchte ihn manchmal noch zu übertrumpfen. Wie zwei Ertrinkende fanden sich auch ihre Lippen, und ihre Küsse drangen bis an die Tiefe ihres Seins.

Alex verlor sich in ihr. Es gab nur noch Bess und den unstillbaren Drang, sie zu besitzen, eins mit ihr zu werden. Ihre Hingabe zu genießen und sich ihr ebenso rückhaltlos hinzugeben.

Die Leidenschaft schlug wie eine gewaltige Welle über ihnen zusammen, und Alex wurde schwarz vor Augen. Für einen kurzen Moment hatte er das Gefühl, ohnmächtig zu werden.

In einem einzigen wilden Schwung riss er Bess mit sich hoch, und beide lagen jetzt auf dem Tisch. Papiere flogen beiseite, Aschenbecher fielen zu Boden, Tassen schepperten auf der Tischplatte. Er konnte seine Augen einfach nicht von ihrem Gesicht wenden, es war wie ein Zwang, ständig hinzusehen. Ein Schleier hatte sich über ihr Gesicht gelegt, ihre Lippen bebten in einem Verlangen, das nicht mehr zu stillen war. Ihre Haut war gerötet, wie von einem inneren Feuer erhellt. Alex verausgabte sich, er gab ihr alles, wozu sein athletischer Körper in der Lage war.

Es ist zu viel, dachte sie bei sich. Und dann: Nein, es konnte nie genug sein! Das harte Neonlicht über ihr wurde zu einem Regenbogen von Farben. Sie schienen sich wie eine Krone um Alex' Kopf zu legen, aber sie hatte nicht für einen Moment lang das Gefühl, als würde sie halluzinieren. Seine Augen waren so tief, so dunkel, so voller Leidenschaft. Es war ihr unmöglich, den Blick abzuwenden. In diesen Augen, so spürte Bess ganz deutlich, könnte sie ertrinken, ohne es zu bereuen.

Es war ein Hochgenuss zu erleben, wie er sie

nahm. Wie er sie haben wollte, wie sehr er selbst in der Lage war, sich seiner Lust hinzugeben.

Da hielt Alex für den Bruchteil einer Sekunde inne, und die Welt schien stillzustehen. Seine Muskeln spannten sich an, und er rief laut ihren Namen, dann kam er endlich in ihr.

Bess schrie ebenfalls, als es ihm gelang, sie auch noch über den höchsten Gipfel wilder Ekstase mit sich zu reißen.

Die Kraft, die ihn so lange getrieben hatte, verließ ihn. Er keuchte, rang nach Luft, sank über sie. Zum ersten Mal spürte Bess sein Gewicht auf ihr. Alex presste aufstöhnend das Gesicht an ihren Hals. Was war nur mit ihm geschehen? Er hatte sich verändert. Er war nichts mehr ohne sie.

Verwundert blickte er Bess an. Auch für ihn war es das erste Mal gewesen, solche Ekstase erleben zu dürfen. Sie hatte Tränen in den Augen, und er spürte sie unter sich erbeben.

Langsam löste er sich von ihr, dann schüttelte er heftig den Kopf, wie um wieder zu sich zu kommen. Bess seufzte tief, und dieser Laut brachte ihn zur Besinnung. Die Zärtlichkeit, die ebenfalls so sehr Teil seines Wesens war, kam erneut an die Oberfläche, und er streichelte ihr schweißnasses Haar.

Wie um Entschuldigung bittend, schloss er sie in seine Arme und flüsterte wieder und wieder ihren Namen.

„Kleines, es tut mir Leid, es tut mir Leid! Ich wollte dir nicht wehtun, glaube mir! Bitte, weine nicht!“

„Ich weine doch gar nicht!“ Aber natürlich weinte sie. Die Tränen liefen Bess wie ein Sturzbach übers Gesicht. Dabei bedeckte sie sein Gesicht mit Küssen. „Sag mir nur, dass du mich liebst! Bitte, bitte sag es mir!“

„Ich liebe dich! Pst!“ Seine Lippen bedeckten die ihren. „Du weißt doch, dass ich dich liebe.“

„Und ich liebe dich!“ Bess sah ihn flehend an. „Du musst mir glauben, dass ich dich liebe, Alexej!“

Ihre Worte waren wie ein Schlag in den Magen, aber er hörte nicht mit seinen Zärtlichkeiten auf. „Lass mich dich nur festhalten, Kleines.“

Bess hob den Kopf, sie war verzweifelt. „Glaubst du mir immer noch nicht, Alex, nach allem, was gerade war? Oh Gott, was kann ich nur tun, damit du mir endlich glaubst?“

„Ich glaube dir ja.“ Aber sie wussten beide, dass er es nur sagte, um sie zu beruhigen. „Du gehörst zu mir. Das glaube ich ganz fest.“

„Du bist alles, was ich mir je gewünscht habe.“ Bess entspannte sich, sie wusste, dass sie sich im Moment mit seiner Reaktion begnügen musste.

„Und du weinst auch nicht mehr?“

„Nein.“

Er hob ihren Kopf und sah sie aufmerksam an. „Habe ich dir sehr wehgetan?“

„Nein, Alex."

Er war überrascht. „Du bist nicht böse auf mich?"

„Warum sollte ich?"

„Aber ich ... ich war ungestüm, unbeherrscht, wild." Nervös strich er sich das Haar aus dem Gesicht. „Ich weiß selbst nicht, was über mich gekommen ist."

Bess blickte ihn verträumt an. „Was auch immer es war ... es war herrlich!"

„Ja?" Sein Schuldbewusstsein schwand und machte einem Gefühl des Stolzes Platz. „Hat es dir gefallen?"

„Und wie!" Nach einem solchen Liebesakt machte es Bess nichts aus, seinem Ego ein wenig zu schmeicheln. „Es war so, als würde mich ein primitiver Barbar an einen Ort entführen, wo ich noch nie war, wohin ich aber immer wollte." Nach einigem Nachdenken fügte sie hinzu: „Es war etwas beängstigend, das stimmt. Doch ich habe es auch sehr genossen."

„Warum hast du dann geweint?"

„Alexej!" Sanft strich sie ihm übers Gesicht. „Du hast mich überwältigt, das ist alles. Ich habe so etwas noch nie erlebt. Noch nie im Leben hat mich jemand so sehr begehrt."

„Ich kann dir einfach nicht widerstehen, Bess. Aber das mit den blauen Flecken tut mir sehr Leid."

Sie lächelte. „In diesem Fall macht es mir nichts

aus.“ Sie blickte sich im Zimmer um und schmunzelte. „Ich kann mir nur nicht vorstellen, wie ich hier je wieder arbeiten soll.“

Nun musste auch Alex grinsen. „Vielleicht inspiriert es dich ja.“

„Möglicherweise.“ Sie schob ihn sanft von sich und erhob sich vom Tisch. Was immer Alex auch sagen mochte, sie wusste tief in ihrem Inneren, dass nichts mehr so sein würde, wie es vorher war.

11. KAPITEL

„Ich kann mir nicht vorstellen, dass du wirklich den halben Samstag in einem alten Fitness-Studio verbringen willst." Alex schüttelte den Kopf, während er neben Bess die eisernen Treppen zu „Rocky's" hinaufstieg.

„In deinem alten Fitness-Studio", korrigierte Bess ihn lachend. Dann gab sie ihm einen Kuss.

Die letzten Tage sind fast wie Flitterwochen gewesen, dachte sie bei sich. Natürlich hatten sie beide arbeiten müssen. Aber die restliche Zeit hatten sie immer zusammen verbracht, entweder in ihrer Wohnung oder in seiner.

Und langsam hoffte sie auch, ihn davon überzeugen zu können, dass sie ihn liebte. Wenn sie das erst einmal geschafft hatte, war alles möglich. Dann würde auch richtigen Flitterwochen mit allem, was dazugehörte, nichts mehr im Wege stehen.

„Du hast mich schließlich gestern auch in meinem Studio abgeholt", erinnerte sie Alex.

„Das war kein Studio." Unverhohlene Verachtung schwang in seiner Stimme mit. „Das war ein Sportpalast. Überall dieses gedämpfte Licht, diese leise Musik. Und die Spiegel!"

„Wenigstens kann ich darin sehen, ob mein Körper noch in Form ist."

Er gab ihr einen freundschaftlichen Klaps. „Das werde ich dir dann schon sagen."

„Abwarten." Sie stieß die große eiserne Tür auf.

Bess musste sofort an all die Boxerfilme denken, die sie gesehen hatte. Die große Halle dröhnte vom Gekeuche der Männer, die hier trainierten, von den Schlägen auf die Punchingbälle und dem Getrippel der Kämpfer im Ring. Es roch nach Schweiß und nach ... Bess schnüffelte die Luft, dann entschied sie sich, es gar nicht so genau wissen zu wollen.

Der Platz war alles andere als glamourös. Lange Heizungsrohre zogen sich an der Decke hin, der Boden war betoniert, überall standen Maschinen herum, die den einzigen Zweck hatten, die Muskeln zu trainieren und sie stahlhart werden zu lassen. Ein männlicheres Ambiente hätte man sich nur schwer vorstellen können.

Jetzt verstand Bess auch, warum Alex ihr eigenes Studio nicht für voll hatte nehmen können. Hier gab es keine Spiegel an den Wänden, und im Gegensatz zu dem Ort, an dem sie trainierte, waren die Maschinen alt und ölverschmiert. Hier ging es nicht darum, gesehen zu werden, dies war ein Platz für harte Arbeit. Bess dachte daran, wie unwahrscheinlich es war, dass es hier überhaupt eine Saftbar gab.

„Na, wie gefällt dir das?" fragte Alex amüsiert. Der Gedanke, dass Bess sich hier mit den Männern messen wollen würde, erheiterte ihn sehr.

„Interessant“, war die Antwort. Dann machte Alex plötzlich große Augen, als Bess begann, sich aus ihren Kleidern zu schälen. Unter dem weißen Sweatshirt trug sie einen glitzernden Body aus grünem Lycra, der jede Kurve ihres durchtrainierten Körpers zur Geltung kommen ließ. Als sie dann auch die Jeans fallen ließ, konnte Alex den Impuls, ihr die Hosen wieder hochzuziehen, nur schwer unterdrücken.

„Also, Bess, bitte! Zieh dich sofort wieder an!“

Ihre untere Körperhälfte war noch viel provozierender als der Oberkörper mit seinem großzügigen Dekolletee. Der Body saß unten herum äußerst knapp und erinnerte fast an einen Tangaslip. Falls Bess im Sinn gehabt hatte, Alex zu schockieren, war ihr dies wirklich gelungen.

„Du kannst so etwas hier nicht anziehen!“

„Warum nicht? Ist das illegal?“ Sie beugte sich vor, um ihr Sweatshirt in ihrer Tasche zu verstauen, und vernahm mit einem Mal, wie die Schläge abrupt abbrachen, das Gekeuche für eine Sekunde aufhörte. Atemlose Stille erfüllte den Raum.

Bess genoss die Wirkung, die ihr Erscheinen hervorrief. Ganz langsam drehte sie sich um und lächelte die gaffenden Männer an.

Sofort begann ein allgemeines lautes Gepfeife und Gejohle. Alex wäre am liebsten im Boden versunken.

„Zum Teufel nochmal, Bess, zieh jetzt sofort etwas an, bevor ich handgreiflich werde!“

„Wieso denn?“ In aller Ruhe holte sie ein Gummi aus der Tasche und band sich die Haare zusammen. „Ich bin hergekommen, um zu trainieren, und das werde ich auch tun.“ Provozierend sah sie Alex an. „Na, wie viel Gewicht kannst du stemmen?“

„McNee, wenn du es wagst ...“

Bess achtete gar nicht mehr auf ihn. Sie hatte schon den Raum durchquert und sprach mit einem der Männer, der gerade beim Gewichtheben war. Es war ein großer, stämmiger Mann mit Muskeln wie Ballons, aber auch er schmolz wie Wachs unter Bess’ bewundernden Blicken. Alex schüttelte nur den Kopf wie jemand, der sieht, dass er nichts ausrichten kann, dann ging er zu ihr hinüber.

Natürlich war es ein Leichtes für Bess, die Männer um den kleinen Finger zu wickeln. Er hätte es eigentlich wissen müssen. Nach etwa fünf Minuten hatte sie bereits eine kleine Gruppe um sich versammelt, und sie buhlten jetzt um ihre Gunst, zeigten ihr bereitwillig, wie man an den Maschinen trainierte, und versuchten einander an Kraft zu übertrumpfen.

Bevor eine Stunde herum war, hatte Bess sich Dutzende von Fotos angesehen, vieles über die Lebens- und Familiengeschichten der Anwesenden anhören müssen und hatte es geschafft, zum Mittelpunkt der

Aufmerksamkeit zu werden, ohne dass man sie anmachte. Eine wirklich beachtliche Leistung, das musste selbst Alex zugeben. Aber er hatte ihre Performance mit gemischten Gefühlen betrachtet.

„Bist du sicher, dass du das machen willst?“ fragte er schließlich, als sie sich von Rocky die Boxhandschuhe anlegen ließ. Er selbst hatte seine schon zugeschnürt.

„Unbedingt.“ Sie lächelte Rocky an, dem es anscheinend eine Ehre war, ihr behilflich sein zu dürfen. „Ich muss das einfach einmal ausprobieren. Es hat mich schon immer interessiert.“

„Sie müssen auf seine Linke aufpassen, die ist tödlich“, warnte Rocky sie. „Eigentlich hätte der Junge Boxer werden sollen, aber es hat ihn nun einmal zu den Bullen gezogen.“

Zwei von Bess’ neuen Fans hielten die Seile für sie hoch, damit sie in den Ring steigen konnte. Unternehmungslustig rückte sie ihren Helm zurecht. „Sollten wir nicht eigentlich einen Mundschutz tragen?“ fragte sie Alex, der nach ihr einstieg.

„Einen Mundschutz?“ wiederholte er entsetzt. Dann musste er selbst lachen. Unter dem allgemeinen Gejohle und Gepfeife der anderen Männer küsste er sie. Sie sah so süß aus in ihrer Boxerkleidung – einfach unwiderstehlich.

„Auf eines kannst du dich verlassen, Kleines: Ich

werde dich nicht schlagen. Okay, nun nimm die Hände hoch."

Sie tat es ihm nach, dann korrigierte er sie.

„Nein, nicht so hoch. So ... ja, so ist es besser. Gut machst du das."

Er zeigte ihr, wie man sich vor Schlägen schützen konnte.

„Pass auf, du musst zuerst in die Defensive gehen, verstehst du? Und zwar so ... ja, gut, so ist es gut. Halt die Linke hoch, Bess, halt sie hoch! Und wenn ich dann mit meiner Rechten nach vorne komme ...", er simulierte einen Schlag für sie, „... dann musst du schnell zurücksteppen und sofort wieder in die Defensive gehen. Denn meist setzt man in solchen Fällen einen Schlag nach. Hast du verstanden?"

Bess nickte. „Gut, lass uns das einmal probieren."

Sie übten die Schlagabfolge so lange, bis Alex zufrieden war.

„So, und jetzt zeige ich dir, wie man angreift. Wir beginnen mit einem rechten Haken. Aufgepasst, Bess, ich mache es dir vor."

Er tänzelte im Ring umher und schlug einem imaginären Gegner einen wuchtigen Haken gegen dessen Kinn. Dann stellte er sich vor Bess und forderte sie auf, es ihm gleichzutun. Ihr erster Schlag war eher halbherzig.

„Nein, du brauchst mehr Kraft! Du musst mit dem ganzen Körper schlagen, nicht nur mit dem Arm. Stell dir einfach vor, ich wäre Dawn Gallagher."

Bess' Augen leuchteten auf, und ihr nächster Haken kam schon mit viel mehr Schwung.

„He, das war gut." Alex rieb sich das Kinn. „Und gleich noch einmal."

Bess hatte das Gefühl, langsam eine Ahnung von dem zu bekommen, was Boxen hieß. Sie tat es Alex nach und tänzelte graziös um ihn herum, was die Zuschauer zu spontanem Beifall veranlasste. Alex grinste zufrieden.

„Ja, nicht schlecht für den Anfang. Und nun komm, zeig es mir, komm her."

Obwohl er es nie für möglich gehalten hätte, machte es ihm enormen Spaß, Bess in die Feinheiten dieses Sports einzuweihen. Und außerdem, so sagte sich Alex, konnte es nie ein Fehler sein, einer Frau die Kunst der Selbstverteidigung beizubringen. Schließlich war man in New York!

„He, das macht Spaß!" Bess standen bereits die Schweißperlen auf der Stirn, aber das hielt sie nicht davon ab, weiterzumachen. Alex zeigte ihr noch ein paar flinke Schläge, mit denen man seinen Gegner aus dem Konzept bringen konnte.

„Wenn wir noch ein Fliegengewicht in der Mannschaft brauchen, werden wir dich anrufen, Bess", rief

Rocky vergnügt. Er hatte die Unterrichtsstunde aufmerksam verfolgt.

Bess teilte weiterhin Haken aus und hatte das Gefühl, immer besser zu werden. Es gab nur ein Problem für sie – Alex!

„Du siehst toll aus in deinen Boxershorts", flüsterte sie ihm ins Ohr, als er ihr für einen Moment gestattete, näher an ihn heranzukommen.

„Du willst mich nur ablenken." Lachend vergrößerte er die Distanz zwischen ihnen.

„Nein, bestimmt nicht, ich ... oh, Alex, das wollte ich nicht! Entschuldige, das habe ich nicht gewollt!"

Bess war die Hand ausgerutscht, und ihr Schlag war so präzise auf sein Kinn platziert gewesen, dass er Alex zu Boden warf. Dort saß er nun völlig verblüfft und rieb sich das schmerzende Kinn. Sofort war Bess an seiner Seite.

„Wirklich, es tut mir so Leid!" beteuerte sie immer wieder.

Als er sich erholt hatte, schloss er sie in seine Arme.

„Diesmal sei dir noch einmal verziehen", meinte er lächelnd.

„Natürlich konnte dir das nur deshalb gelingen, weil ich nicht darauf vorbereitet war." Alex und Bess gingen gemeinsam die Eisentreppen des Sportstudios hinunter. Anscheinend hatte Alex die Niederlage doch noch nicht so ganz verwunden.

„Klar." Bess grinste breit. Einem plötzlichen Impuls folgend, schlang sie die Arme um ihn. Oh, wie sie diesen Mann liebte!

In diesem Moment ertönte der Pieper des Funktelefons. Bess zog ein Gesicht.

„Entschuldige bitte." Alex holte das Gerät aus seiner Tasche. Mit sehr gemischten Gefühlen beobachtete Bess seine Reaktion. Ihre Intuition sagte ihr, dass aus dem geplanten Picknick fürs Wochenende höchstwahrscheinlich nichts werden würde.

„Und, was ist los?" fragte sie, nachdem er aufgelegt hatte.

„Ich fürchte, ich muss dich jetzt kurz allein lassen, Bess", entgegnete Alex ernst. Er wollte ihr nicht sagen, dass man anscheinend ein weiteres Opfer gefunden hatte. Dazu war später auch noch Zeit.

Bess ergriff seine Hand und drückte sie zärtlich. „Das ist schon okay, Alex. Schließlich ist das nun einmal dein Job."

„Danke", erwiderte er warm. Es erleichterte ihn, dass sie keine Szene machte.

„Pass auf, wie wär's, wenn du hinterher zu mir kommst, und ich koche uns beiden etwas Leckeres? Ich werde mich bemühen, mein Bestes zu geben."

„Was? Oh ..." Alex war in Gedanken bereits bei dem Fall, aber es gelang ihm trotzdem zu lächeln. „Ja, das wäre toll. Tut mir wirklich Leid, Baby, aber so ist es nun einmal."

Bess nickte, dann verabschiedeten sie sich mit einem Kuss. Als sie Alex um die Ecke verschwinden sah, fühlte Bess sich ganz wie die Frau eines Polizisten.

„Ich hoffe, es macht Ihnen nichts aus, dass ich hier so einfach hereinplatze."

„Aber nein, natürlich nicht." Rachel nahm Bess die vollen Einkaufstüten ab. „Wie wär's, wollen wir nicht endlich du zueinander sagen?"

„Ja, sehr gern, danke."

„Also, ich muss sagen, du hast ja ganz schön zugeschlagen." Lachend besah Rachel sich Bess' aufwändige Einkäufe.

„Immer, wenn ich meine Kreditkarte zücke, kann ich mich nicht mehr beherrschen. Dann kaufe ich die halbe Stadt leer", erwiderte Bess. „Du siehst toll aus, Rachel, und das so kurz nach der Geburt. Wie machst du das nur?"

„Ach, ich glaube, ich habe eine sehr stabile Konstitution. Die habe ich von meinen Eltern geerbt. Komm rein und setz dich."

„Ja, gern, aber vorher ... ich habe dir nämlich auch

etwas mitgebracht." Aus einer der Tüten zog Bess ein Päckchen hervor und reichte es Rachel.

Rachel machte große Augen, als sie das erlesene Konfekt sah. „Die mag ich am liebsten! Woher hast du das nur gewusst? Bess, ich habe das Gefühl, als könnten wir wirklich gute Freundinnen werden."

„Siehst du, Bestechung funktioniert immer", erwiderte Bess mit spitzbübischem Lächeln. Gemeinsam probierten sie die Pralinen und fanden sie köstlich.

„Hallo, ihr beiden!" Plötzlich öffnete sich die Tür zum Schlafzimmer, und Mikhail trat heraus. Er hatte Brenna, das Baby, auf dem Arm. „Oh, was ist das denn?" Mikhail zeigte auf die Pralinenschachtel.

„Ein Geschenk für uns von Bess."

„Und wo ist Alex?" fragte er, nachdem er von den Süßigkeiten gekostet hatte.

„Er wurde zu einem Einsatz gerufen", erklärte Bess.

„Und das am Samstag? Tja, da kann man nichts machen. Aber ich freue mich darüber, denn dann kann ich dich jetzt endlich einmal zeichnen."

„Mich zeichnen?" Bess war verblüfft, aber irgendwie auch sehr geschmeichelt.

Mikhail holte bereits einen Block und Stifte. Er wartete ihre Einwilligung gar nicht erst ab, sondern war schon eifrig beim Skizzieren.

„Was möchtest du trinken, Bess?“ fragte Rachel.

„Ach, ganz egal. Hauptsache, es ist kühl.“

Rachel nickte und verschwand in der Küche. Mikhail bat Bess, sich näher ans Fenster zu setzen, weil dort das Licht besser war.

„Du kannst gern dabei reden“, sagte er. „Das stört mich überhaupt nicht.“

„Prima. Wo sind Sydney und Griffin?“

„Griffin hat eine Erkältung.“ Der Stift fuhr schnell und geschmeidig übers Papier, er verriet Mikhails Erfahrung.

„Und was macht Nick? Oh, vielen Dank.“ Rachel stellte ihr einen Drink hin.

„Allen geht es gut. Aber was ist mit euch? Oder mit dir? Ich wollte dich schon immer fragen, wie die Sache zwischen dir und Alexej nun steht.“

„Na ja ...“ Bess zögerte, aber sie hatte das Gefühl, frei heraussprechen zu können. „Er hält mich für leichtsinnig, das ist das Problem. Er nimmt mir nicht ab, dass es mir mit ihm ernst ist.“

Mikhail sah sie erstaunt an. „Aber warum denn nicht?“

„Es hat etwas mit meiner Vergangenheit zu tun. Ich war mehrmals verlobt, und irgendwie scheint ihn das zu verunsichern.“

Rachel und ihr Bruder tauschten einen bedeutungsvollen Blick aus.

„Macht es dir eigentlich etwas aus, dass Alex Polizist ist?“ fragte Rachel geradeheraus.

Bess blickte sie überrascht an. „Ob es mir etwas ausmacht? Meinst du damit, ob ich mir deswegen Sorgen mache? Irgendwann schon, sicher. Aber ich weiß auch, dass ich das nicht ändern kann. Das ist nun einmal sein Job, und ich liebe ihn genau so, wie er ist.“

„Aber er macht dich doch auch sehr traurig, nicht wahr?“ fragte Mikhail sanft.

„Traurig? Mich?“ Eine verräterische Röte stieg Bess ins Gesicht, doch sie schüttelte schnell den Kopf. „Aber nein, natürlich nicht.“

„Komm, ich sehe doch, was in dir vorgeht. Es ist ganz deutlich in deinen Augen zu lesen.“

Er war Künstler, er konnte solche Dinge erkennen. Bess wusste, es hatte keinen Zweck, ausweichen zu wollen. „Gut, ich gebe zu, es ist nicht einfach. Er traut mir nicht, vertraut meinen Gefühlen für ihn nicht. Und ich weiß nicht, was ich tun soll, um ihn vom Gegenteil zu überzeugen.“

„Wie wäre es, wenn ich mit ihm sprechen würde?“ schlug Mikhail vor.

„Auf gar keinen Fall!“ Bess war entsetzt. „Dann wäre er sicher nur böse auf uns beide. Das würde sein Ego bestimmt fürchterlich verletzen. Und das möchte ich auf keinen Fall.“

Mikhail nickte nachdenklich. „Ja, wahrscheinlich hast du Recht.“

Bess zwinkerte Rachel zu. „Nein, ich verlasse mich da lieber auf meine Methoden. Ich werde ihn ganz langsam weich kochen. Apropos kochen, ich habe deshalb so viel eingekauft, weil ich für Alexej kochen wollte. Meinst du, ich könnte kurz einmal eure Mutter anrufen und sie fragen, was sein Lieblingsgericht ist?“

„Oh, das kann ich dir sagen.“ Rachel lachte. „Alles!“

„Verstehe. Gut, dann ist das also kein Problem. Aber ich würde Nadia trotzdem gern anrufen und sie um ein paar Tipps bitten. Kochen ist nämlich nicht gerade meine Stärke.“

„Ja, tu das, Bess. Darüber freut sie sich bestimmt.“

Rachel schmunzelte, denn sie wusste schon jetzt, wie ihre Mutter auf diesen Anruf reagieren würde. Sobald sie den Hörer eingehängt hätte, würde sie anfangen, die Hochzeit zu planen.

Es war schon sehr spät, weit nach Mitternacht, als Alex endlich bei Bess eintraf. Sie hatte ihm einen Wohnungsschlüssel gegeben, den er jetzt benutzte. Ihm war fast schwindlig vor Müdigkeit, aber gleichzeitig fühlte er sich hellwach, denn er hatte mindestens fünf Tassen Kaffee getrunken. Das war nichts

Neues für Alex, es gehörte zu seiner täglichen Routine. Neu war für ihn nur das Übelkeitsgefühl, das ihm wie ein Stein im Magen lag.

Vor allem wusste er, dass er Bess alles erzählen musste, und diese Aussicht war alles andere als erfreulich.

Sie hatte den Fernseher angelassen, und ein Horrorfilm war in vollem Gange. Als Alex auf Zehenspitzen durchs Zimmer ging, um den Apparat auszuschalten, sah er sie.

Bess hatte auf ihn gewartet, und sie lag jetzt zusammengekuschelt auf dem Sofa, in tiefem Schlaf. Die Tatsache, dass sie seinetwegen extra aufgeblieben war, erfüllte Alex mit tiefer Liebe zu ihr. So viele Jahre war er nun schon zu dieser Uhrzeit nach Hause gekommen, und niemand hatte auf ihn gewartet. Er kniete sich neben das Sofa und blies ihr eine Haarsträhne aus dem Gesicht. Bess rührte sich kurz, dann öffnete sie die Augen. „Ich werde dich jetzt ins Bett tragen“, flüsterte er.

„Alexej.“ Sie strich ihm liebevoll mit der Hand über die Wange, auf der sich bereits die ersten Stoppeln gebildet hatten. Ihre Stimme war heiser vor Schlaf, ihre Augen verschleiert. „Wie spät ist es?“

„Es ist schon sehr spät. Du hättest nicht aufbleiben sollen.“

Bess protestierte, dann setzte sie sich halb auf. „Ich

wollte eigentlich nicht einschlafen, aber der Film war so schlecht." Sie rieb sich die Augen wie ein Kind, dann sah sie ihn an. „Sie hatten eine lange Nacht, Detective."

„Ja, stimmt." Er hoffte, dass er sie damit abspeisen konnte. „Du aber auch. Komm, ich bringe dich zu Bett."

„Nein, ich bin jetzt wach. Hast du etwas gegessen?"

„Nur ein Sandwich. Tut mir wirklich Leid, Bess. Ich wollte dich anzurufen, aber es war so viel los."

„Kein Problem. Es ist nur schade wegen des Essens."

„Du hast gekocht?" Er sah sie erstaunt an. Bisher waren sie meist ins Restaurant gegangen.

Bess nickte stolz. „Oh ja, und du wirst nie raten, was. Deine Mutter hat mir das Rezept gegeben – Hühnchen mit Knödeln auf ungarische Art!"

„Csirke paprikas?" Unter normalen Umständen wäre ihm jetzt sofort das Wasser im Munde zusammengelaufen. „Das ist aber eine Menge Arbeit."

„Ja, das habe ich gemerkt. Wahrscheinlich wird mir morgen meine Putzfrau aufs Dach steigen. Die Küche sieht aus wie ein Schlachtfeld. Aber es hat Spaß gemacht. Und aufgewärmt schmeckt es bestimmt morgen noch genauso gut." Sie sah ihn an und erwartete eigentlich, dass er auf ihren fröhlichen Ton einstieg. Aber seine Miene blieb verschlossen. „Was ist los, Alexej?“

„Ich muss mit dir reden.“ Er erhob sich, um den Fernseher abzuschalten.

Sein Tonfall ernüchterte Bess sofort, und mit einem Mal war sie hellwach. „Ja, gut.“

Alex wusste, die Aufgabe, die nun vor ihm lag, war nicht leicht. Vielleicht ging es ja mit einem Drink besser. Er holte die Brandyflasche aus dem Barschrank und goss jedem ein Glas ein.

„Es ... es ist ziemlich schlimm, Bess. Ich fürchte, ich habe sehr schlechte Nachrichten. Hier, trink einen Schluck.“

Bess gehorchte ohne Widerrede.

„Letzte Nacht gab es wieder einen Mord.“

„Oh, Alex!“ Sofort erschien das grausige Bild der ermordeten Crystal LaRue vor Bess’ innerem Auge. Sie schlug die Hände vors Gesicht, dann nahm sie einen tiefen Schluck von ihrem Cognac. „Das ist ja furchtbar! Letzte Nacht? Wo denn?“

„Der Portier fand sie in einem kleinen Hotelzimmer, das sie gemietet hatte. Sie hatten eine Absprache, dass sie dorthin Kunden mitbringen konnte, dafür bekam er von ihr ein kleines Bestechungsgeld. Natürlich musste er sich immer vergewissern, dass sie und die Freier auch verschwunden waren, und so kam es, dass er auf die Leiche stieß.“ Alex machte eine kleine Pause, es fiel ihm nicht leicht, weiterzusprechen. „Gestern Abend hatte sie anscheinend drei Freier. Der Portier hat den letzten kurz gesehen, deshalb sitzt er jetzt auch gerade bei uns und brütet über den Fahndungsfotos."

„Ich bin sicher, dass ihr den Mörder erwischen werdet."

„Oh ja, das glaube ich auch. Selbst wenn er den Mann nicht auf den Fotos finden sollte, hat er ihn so genau beschrieben, dass es eigentlich ein Leichtes sein sollte, ihn ausfindig zu machen. Dazu kommt, wir wissen jetzt seine Blutgruppe."

„Bestimmt habt ihr ihn bald."

„Ja. Leider war es zu spät für ..." Alex biss sich auf die Zunge. Es fiel ihm so schwer, Bess mit dem Unvermeidbaren zu konfrontieren. „Bess, es tut mir so Leid! Aber die Frau war Rosalie."

Sie starrte ihn an, und er meinte, das Herz müsse ihm brechen, während er die Farbe langsam aus ihrem Gesicht weichen sah.

„Nein!" Es war wie ein Hilfeschrei. „Nein, das kann nicht sein! Ihr ... ihr müsst euch irren. Bestimmt ist es jemand anders. Ich habe sie doch gerade erst gesehen. Ich habe doch erst vor ein paar Tagen mit ihr gesprochen!"

Alex schüttelte den Kopf. „Ein Irrtum ist ausgeschlossen." Er musste ihren Hoffnungsschimmer zerstören, so schwer es ihm auch fiel. „Ich habe sie selbst identifiziert und ihre Fingerabdrücke verglichen. Tut mir Leid, Bess, der Fall ist ganz klar. Rosalie wurde ermordet.“

Bess begann zu schluchzen. Sie schlang die Arme um sich wie ein hilfloses Kind, und als Alex sie an sich ziehen wollte, schüttelte sie nur wild den Kopf.

„Nein, nein! Ich kann nicht! Lass mich!“

Das Schluchzen hielt noch eine Weile an, und Alex musste ohnmächtig zusehen. Es gab nichts, was er jetzt für sie tun konnte. Schließlich sprang Bess auf, als könne sie durch Aktivität etwas von den aufwühlenden Gefühlen in ihr loswerden, der Trauer, dem Zorn, der Frustration.

„Sie hätte nicht so zu sterben brauchen!“ rief Bess völlig außer sich. „Das war doch nicht nötig! Es ist einfach nicht fair, überhaupt nicht fair!“

„Das ist es nie“, war Alex’ lakonische Antwort.

Sie wirbelte herum. Sein kühler, unbeteiligter Ton traf sie mitten ins Herz. „Sie war ja auch nur eine Hure, stimmt’s? Deshalb macht es dir nichts aus, dass sie jetzt tot ist. Habe ich Recht?“

Alex schüttelte den Kopf. „Nein, das hat nichts damit zu tun.“

Bess brach wieder in Schluchzen aus. „Ich wollte ihr helfen, aber du rietest mir ab. Du hast gesagt, das wäre reine Verschwendung von Zeit und Energie.

Und natürlich hattest du Recht, Alex, wie immer. Es muss doch ein tolles Gefühl sein, immer Recht zu haben, oder?“

Alex wusste, dass er dies nicht persönlich nehmen durfte. Natürlich trafen ihn ihre Worte, aber er verstand auch, dass es ein Ausdruck ihrer Hilflosigkeit gegenüber dem Unrecht war.

„Komm, setz dich wieder hin, Bess“, sagte er daher ganz ruhig. „Du darfst dich nicht so aufregen.“

„Ich soll mich nicht aufregen?“ Oh, wenn sie doch nur etwas zur Hand gehabt hätte, eine Vase, irgendwas! Irgendwas, das ihr helfen würde, ihren Zorn und ihre Wut loszuwerden!

„Rosalie hat mir etwas bedeutet“, sagte sie anklagend zu Alex. „Das kannst du vielleicht nicht verstehen, aber sie stand mir auch als Mensch sehr nahe. Und alles, was sie wollte, war, nach Florida zu gehen und dort eine Boutique zu eröffnen.“ Erneut kamen die Tränen. „Das hat sie nicht verdient, Alex, das hat sie nicht verdient!“

„Ach, Bess, wenn ich es nur ungeschehen machen könnte.“ Alex fühlte sich wie ein Versager. „Ich wünschte bei Gott, es gäbe etwas, das ich tun könnte.“ Plötzlich wurde auch er von Wut erfasst. Es fehlte nicht viel, und er hätte beinahe sein volles Glas gegen die Wand geschleudert. „Was denkst du denn, wie mir zu Mute war, als ich in diesen schmutzigen

Raum kam und sie dort liegen sah? Das war kein schöner Moment, so viel kann ich dir verraten. Und es macht keinen Spaß, sich so etwas ansehen zu müssen. Sie war auch für mich mehr als nur irgendein Mädchen von der Straße!"

„Es tut mir so Leid!" Bess flossen die Tränen über die Wangen. „Alexej, entschuldige bitte!"

„Wofür?" Er lachte bitter. „Du hast doch nur die Wahrheit gesagt."

„Nein, ich habe dich beschuldigt, und das ... das hätte ich nicht tun sollen!" Bittend streckte sie die Hände nach ihm aus. „Komm, halt mich! Bitte, bitte, halt mich!"

Einen Moment lang fürchtete Bess, dass ihr Appell auf taube Ohren stoßen würde. Doch dann kam er zu ihr hinüber und umarmte sie. Aber sein Körper war hart und unnachgiebig wie Stahl.

„Ich wollte dir nicht wehtun", murmelte Bess und lehnte den Kopf gegen seine Brust. Als ein erneuter Schluchzer sie schüttelte, strich er ihr sanft übers Haar. Was hätte er nicht getan, um ihr diesen Schock zu ersparen!

„Bitte, versteh." Sie hob ihr tränenüberströmtes Gesicht und sah ihn an. „Ich konnte die Wahrheit einfach nicht ertragen. Ich wollte es nicht wahrhaben." Sie schnäuzte sich. „Rosalie war ein sehr wertvoller Mensch, Alexej."

Alex musste wieder an seine letzte Begegnung mit Rosalie denken. Es war vor Bess' Apartment gewesen, und Rosalie hatte so voller Hochachtung und Respekt von ihr gesprochen. Sie behandelt mich wie einen Menschen, hatte sie gesagt. Alex nickte knapp.

„Ja, ich weiß."

„Ihr werdet ihn schnappen", meinte Bess mit Nachdruck.

„Darauf kannst du wetten. Wir schnappen ihn, und er wird dorthin gebracht, wo er niemandem mehr schaden kann. Ach, übrigens ...", nun konnte er Bess auch in die Einzelheiten einweihen, „sie hatte ein Messer."

„Ja, ich weiß. Sie hat es mir gezeigt."

„Und sie hat es benutzt. Ich weiß nicht, wie sehr sie sich gewehrt hat, aber leicht gemacht hat sie es ihm bestimmt nicht. Es ist alles aufgezeichnet."

„Aufgezeichnet?" Bess sah ihn schockiert an. Mit einem Mal fiel es ihr wieder ein. „Mein Gott, natürlich, mein Taperecorder! Ich gab ihr mein kleines Aufnahmegerät."

„Ja, und das war eine gute Idee von dir, Bess. Auch wenn es Rosalie leider nicht wieder zum Leben erweckt, wird uns das sehr helfen, den Mörder zu fangen."

„Das heißt ...", Bess stockte der Atem, „... du hast

alles mitgehört? Alles, was sich zwischen ihr und … und ihrem Mörder zugetragen hat?“

Alex nickte, doch er sah sie nicht an. „Ja, es ist alles auf dem Band. Von der Anmache unten auf der Straße bis … bis zum bitteren Ende. Aber es wäre mir lieber, wenn du mich jetzt nicht nach den Einzelheiten fragen würdest, Bess.“ Das wäre jetzt selbst über seine Kraft gegangen.

Bess nickte verständnisvoll. „Ja, natürlich, ich hätte dich auch gar nicht gefragt. Ich glaube, ich könnte es nicht ertragen zu wissen, was in dem Zimmer vor sich gegangen ist.“

Alex war darüber sehr erleichtert. „Hör zu, ich habe nur noch wenige Stunden, in denen ich schlafen kann. Ich muss morgen in aller Herrgottsfrühe wieder auf dem Revier sein. Möchtest du, dass ich bleibe, oder willst du lieber allein sein?“

Bess sah ihn stumm an. Sie erkannte plötzlich, dass sie ihn mehr verletzt hatte, als es ihre Absicht gewesen war. Vielleicht bestand jetzt der einzige Weg, die Wunde zu heilen, darin, ihm zu zeigen, wie sehr sie ihn brauchte, wie wichtig ihr seine Nähe war. Instinktiv zog sie ihn zu sich heran und schmiegte sich an ihn.

„Ich will, dass du bleibst, Alexej. Jetzt und … und für immer. Und ich glaube nicht, dass ich gerade heute Nacht …“ Sie schüttelte den Kopf. „Nein, ich würde die heutige Nacht sicher nicht überstehen ohne dich.“

Sie fing erneut an zu weinen. Alex hob sie hoch und trug sie ins Bett. Dort konnten sie dann endlich gemeinsam trauern.

12. KAPITEL

Judd hockte hinter dem Steuer seines Wagens und konnte es kaum noch erwarten. Einen Mann wie Wilson J. Tremayne, den Enkel eines der bedeutendsten Senatoren dieses Landes, zum Mord von vier Prostituierten zu befragen, war eine Gelegenheit, die nicht alle Tage vorkam.

Sie hatten ihn, das spürte er mit jeder Faser seines Seins. Der Portier hatte den Mörder so gut beschrieben, dass ein ausgezeichnetes Phantombild von ihm entstanden war. Dazu die Fingerabdrücke und die Stimme auf dem Tonband ... alles deutete auf diesen Mann als den Mörder hin.

Trilwalter, ihr Vorgesetzter, hatte ihn zuerst auf Grund der Zeichnung wiedererkannt. Zufällig war sein Bild an diesem Tag auch in der Gesellschaftsspalte einer der großen Zeitungen gewesen.

Als Nächstes hatte Alex ein Videoband von ihm besorgt, auf dem er als Wahlhelfer für seinen Großvater auftrat. Den Spezialisten aus dem Labor war es ein Leichtes gewesen, die beiden Stimmen zu untersuchen und als identisch zu erklären.

In diesem Moment erspähte Judd einen Parkplatz, direkt vor dem herrschaftlichen Gebäude, in dem Tremayne wohnte. Die beiden Polizisten stiegen aus. Der

Verdächtige wohnte oben im Penthouse, einer geräumigen Suite mit Blick auf den Park. Unten verwehrte ein livrierter Portier jedem Einlass, der hier nicht erwünscht war.

Das galt natürlich nicht für die Polizei, und schon bald befanden sich die beiden Männer im Fahrstuhl auf dem Weg nach oben. Sie hielten im obersten Stock.

Durch die geschlossene Tür konnte Alex Fragmente einer Opernarie hören – „Aida“, so glaubte er. Der Gedanke, dass dieser Mann, der höchstwahrscheinlich vier Frauen auf dem Gewissen hatte, in aller Seelenruhe Musik hören konnte, verbitterte ihn nur noch mehr. Er drückte auf die Klingel.

Und dann stand er vor ihnen. Merkwürdig, dachte Alex für eine Sekunde, nach all den Beweisstücken, die er um diesen Mann gesammelt hatte, die Abdrücke, die Stimme, die Fotos, war es fast, als wären sie alte Bekannte.

Tremayne stand im Bademantel vor ihnen, anscheinend kam er gerade aus der Dusche. Um den Hals war ein flauschiges Handtuch mit seinen Initialen gewickelt.

„Sind Sie Wilson J. Tremayne?“

„Jawohl.“ Fragend sah Tremayne von einem zum anderen. Er gehörte nicht zu der Kategorie von Menschen, die Polizisten sofort erkannten. „Was kann ich für Sie tun?“

An Stelle einer Antwort zog Alex seine Polizeimarke hervor. „Ich bin Detective Stanislaski, mein Kollege hier ist Detective Malloy."

„Die Herren sind von der Polizei?" Tremaynes Stimme blieb gleichmäßig flach, aber Alex war das kurze Aufblitzen in seinen Augen nicht entgangen. „Hat meine Sekretärin etwa wieder vergessen, meine Strafzettel zu bezahlen?"

„Nein, Sir, damit hat es nichts zu tun. Wir müssen Sie bitten, sich jetzt anzuziehen. Sie kommen mit uns aufs Revier."

„Aufs Revier? Aber warum denn? Ich kann nicht, ich habe eine Verabredung zum Dinner." Er klang jetzt sehr nervös.

„Tut mir Leid. Das werden Sie leider verschieben müssen", entgegnete Alex ungerührt.

Tremayne richtete sich auf. „Detective ..."

„Stanislaski."

„Detective Stanislaski, wissen Sie eigentlich, wen Sie vor sich haben?"

Das war das Stichwort, auf das Alex nur gewartet hatte. Er machte einen Schritt auf den anderen zu und sagte drohend: „Ich weiß sehr wohl, wen ich vor mir habe, du Bastard! Sie sind des Mordes an vier Frauen verdächtig." Mit einem Gefühl des Triumphes beobachtete er, wie sein Gegenüber auf einmal alle Farbe verlor. Alex zählte sie auf: „Mary Rodell, Angie Horowitz, Crystal LaRue und Rosalie Hood. Natürlich können Sie sofort Ihren Anwalt anrufen."

„Aber das ist doch absurd!"

Alex stellte schnell den Fuß in die Tür, bevor Tremayne sie zuschlagen konnte. „Wir können Sie auch sofort verhaften, wenn Ihnen das lieber ist. Bestimmt würden sich Ihre Nachbarn über den Anblick freuen. Oder Sie können sich anziehen, ganz wie Sie wollen."

Alex sah die Panik in den Augen des Mannes. Er drehte sich blitzschnell um und machte Anstalten, davonzulaufen. Obwohl Alex wusste, dass es gegen die Regeln verstieß, eilte er ihm nach und stellte ihn gegen die Wand. Es war ihm eine persönliche Freude, den Mann greifen zu können, der die vier Frauen auf dem Gewissen hatte. Als die beiden massiven Männerkörper gegen die Wand krachten, fiel eine weiße Marmorstatue von ihrem Sockel und zersprang in tausend Stücke. Als Alex Tremayne herumriss, sah er die Goldkette, die dieser am Hals trug. Daran hing das Herz mit dem Riss in der Mitte. Das Schmuckstück war absolut identisch mit der Kette, die man bei den Opfern gefunden hatte. Aber Alex sah noch mehr – ein frischer Verband bedeckte die Stellen am Körper, wo Rosalie ihn mit ihrem Messer verletzt hatte, als sie um ihr Leben kämpfte.

„Sag mir nur, warum du das getan hast!" flüsterte Alex ihm ins Ohr. „Nenn mir den Grund!"

„Ich werde dafür sorgen, dass Sie vom Dienst suspendiert werden! Au, Sie tun mir weh!“ Mit Tränen in den Augen sank Tremayne zu Boden. Alex hatte ihn in den Schwitzkasten genommen, und aus diesem Griff gab es kein Entkommen. „Mein Großvater wird dafür sorgen, dass man Sie feuert, Stanislaski!“

Voller Verachtung blickte Alex auf das sich windende Bündel zu seinen Füßen. „Los, besorgen Sie ihm ein Paar Hosen“, sagte er zu Judd. „Ich werde ihm inzwischen seine Rechte vorlesen.“

Wir haben ihn, dachte Alex, als er in die Straße einbog, in der Bess wohnte. Und wenn er auch die teuersten Anwälte engagierte, es würde ihm nichts nützen. Dazu waren die Beweise zu überwältigend. Denn zu allem Überfluss hatte man auch noch die Mordwaffe in seinem Nachttischschränkchen gefunden. Nein, Tremayne konnte seinen Kopf nicht mehr aus der Schlinge ziehen, so viel stand fest.

Das Motiv war Alex mittlerweile ziemlich egal. Diese Feinheiten würde er den Gerichtspsychologen überlassen. Wahrscheinlich würde Tremayne auf verminderte Zurechnungsfähigkeit plädieren und damit wohl auch durchkommen. Egal – die bittere Wahrheit blieb bestehen, dass dies Rosalie und die anderen Frauen nicht wieder lebendig machen würde.

Wie es Bess jetzt gehen mag, dachte Alex, als er den

Wagen parkte. Er hatte sie eigentlich vom Revier aus anrufen und ihr alles erzählen wollen, aber dann hielt er es für besser, ihr die Tatsache von der Festnahme persönlich zu berichten.

Alex hatte Blumen für sie gekauft und mehr noch – in seiner Jackentasche befand sich ein kleines Kästchen vom Juwelier. Vielleicht war es ein komischer Moment, um jemandem einen Heiratsantrag zu machen, aber das kümmerte Alex nicht. Sein Entschluss stand fest.

Alex dachte noch einmal über die letzten Wochen nach. Merkwürdig, wie schnell es gegangen war, dass er glaubte, nicht mehr ohne Bess leben zu können. Er wusste jetzt, dass er sie brauchte. Er brauchte ihre Lebendigkeit, ihre Fähigkeit, ihm zuzuhören, ihre Wärme und natürlich auch ihre Sinnlichkeit. Bess hatte ihm gesagt, dass sie in ihn verliebt sei, und das musste ihm genügen. Selbst wenn ein Rest von Zweifel blieb, er würde ihr nicht die Chance geben, es sich noch einmal zu überlegen. Deshalb war er auch zum Juwelier gegangen.

Der Fahrstuhl öffnete sich für ihn, und Alex trat ein. Er beschloss, dass sie heute Abend zu Hause bleiben sollten. Sie würden Essen bestellen und es dann bei Kerzenlicht miteinander verzehren. Kerzenlicht? Er schüttelte den Kopf. Nein, das war zu klischeemäßig. Bestimmt hatte sie das schon einmal mit einem anderen Mann erlebt, und er wollte keine Wiederholungen. Er musste sich also etwas Besseres einfallen lassen.

Als er die Tür öffnete, den Arm voller Blumen, war er im Geiste immer noch damit beschäftigt sich auszudenken, wie er Bess um ihre Hand bitten wollte. Doch der Anblick, der sich ihm bot, ließ ihn mitten im Zimmer stehen bleiben. Er hatte das Gefühl, als würde man ihm eine Kugel durchs Herz schießen.

Bess war da, aber sie war nicht allein. Alex fand sie in den Armen eines anderen Mannes. Sie lachte und löste sich gerade von ihm nach einem langen Kuss.

„Charlie, ich ..." Bess hatte ein Geräusch gehört und drehte sich um. Das Lachen gefror auf ihrem Gesicht, in ihrer Stimme klang Entsetzen mit. „Alexej!"

„Ich nehme an, ich hätte vorher klopfen sollen." Seine Stimme war kühl wie Eis und deshalb umso gefährlicher.

„Nein, natürlich nicht!" Oh, warum war ihr plötzlich so flau im Magen? „Charlie, das ist Alexej. Ich habe dir ja von ihm erzählt."

„Ja. Wir haben uns doch auf Bess' Party getroffen, nicht wahr?" Charlie schien von der Spannung im Raum nichts zu bemerken. Herzlich streckte er Alex die Hand hin.

Ohne ihn zu beachten, ging Alex an ihm vorbei und legte die Blumen auf den Tisch.

Charlie sah ihn verwundert an, dann zuckte er die Achseln. „Na ja, ich wollte sowieso gerade gehen", meinte er. Er küsste Bess noch einmal auf beide Wangen. „Ich kann mich also auf dich verlassen?"

„Aber natürlich." Bess hoffte sehr, dass Charlie nichts von ihrer Verwirrung bemerkte. „Ich freue mich wirklich sehr für dich, mein Lieber. Wir hören voneinander."

Charlie nickte und verließ das Zimmer. In der darauf folgenden Stille bemerkte Alex zum ersten Mal die Musik. Geigenklänge und sanfte Flötentöne erfüllten den Raum. Sehr romantisch, dachte er grimmig.

Bess drehte sich langsam zu ihm um. Nach außen hin blieb sie ruhig, aber ihr Herz weinte laut. „Ich nehme an, ich schulde dir eine Erklärung." Sie ging zum Barschrank und goss sich ein Glas Wein ein. „Aber mir scheint, als hättest du dir deine Meinung schon gebildet. Vielleicht sind Erklärungen also überflüssig."

„Du bist ganz schön schnell, Bess."

„Findest du?"

Alex nickte düster. „Jedenfalls zu schnell für mich. Aber vielleicht habt ihr euch ja auch schon die ganze Zeit getroffen."

Das war zu viel! Mit einem Klirren setzte Bess ihr Glas ab. „Wie kannst du es wagen!“ sagte sie mit funkelnden Augen. „Wie kannst du es wagen, so etwas zu behaupten?“

„Wie sollte ich denn deiner Meinung nach auf diese Szene reagieren?“ fuhr Alex sie wütend an. „Ich komme herein und finde dich mit einem anderen Mann. Du liegst in seinen Armen und küsst ihn. Ihr hört Musik und trinkt Wein. Na, was glaubst du? Hältst du mich für einen Trottel?“

„Nein, natürlich nicht.“ Bess hätte sich gern hingesetzt, aber die Spannung im Zimmer war zu groß. „Du scheinst mir auch nicht viel Raffinesse zuzutrauen, Alex. Oder denkst du etwa, ich würde mich ausgerechnet hier mit jemandem verabreden, wo ich doch wusste, dass du jeden Moment ins Zimmer treten konntest?“ Auch ihre Augen waren jetzt wie Stahl. „Um mich zu erwischen?“

Alex machte einen Schritt auf sie zu. „Willst du etwa behaupten, du hättest nicht mit ihm geschlafen?“

Es gab eine Pause, und wieder erklangen die Flöten.

„Nein, das möchte ich nicht behaupten, Alex“, erwiderte Bess ruhig. „Denn ich habe den Eindruck, dass du mir sowieso nicht glauben würdest. Ich gestehe ein, dass mir Charlie einmal viel bedeutet hat, und natürlich hatten wir in dieser Zeit auch ein Verhältnis.

Das ist aber jetzt schon Jahre her, verstehst du? All dies scheint dich allerdings nicht besonders zu kümmern. Die Beweise sind gegen mich, nicht wahr, Detective?“

Sie war so müde, so schrecklich müde. Der Duft der Lilien, die Alex ihr mitgebracht hatte, machte ihr Kopfschmerzen. An diesem Morgen war Rosalies Beerdigung gewesen, und da es keine Angehörigen gab, hatte sie sich um alles selbst kümmern müssen. Sie hatte Alex nichts davon erzählt, aber sie hätte ihn liebend gern an ihrer Seite gehabt.

„Du hast zugelassen, dass er dich küsst!“

„Ja, ich habe zugelassen, dass er mich küsst. Ich bin schon öfters von Männern geküsst worden, weißt du. Ich habe den Eindruck, genau das ist dein Problem, Alexej.“ Sie sah ihm gerade in die Augen. „Du bist auch nicht als Jungfrau zu mir gekommen, und das habe ich auch gar nicht erwartet. Darin liegt einer der Unterschiede zwischen uns.“

„Ja, und der Unterschied ist noch größer als bei einer Jungfrau und einer ...“ Alex brach mitten im Satz ab. Nein, das ging jetzt zu weit, er spürte es selbst. Wie konnte er an so etwas auch nur im Traum denken? Tausende von Entschuldigungen wirbelten durch seinen Kopf, aber als er Bess ansah, wusste er, dass es zu spät war. Sie war leichenblass und hielt sich anscheinend nur noch mit Mühe aufrecht. Oh Gott, wie hatte er sich nur so gehen lassen können!

„Ich glaube“, sagte sie mit belegter Stimme, „du solltest jetzt besser meine Wohnung verlassen.“

„Wir sind noch nicht fertig miteinander, Bcss!“

„Ich will dich hier nicht mehr sehen. Selbst eine Hure kann sich aussuchen, mit wem sie zusammen sein will.“

Alex war jetzt genauso blass wie sie. „Bess, ich habe es nicht so gemeint. Bitte, glaub mir das! Ich würde dich nie ...“

„Stopp!“ Sie hob die Hand. Ihre Stimme war jetzt so tränenerstickt, dass er sie kaum verstehen konnte. „Ich glaube dir gar nichts mehr, Alexej, denn schließlich hast auch du mir von Anfang an misstraut. Gegen dieses Misstrauen hatte ich nie eine Chance, das sehe ich jetzt ein. Also bitte ich dich, mir noch einen letzten Gefallen zu tun und endlich zu gehen.“

Er sah sie ungläubig an. Ihm war, als würde man sein Herz in tausend Stücke reißen. „Das kann nicht dein Ernst sein!“

„Oh doch, mein voller Ernst. Und wenn du jetzt nicht sofort abhaust, rufe ich den Sicherheitsdienst!“

„Du kannst auch den lieben Gott persönlich rufen, das würde von mir aus nichts ändern.“

„Gut, dann ändert das hier vielleicht etwas.“ Bess holte tief Atem. Sie sah ihn nicht an, als sie mit fester

Stimmte zu ihm sagte: „Ich liebe dich nicht. Ich brauche dich nicht, ich will dich nicht, ich bin nicht in dich verliebt. Es hat Spaß gemacht, aber jetzt ist das Spiel gelaufen. Und nun bitte ich dich ein letztes Mal, endlich zu verschwinden!"

Sie drehte sich schnell um und stieg die Wendeltreppe hoch. Sie hatte Alex bis ins Mark getroffen, das sah sie an seinen Augen. Dennoch konnte sie ihre Worte nicht ungeschehen machen. Bess presste die Hände vor den Mund und wartete, bis sie unten die Tür ins Schloss fallen hörte. Erst dann ließ sie ihren Tränen und ihren Schluchzern freien Lauf.

Die Tränen schmeckten so schrecklich bitter.

Ungeduldig marschierte Mikhail in der Wohnung seines Bruders auf und ab.

„Was ist eigentlich los?" fuhr er Alex an. „Du hebst nicht ab, wenn man dich anruft. Du meldest dich überhaupt nicht mehr! Und deine Wohnung", angeekelt hob er ein Hemd auf, das auf dem Boden lag, „sieht aus wie ein Müllhaufen. Was zum Teufel ist eigentlich mit dir los?"

„Oh, ich habe nur meine Putzfrau für ein paar Tage in Urlaub geschickt." Alex' Zunge war schwer, seine Augen wirkten verhangen. Bedächtig schüttete er sich ein weiteres Glas Wodka ein. Die große Flasche war inzwischen fast leer.

„Und warum trinkst du am hellichten Tage?“

„Ach, komm schon, Bruderherz, hör auf zu predigen und trink einen mit. Bestimmt findest du noch irgendwo ein sauberes Glas.“

Mikhail schüttelte den Kopf, doch dann tat er Alex den Gefallen. Nachdem die beiden miteinander angestoßen hatten, fragte er ruhig: „Was ist los, Alex?“

„Was soll schon los sein? Dies ist mein freier Tag. Ich feiere, dass ich den Schurken geschnappt habe.“ Mit einem bitteren Lachen setzte er hinzu: „Und das Mädchen verloren habe.“

Alarmiert sah sein Bruder ihn an. „Bess? Wieso denn das?“

„Ich überraschte sie mit einem anderen Mann in ihrer Wohnung.“

„Nein, das kann nicht sein!“ Energisch protestierte Mikhail. „Du musst dich irren.“

„Ich mich irren? Wohl kaum! Sie hing an seinen Lippen, ich habe es gesehen. Übrigens war es ein Typ, mit dem sie früher verlobt war. Bess hat dieses Hobby, sich von Zeit zu Zeit zu verloben, verstehst du?“

„Und? Hast du ihn umgebracht?“ fragte sein Bruder gespannt.

„Beinahe! Zum Glück fiel mir dann wieder ein, dass ich ja Polizist bin.“

„Und sie? Wie lautete ihre Erklärung?“

„Darauf habe ich gar nicht erst gewartet.“ Alex

griff schon wieder nach der Flasche. „Aber dann hat sie zu allem Übel auch noch gesagt, dass sie mich nicht liebt.“

„Dann hat sie gelogen.“ Mikhail ergriff Alex’ Hand. „Nein, warte! Ich sage dir, sie ist völlig verrückt nach dir. Vor ein paar Tagen hat sie mir Modell gesessen und dabei die ganze Zeit nur von dir erzählt. Sie liebt dich, Alexej, darauf verwette ich meine linke Hand.“

„Warum macht sie dann mit anderen Männern rum?“

„Ach, komm schon! Du bist ja schließlich auch kein Unschuldsengel, mein Lieber.“

„Das ist etwas anderes.“

„So, das ist also etwas anderes? Na, du machst mir Spaß!“ Amüsiert blickte Mikhail ihn an. „Ich kann ja verstehen, dass du eifersüchtig bist, Bruder, aber irgendetwas sagt mir, dass du diesmal auf dem Holzweg bist.“

„Ich wollte ihr einen Heiratsantrag machen, Mikhail.“ Alex hatte plötzlich Tränen in den Augen. „Ich hatte den Ring dafür schon in der Tasche und dazu diese verdammten Lilien, die den ganzen Raum verpesteten. Aber dann das! Wie zum Teufel kam sie dazu, diesen Hurensohn zu küssen?“

„Vielleicht hätte sie es dir ja gesagt, wenn du sie um eine Erklärung gebeten hättest.“

„Meinst du?“

Mikhail nickte. „So, und jetzt kommst du mit.“ Er packte seinen Bruder unterm Arm und zog ihn hoch.

„He, was soll das? Was machst du mit mir?“

„Ich stecke dich jetzt unter die kalte Dusche, bis du wieder nüchtern bist. Und dann gehst du zu deinem Mädchen und entschuldigst dich.“

„Ich? Mich entschuldigen? Das kommt ja gar nicht ... na ja, vielleicht hast du Recht.“

„Und ob ich Recht habe. Vergiss nicht, ich bin schon einige Jahre länger verheiratet als du. Ich kenne mich aus in diesen Dingen.“

„So, meinst du? Na, dann wollen wir doch mal sehen, wer hier wen unter die Dusche steckt!“ Lachend rangen die beiden miteinander, und es dauerte nicht lange, da waren sie beide von Kopf bis Fuß durchnässt.

Als Alex schließlich vor der Tür zu Bess’ Büro stand, war er schon fast wieder nüchtern. Die kalte Dusche und Mikhails Worte hatten Wunder bewirkt. Gleichzeitig war er aber auch sehr nervös. Er hoffte zwar, dass er mit Bess vernünftig reden konnte, aber leider war er sich dessen überhaupt nicht sicher.

Bevor er klopfte, räusperte Alex sich noch einmal, dann trat er ein. Er hätte selbst nicht sagen können, ob er enttäuscht oder erleichtert war, als er nur Lori vorfand. Sie hämmerte mit aller Kraft auf die Schreibmaschine.

Lori war sehr überrascht, ihn zu sehen. „Was wollen Sie denn hier?“

„Ich muss mit Bess sprechen.“

„Da haben Sie leider Pech. Sie ist nicht da.“

„Und wo ist sie?“

An Stelle einer Antwort sah Lori ihn lange an. Dann wies sie auf den Stuhl. „Setzen Sie sich, Alex. Ich habe Ihnen ein paar Dinge zu sagen.“

„Ich will nur wissen, wo ich sie finden kann.“

„Ja, das glaube ich. Damit Sie sie wieder verletzen können? Ich denke ja gar nicht daran, Ihnen zu helfen.“

Stirnrunzelnd nahm Alex Platz. „Was soll das heißen – verletzen?“

„Muss ich Ihnen das wirklich noch sagen? Warum sind Sie nicht gleich mit einem Messer erschienen und haben es ihr ins Herz gestoßen?“

„Ich?“ Alex fand sich ungerecht behandelt. „Moment mal! Ich war doch derjenige, der sie mit diesem verdammten Schreiberling fand!“

„Ja, und? Was hat diese Szene Ihrer Meinung nach zu bedeuten?“

„Was sie zu bedeuten hat? Die Situation war doch wohl eindeutig genug!“

Lori sah ihn an und schüttelte mitleidig den Kopf.

„Aber nur für jemanden, der von Eifersucht verblendet ist, wie Sie!“ Sie beugte sich vor. „So, und jetzt will ich Ihnen etwas über Bess erzählen, Alex. Sie wissen ja gar nicht, was für ein Glück Sie mit dieser Frau haben! Sie ist die reizendste, großzügigste und selbstloseste Person, die ich je getroffen habe. Sie würde alles für ihre Freunde tun. Oh Alex, ich habe mich so sehr für sie gefreut, als sie mir erzählte, dass sie sich in Sie verliebt hätte. Wirklich verliebt! Im Gegensatz zu all den anderen Männern glaubte sie, endlich jemanden gefunden zu haben, der zu ihr passte.“

„Was meinen Sie damit?“ fragte Alex stirnrunzelnd.

„Ich will Ihnen sagen, wie das bei den anderen war.“ Lori lachte. „Immer wieder hat sie versucht sich einzureden, dass sie verliebt sei. Aber in den meisten Fällen hat sie nur die Mutter gespielt. Das heißt, solange bis andere Frauen auftauchten, die sie für geeigneter hielt als sich selbst. Und an diese Frauen hat sie ihre Freunde dann auch immer ohne Bedauern weitergegeben.“

„Aber sie wollte doch heiraten ...“

„Sie wollte nie heiraten! Sie dachte oft, dass jemand sie brauchen würde, und das erweckte ihr Mitgefühl. Aber es gab bisher noch keinen Mann, der es geschafft hätte, sie wirklich zu berühren.“ Anklagend sah Lori Alex an. „Außer Ihnen. Und Sie haben sie zum Weinen gebracht. Eimerweise hat sie Ihretwegen schon Tränen vergossen!"

Alex fühlte sich klein und unbehaglich. „Bitte, sagen Sie mir, wo ich sie finden kann", bat er.

„Warum sollte ich das tun?"

„Weil ich sie liebe!"

Lori lag schon eine passende Antwort auf der Zunge, aber sie hielt sie im letzten Moment zurück. Nachdenklich blickte sie auf den Diamantring an ihrer Hand, das Zeichen ihrer Verlobung mit Steven. Bess hatte ihr geholfen, die Sache in Ordnung zu bringen. Sie konnte nur hoffen, dass sie ihrer Freundin jetzt denselben Dienst erwies.

„Gut, ich sage es Ihnen, Alex", meinte sie schließlich. „Aber gnade Ihnen Gott, wenn Sie ihr wieder wehtun!"

„Bestimmt nicht. Obwohl ...", er zögerte. „Ich will ihr wirklich nicht wehtun, Lori. Aber vielleicht kann ich gar nicht anders."

Lori lächelte. Das war genau die Reaktion, die sie von einem verliebten Mann erwartet hätte. „Ich habe sie nach Hause geschickt. Sie war nicht in der Verfassung zu arbeiten."

„*Djakuju.*"

„Wie bitte?"

„Danke!"

Bess hasste diesen Zustand, in dem sie sich jetzt befand. Sie hasste ihn mehr als alles andere. Immer wieder sagte sie sich, dass es vorübergehen, dass sie darüber hinwegkommen, dass es ihr langsam besser gehen würde.

Aber es wurde nicht besser, im Gegenteil.

Sie brachte es nicht übers Herz, die Lilien wegzuwerfen. Sie hatte es probiert, aber sie hatte nur wieder weinen müssen. In ihrer Verzweiflung hatte sie überlegt, ob sie vielleicht wegfahren sollte. Irgendwohin, egal, Hauptsache, sie konnte ihrer Wohnung und all den Erinnerungen an Alex entgehen. Aber es war ihr nicht fair erschienen, Lori gegenüber. Sie hatten im Moment so viel Arbeit, dass sie ihr unmöglich alles allein überlassen konnte.

Schlimm genug, dass ich nicht schreiben kann, dachte Bess bei sich. Aber sie konnte sich im Moment einfach nicht für die Probleme der Menschen in Millbrook erwärmen. Dazu stand ihr eigenes ungelöstes Problem zu sehr wie ein Berg vor ihr.

Sollte sie sich etwas zu essen machen? Unschlüssig stand sie in der Küche. Ach was, sie würde sowieso nichts herunterkriegen. Das Beste war, ins Bett zu gehen und zu versuchen zu schlafen. Vielleicht ging es ihr dann ja morgen ein wenig besser.

Bess ging zurück ins Wohnzimmer, doch der Anblick, der sich ihr bot, ließ sie erstarren. Alex stand mitten im Zimmer, direkt neben den Blumen, die er ihr mitgebracht hatte, und er fuhr sehnsüchtig mit dem Finger darüber, als könne er so ihre Haut berühren. Der Anblick war mehr, als Bess ertragen konnte.

„Was machst du hier?“ Ihre Stimme war dünn, wie gebrochenes Eis.

„Ich habe noch den Schlüssel.“ Er sah sie an, und sein Herz schien zu brechen. Die Spuren der Tränen und der Müdigkeit in Bess' Gesicht waren nicht zu übersehen. Nichts, was sie sagen konnte, hätte ihn so überzeugt wie dies.

„Danke, dass du ihn mir gebracht hast. Aber du hättest ihn auch einfach in den Briefkasten legen können. Wie dem auch sei, ich habe nicht viel Zeit. Ich muss mich umziehen, und dann wollte ich ausgehen.“

„Du musst mich nicht anlügen, Bess“, erwiderte Alex ruhig.

Sie zwang sich, seinem Blick standzuhalten. „Was willst du von mir?“

Er trat einen Schritt näher. „Sehr viel, Bess, sehr viel. Aber zuerst möchte ich, dass du mir verzeihst.“

Das war zu viel! Mit erstickter Stimme erwiderte sie: „Bitte, tu mir den Gefallen und geh!“

„Ich weiß, dass ich dich verletzt habe, *mela moja*. Bitte, lass mich dir ...“

Bess schüttelte den Kopf. Sie sah aus wie ein gehetztes Reh. „Nein, ich will nichts mehr hören, Alex. Du hast sehr deutlich gemacht, was du von mir denkst. Mehr brauche ich nicht zu wissen. Und jetzt verlass mich, bitte!"

„Ich will dir nur sagen, warum ich gekommen bin."

„Wozu?" Ihr Zorn war mit einem Mal stärker als ihre Trauer. „Damit du mich wieder verletzen kannst, damit ich wieder erfahren muss, dass niemand mich liebt, niemand mich will?" Sie lachte bitter. „Es ist ja nicht das erste Mal, Alex. Was meinst du, wie oft ich von meinen Eltern die Worte hören musste: ‚Wo kommt sie nur her?' Als wäre ich irgendein Spielzeug, das jemand zufällig auf der Straße gefunden hat. Oh nein, Alex, ich muss mich vor solchen Sachen schützen! Und deshalb muss ich mich auch vor dir schützen."

„Ich liebe dich, Bess", entgegnete Alex schlicht. „Bitte, gib mir noch eine Chance."

„Es würde nicht funktionieren." Sie wischte sich schnell ein paar Tränen weg. „Ich hatte so gehofft, dass es mit uns gut gehen würde. Aber ohne gegenseitiges Vertrauen ist eine Beziehung, ist Liebe nicht möglich. Und du vertraust mir nicht."

Er sah sie verzweifelt an. „Ich weiß ja, ein Kuss unter alten Freunden ist harmlos, Bess. Es ist nur ... vielleicht kannst du das nicht verstehen. Aber als ich dich in den Armen eines anderen Mannes sah, sind bei mir einfach die Sicherungen durchgegangen."

„Du hast angenommen, ich würde dich betrügen."

„Ich weiß nicht, was ich angenommen habe!" Alex versuchte trotz allem, bei der Wahrheit zu bleiben. Schließlich stand das Glück seines Lebens auf dem Spiel. „Ich ... ich weiß nur, dass ich keinen klaren Gedanken mehr fassen konnte. In mir war nur Gefühl, Bess. Aber da gibt es noch etwas anderes, das in diesen Zusammenhang gehört." Bittend sah er sie an. „Es gab nämlich Gründe für meinen Zustand. Wir hatten gerade den Kerl verhaftet, der Rosalie und die anderen auf dem Gewissen hat. Ich wollte dir davon erzählen, daran musste ich die ganze Zeit über denken. Mir wurde klar, Bess, dass ich bei dir mein Berufs- und Privatleben nicht mehr trennen musste. Du weißt nicht, wie viel mir das bedeutet! Und in dieser Stimmung kam ich zu dir und stieß auf diese Szene! Ach ja, noch etwas. Ich wusste, dass an diesem Tag Rosalies Beerdigung gewesen war, und ich fühlte mich schuldig, dass ich nicht mitkommen konnte."

Entgeistert sah Bess ihn an. „Du wusstest es? Woher?"

„Das war gar nicht so schwer herauszufinden." Alex' Stimme war ausdruckslos. Er hätte sie am liebsten in den Arm genommen und nie wieder losgelassen, aber er hielt sich zurück. „Schließlich liegen hier überall diese kleinen Zettel herum, für deine Putzfrau, für die Einkäufe. Ich fand die Rechnung für die Blumen und die Rechnung vom Beerdigungsinstitut. Und wenn der Fall nicht eskaliert wäre, wäre es mir auch gelungen, zur Beerdigung zu kommen. Ich hätte es auf jeden Fall versucht."

„Es war wichtiger, dass ihr den Mörder gefangen habt."

„Ja, vielleicht. Aber ich war nicht bei dir ... und das hatte ich mir so gewünscht. Und dann kam ich her, um ..." Er brach mitten im Satz ab. Dies war nicht der Moment, um von Heirat zu sprechen. „Wie dem auch sei, es tut mir wirklich sehr Leid. Mein Verhalten war ungerechtfertigt, und ich bitte dich, mir zu verzeihen."

Jetzt nahm sie seine Hand und drückte sie. „Es ist in Ordnung, Alex, mach dir keine Sorgen. Und Charlie war hier, weil ..."

Alex schüttelte den Kopf. „Nein, ich will es gar nicht mehr wissen, Bess. Ich vertraue dir in allem, was du tust."

Bess spürte, dass etwas in ihr langsam heilte. Sie entspannte sich zusehends. „Ja, es ist schön, das zu hören, Alex. Trotzdem würde ich dir gerne sagen, weswegen Charlie hier war. Gabrielle, seine Frau, ist schwanger, und er hat mich gebeten, Patin für das

Kind zu werden. Er war überglücklich, wie ein Junge unter dem Christbaum, und ich musste ihm einfach einen Kuss geben."

Alex sah sie zerknirscht an. „Ich verdiene wirklich eine Ohrfeige, Bess." Jetzt erst hatte er das Gefühl, sie in den Arm nehmen zu können, ohne dass sie ihn abwehrte. Als ihre Lippen sich trafen, stieß er einen langen, erleichterten Seufzer aus. Er hatte nicht vorgehabt, den Kuss zu vertiefen, es geschah ganz von selbst. Und er hörte erst damit auf, als er sie in seinen Armen schluchzen hörte.

„Nein, Bess, bitte nicht. Bitte, weine nicht. Alles wird wieder gut. Und ich war ein Esel, du hattest Recht damit, mich fortzuschicken."

Bess sah mit tränenüberströmtem Gesicht zu ihm hoch. „Ach, Alex, du musst dich nicht entschuldigen. Und auch wenn ich dich fortgeschickt habe, warst du eigentlich die ganze Zeit über hier."

Er nickte erleichtert. „Heißt das, wir können noch einmal von vorn anfangen?"

„Wenn du magst."

„Und ob ich mag!" Er führte sie zum Sofa. „Bess, ich muss dir etwas erklären. Ja, es stimmt, ich habe dir eine Zeit lang nicht vertraut. Aber weißt du auch, warum? Weil ich schreckliche Angst davor hatte. Denn bisher hat mir noch keine Frau so viel bedeutet wie du. Meine Gefühle waren vollkommen durcheinander, und eigentlich habe ich mir selbst nicht mehr getraut. Kennst du so etwas?“

Sie nickte behutsam. „Ich weiß genau, was du meinst.“

„Übrigens hatte ich dir an diesem Tag noch etwas anderes mitgebracht außer den Lilien.“ Alex griff in die Tasche und holte das Päckchen mit dem Ring hervor. Atemlos beobachtete Bess ihn dabei, dann reichte er es ihr. Mit zitternden Fingern öffnete sie den Verschluss. Auf dem Samtkissen funkelte ein Brillantring in allen Farben des Regenbogens.

„Für mich?“ fragte sie stockend.

Er nickte. „Ja, eigentlich wollte ich dich damit überraschen. Ich wollte, dass du meinen Antrag sofort annimmst, ohne lange darüber nachzudenken. Aber im Nachhinein sehe ich, dass das eigentlich ein Überrumpelungsversuch war. Ich hatte einfach kein Vertrauen in uns, Bess. Es tut mir sehr Leid.“

„Aber ich ... das ... es macht nichts, Alex!“

„Doch, es macht schon etwas. Die Idee war überhaupt nicht romantisch. Ich werde dich also noch einmal fragen, wenn wir beide so weit sind.“

„Wenn wir beide so weit sind?“ Ihre Bestürzung war fast komisch.

Alex nickte. „Ja, ich will dich jetzt nicht unter Druck setzen. Ich habe dir schon genug Kummer bereitet. Also will ich uns Zeit geben.“

„Zeit?" Bess hatte das Gefühl, als müsse sie laut losschreien.

„Bis wir beide so weit sind." Er sah sie an, und ein verräterisches Lächeln zuckte um seine Mundwinkel. Im nächsten Moment kniete er vor ihr auf dem Boden. „Okay, ich bin so weit."

„Alex, was tust du da?"

„Ich halte um deine Hand an, wie es sich gehört. Aber warum lachst du?"

„Weil es so komisch aussieht, wie du hier auf dem Boden hockst. Komm!" Sie zog ihn wieder aufs Sofa. „So, und jetzt sag mir, was du zu sagen hast, aber sieh mir dabei in die Augen."

Alex hielt den Atem an. Dies war der Moment, auf den er sein Leben lang gewartet hatte. „Ich will, dass du es mir sagst", meinte er bedeutungsvoll. „Ich will die Worte aus deinem Mund hören, damit ich sie nie wieder vergessen kann."

„Ich liebe dich, Alexej." Eine Zentnerlast fiel Bess von der Seele. Sie wusste, jetzt hatten sie es geschafft. „Und ich werde dich immer lieben."

Alex zog ihre Hand an seine Lippen und küsste sie. Dann holte er den Ring aus der Schachtel und steckte ihn Bess an die Hand. Er funkelte strahlend im Dämmerlicht. „Sei meine Familie und ..." Er wusste nicht recht, wie er weitermachen sollte. „Lass mich ..."

Bess legte ihm den Finger auf die Lippen. „Nein, das war perfekt. Sag nichts mehr. Es war sehr gut so."

„Dann sag ja!"

„Ja!" Sie legte die Arme um seinen Nacken und lachte, ein glückliches, befreites Lachen. „Oh ja ..."

– ENDE –

Nora Roberts

Nachtgeflüster 2
Der geheimnisvolle Fremde

Band-Nr. 25133
6,95 € (D)
ISBN 3-89941-172-2

Nora Roberts

Nachtgeflüster 3
Die tödliche Bedrohung

Band-Nr. 25146
6,95 € (D)
ISBN 3-89941-185-4

Vorschau
Dieser Roman erscheint im Oktober 2005

Nora Roberts

Nachtgeflüster 4
Das verhängnisvolle
Rendezvous

Band-Nr. 25153
6,95 € (D)
ISBN 3-89941-192-7

Band-Nr. 25145
6,95 € (D)
ISBN 3-89941-184-6

Lori Foster

Frauen mögen's sexy

Zwei erotische Lovestorys machen sexy Träume wahr! Ein sinnliches Lesevergnügen, das geheimste Wünsche erfüllt ...

Der Liebesdienst
Ganz gezielt setzt die Privatdetektivin Celia für einen Fall ihre aufregenden Reize ein. Aber nicht nur ein Verdächtiger geht ihr ins Netz. Auch ihr Kollege Alec Sharpe wird schwach ...

Blind-Date um Mitternacht
Ganz unverhofft begegnet Josie ihrem Traummann – und genießt jede Sekunde der heißesten Nacht, die sie jemals erlebt hat ...

MIRA®

Vorschau
Dieser Roman erscheint
im Oktober 2005

Nora Roberts

Die Stanislaskis 5
Der lange Traum vom Glück

Band-Nr. 25152
6,95 € (D)
ISBN 3-89941-191-9

Vorschau
Dieser Roman erscheint
im Dezember 2005

Nora Roberts

Die Stanislaskis 6
Tanz der Liebenden

Deutsche
Erstveröffent-
lichung

Band-Nr. 25160
6,95 € (D)
ISBN 3-89941-199-4